바람의 라트

Holy War

양승훈 판타지 장편소설
FANTASYSTORY & ADVENTURE

dream
books
드림북스

바람의 라트 3 가슈인의 책략

초판 1쇄 인쇄 / 2011년 7월 6일
초판 1쇄 발행 / 2011년 7월 15일

지은이 / 양승훈

발행인 / 오영배
편집팀장 / 신동철
편집 / 문보람, 윤상현, 박민선, 이소라, 오승화
편집디자인 / 신경선
펴낸 곳 / (주)삼양출판사 · 드림북스

주소 / 서울특별시 강북구 송천동 322-10호
대표 전화 / 02-980-2112 팩스 / 02-983-0660
편집부 전화 / 02-980-2116 팩스 / 02-983-8201
블로그 / blog.naver.com/dreambookss

등록번호 / 제9-00046호
등록일자 / 1999년 3월 11일

ⓒ 양승훈, 2011

값 8,000원

(주)삼양출판사 · 드림북스의 서면 허락 없이는 어떠한
형태나 수단으로도 이 책의 내용을 이용하지 못합니다.

ISBN 978-89-542-4410-7 (04810) / 978-89-542-4407-7 (세트)

* 지은이와 협의하에 인지는 생략합니다.
* 잘못된 책은 구입한 곳에서 바꾸어 드립니다.

바람의 리트

Holy War

양승훈 판타지 장편소설

FANTASY STORY ADVENTURE

3

가슈인의 책략

dream
books
드림북스

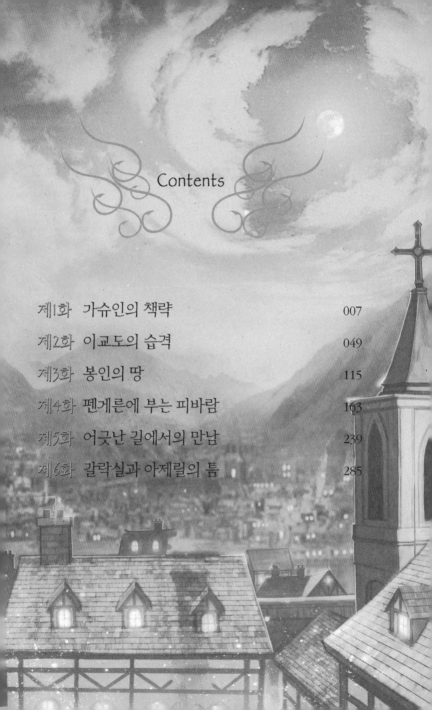

Contents

제1화
가슈인의 책략

Holy War

제피린은 일개 관령답지 않은 대도시다. 관령 전체의 치안 유지가 잘되고 민심이 좋기로 유명했고, 거기다가 에즈리다디아와 국경을 맞대고 있어 외교적으로도 대단히 큰 영향을 미치고 있었다. 외국의 사람들이 드나들다 보니 교역업, 용병업 등이 성행하여 아트라도엥답지 않은 분위기가 흐르는 개방 도시였다.

이렇다 보니 건물들의 양식은 에즈리다디아와 아트라도엥의 것이 적절히 뒤섞여 각이 잡혀 있으면서도 동시에 따스한 느낌이 들게 하는 밀집적 형식이었다.

거기다가 밤이 되어 줄에 매달린 조명석이 빛을 발하면 마치 별이 뜬 듯 거리를 온통 수놓았다.

다소 난잡해 보일 법도 하건만, 그런 느낌은 거의 들지 않는
다는 것도 특징이었다.

그런 시끌시끌한 거리를 눈에 확 띌 정도로 미모가 빼어난
여인이 걷고 있었다. 탐스러운 금발을 늘어뜨린 채 걷고 있는
이십 대 초반의 여인은 뚱한 표정을 짓고 있었다.

"도대체 뭐하는 거야?"

"구경 중이잖아."

주변에 지나다니는 피 끓는 사내들의 시선이 곧 그녀가 쳐
다보는 곳으로 향했다. 흑발을 거칠게 늘어뜨린 칙칙한 분위
기의 남자가 있었다.

사내들이 미간을 모을 때였다.

"구경만 하면 어떻게 해? 난 '같이' 구경을 하자는 얘기였
어!"

미모의 여인이 입술을 삐죽 내밀고 남자에게 다가가자 사내
들은 결국 긴 한숨을 내쉬었다.

'제기랄. 고백하기도 전에 차이다니.'

그런 이들의 마음을 아는지 모르는지 티격태격하기만 하는
두 남녀는 바로 라트와 아르니였다.

"구경을 어떻게 같이해? 눈이 한곳에 붙은 것도 아닌데."

"지금 비꼬는 거야?"

"무슨 말을 하는 거야? 같이 구경을 한다는 게 이렇게 다니

면서 구경을 하면 되는 거지, 더 이상 뭘 어떻게 같이해?"

라트는 정말로 이해가 안 된다는 듯 말했다. 아르니는 답답
해하는 얼굴이 되었다.

아무리 오래전 이야기라고는 해도, 그녀는 빼어난 미모로
숱한 뭇 남자들의 관심을 받았다. 저녁식사라도, 잠깐 산책이
라도……. 그런 지극히 사심이 가득한 제의를 받는 데 익숙한
것이다.

이제는 과거의 일이라지만, 남녀 간의 오묘한 밀고 당기기
를 많이 해본 아르니로서는 라트의 이런 멍청한 대답에 기가
질릴 수밖에 없었다.

"봐, 저기 봐. 저 사람들."

"그래, 봤어."

"어때?"

"걷고 있어."

"그게 아니라, 사이가 어때 보여?"

아르니가 가리킨 것은 평범한 연인이었다. 팔짱을 끼고 이
야기를 나누면서 걷고 있는 그들의 모습은 대단히 행복해 보
였다.

그들을 잠시 지켜보더니, 조금 전까지 툭툭 내뱉는 것 같던
라트의 말투가 부드럽게 변했다.

"행복해 보여."

"그렇지? 우리도 그래야 돼."

그렇게 말하는 아르니의 얼굴은 붉게 달아올라 있었다. 그녀는 조금도 상상하지 못했다. 이런 말을 스스로 하는 날이 오리라고는 말이다.

하지만 돌아온 대꾸는 다시금 아르니의 기대를 무참히 짓밟았다.

"어째서? 저들은 사랑하는 사이고, 우리는 굳이 말하자면…… 음, 동료 같은 거잖아."

그렇게 말하는 라트의 얼굴은 딱히 뭐라고 정의하기가 힘들다고 토로하는 듯한 모습이었다.

아르니로서는 거기에 대고 정답을 실토하기가 곤란했다.

"으, 음…… 그건……."

이제와 '그럼 말고!' 이러는 것도 자존심이 상하는 일이었다.

그때, 아르니는 사심이 가득한 목소리를 오랜만에 들었다.

"아름다운 아가씨, 이런 눈치 없는 남성이 아니라 제게 기회를 주시는 건 어떻습니까?"

갑자기 근처로 다가와 씩 웃는 남자 때문에 아르니는 더 이상 생각을 이어갈 수 없었다.

"음……."

훤칠한 키, 뚜렷한 이목구비에 잘빠진 몸매. 거기다가 부를 과시하듯 세련되어 보이면서도 부담스럽지는 않은 느낌의 정장을 입고 있는 남자는 실로 모든 것을 갖추었다고 해도 과언이 아닌 사람이었다.

부드럽게 웃는 얼굴과 정중한 태도를 보이는 그의 모습은 과거 밀렌디 영애의 시점으로 봐도 실로 군더더기 없다. 어딜 보나 합격점 이상.

'귀족이란 얘기군.'

평민들이 겉모습에 저렇게까지 신경을 쓰고 다니지는 않을 터였다. 물론 아르니는 이 도시의 상인들이 얼마나 큰 부를 축적하는지에 대해 전혀 짐작하지 못하고 있었기에 이런 생각을 한 것이지만 말이다.

'어떻게 하지?'

아르니는 순간적으로 고민했다. 여기서 눈앞의 남자에게 잠깐 호감을 보이는 게 좋을까? 하지만 '질투심 유발'이라고 하는 고급스러운 연애 기술을 과연 라트가 이해를 할까, 바로 그것이 문제였다.

생각은 짧았다. 이해하지 못할 게 분명하다. 대놓고 말로 해도 모르는 라트가 그것을 이해할 리가 없다.

"아, 저는……."

"그 이상 다가오지 않는 게 좋아."

라트가 한 발 앞으로 나서며 차갑게 경고하자 남자는 입술을 씰룩거렸다.

"지금 뭐라고……."

잘 걸렸다, 본때를 보여주지! 그런 생각으로 눈을 부라리던 남자는 라트의 눈에서 흘러나오는 전율적인 감각에 몸을 떨었다.

"흐흡……!"

자신이 어떻게 할 수 있는 자가 아니다, 본능적으로 그렇게 느낀 남자는 인사도 남기지 않고 빠르게 멀어져갔다.

"라트……"

아르니는 감동하고 말았다. 라트가 스스로 위기의식을 느끼고 행동한 것이라는 생각이 들었다.

하지만 곧 라트의 입에서 나온 말은…… 역시나 그녀의 기대를 배반하는 것이었다.

"으음…… 아니었군. 그냥 평범한 사람이었어. 접근하는 태도는 심상치 않았는데……"

"뭐?"

"매사에 방심하지 말아야지. 특히나 사람이 많은 곳에서는 더더욱. 넌 힘의 특성상 접근에 약하니까 특히 조심해야 돼."

라트가 진중한 얼굴로 그렇게 말하자 아르니의 얼굴이 붉게 달아올랐다.

"왜 그래? 좋지 않아 보이는데. 혹시 아까 그 녀석이……"

바로 그 순간, 아르니가 그의 팔을 휘감았다.

"무슨 일이야? 갑자기 왜 잡아?"

"가만히 있어! 아까 물어봤지? 왜 우리가 저래야 되냐고?"

"음…… 그래."

다시 지나가는 연인들을 가리키자 라트가 미간을 찌푸리며 고개를 끄덕였다.

"여기선 그래야 돼. 남녀가 같이 걸으려면 무조건 그래야 돼. 모르는 사람이면 상관없는데, 아는 사람이면 반드시 그래야 돼."

"그래? 아무리 큰 도시라지만 정말 특이하군."

"……"

스스로 말해놓고도 말도 안 되는 소리라는 것을 알고 있었지만, 다행히 라트는 그게 거짓말이라는 것을 전혀 눈치채지 못했다.

'이렇게 둔감할 수가 있다니, 이 멍청이!'

아르니는 누구보다 그의 곁에서 그를 이해해주는 사람이 되고 싶었다. 이건 그러기 위한, 그 기반의 일환이다.

아르니는 잔뜩 상기된 얼굴을 들키지 않기 위해 라트의 팔을 끌고 앞장섰다.

"저, 저기로 가자."

*   *   *

갈락실.

아트라도엥에 속한 세 지방 중 수도의 남서쪽에 위치한 굴바엔 지방.

그곳에서도 더욱 남서쪽, 국가적으로는 파르칼 령으로 분류하고 교황청에서는 파르칼 교구로 분류하는 이곳의 중심인 직할령의 이름이 바로 그것이다.

갈락실을 포함하여 파르칼 령을 다스리는 영주는 고르올리아 후작. 파르칼 령의 모든 것은 그의 영향을 받는다.

하지만 그렇게 어마어마한 권력을 지닌 영주도 한 지방에 단 한 명밖에 존재하지 않는 대영주의 앞에서는 마치 관령 백작이 후작 앞에 설 때처럼 작아질 뿐이다.

제피린에서 대대적인 화전민 수용을 완료한 지 약 일주일이 흐른 시점이었다.

제피린 관령에서 수상스러운 움직임이 발견되었다는 보고를 들었네. 헌데, 이에 대해 귀공이 아직도 아무 반응이 없다는 점이 의아하여 혹시나 이 사실을 아직도 듣지 못한 것은 아닌가 싶어 이 서신을 보내는 것이네.

아실반 산맥에서 화전민들을 발견했고, 또 거기서 악마라고 추측되는 자가 나타났다고 하는 보고가 계속 올라오고 있네. 묘한 것은 이후 아실반 산맥의 화전민들이 온데간데없어지고, 그로부터 얼마 지나지 않아 제피린에서 수상쩍은 움직임을 보였다는 점이라네. 이 모든 일이 연관되어 있다고 생각지 않나? 이

부분에 대해서는 조사를……

조금 전에 도착한 대영주의 서신을 읽어 내려가는 파르칼 령의 주인은 손을 부들부들 떨었다.

"이, 이런 치욕스러운 일이 있나!"

쾅!

고풍스러운 탁자를 힘껏 내리친 안드레인 드 고르올리아 후 작의 얼굴은 붉게 달아올라 있었다.

"고, 고정하십시오."

"뭐, 뭐라? 지금 이따위 서신이 왔는데 고정하게 생겼나! 네 놈은 도대체 뭘 하고 있던 거야!"

후작의 곁에서 그를 보좌하는 보좌관의 얼굴 위로 구겨진 서신이 던져졌다. 보좌관은 붉게 달아오른 얼굴로 떨어진 서 신을 펴서 읽어 내려가기 시작했다.

그리고 곧 그의 찢어진 눈이 부릅 크게 떠졌다.

"어, 어찌 이런……."

"네놈이 그걸 내게 묻느냐!"

다시금 고함을 버럭 지른 고르올리아 후작은 이를 뿌득뿌득 갈았다.

"어떻게 이따위 소식을 네놈이 아니라 대영주에게 들을 수 가 있는 거냔 말이다!"

천천히 다가오는 고르올리아 후작은 주먹이라도 날릴 듯한 태도였다.

보좌관은 그가 이렇듯 화를 내는 모습은 본 적이 없었다.

"소, 송구스럽습니다."

"송구스러워? 도대체 이 지역 꼴이 어떻게 돌아가는지, 그것도 파악이 안 되나? 내 보좌관으로 있는 동안 그렇게 해왔나?"

"드, 드릴 말씀이 없습니다. 그, 금방 바로잡겠습니다!"

"바로잡겠다고? 네놈이? 내 영지에서 일어난 일이 공작의 귀에까지 들리도록 가만히 방치하고 앉아 있던 네놈이 말인가?"

말을 하면 할수록 더욱 화가 치미는지, 고르올리아 후작은 그대로 보좌관의 면상을 후려쳤다.

빡!

"큽!"

보좌관이 그대로 나뒹굴었다.

고르올리아 후작은 말랐지만 키는 대단히 훤칠해서 주먹을 휘두르면 위에서 아래로 꽂히게 되어 있다. 무게가 실린 주먹에 맞은 보좌관은 입술이 터져 피를 흘리면서도 어떻게든 일어나려고 안간힘을 썼다.

일어나려다가 휘청거리며 엎어지기를 여러 번, 조금씩 다리에 힘이 실리자 보좌관은 조금 멍해진 얼굴로 일어나서 고개를 깊이 수그렸다.

"소, 송구스럽습니다."

주먹에 느껴지는 뻐근함에 고르올리아 후작의 화도 조금씩 가라앉았다.

보좌관도 그걸 알았는지 조심스럽게 말했다.

"지금 당장 이 서신의 내용이 사실인지 알아보겠습니다."

"그래야 할 것이야. 그리고 한 가지 더."

"예, 하명하십시오."

고르올리아 후작은 눈을 가늘게 떴다. 조금 전까지 붉게 달아올라 있던 그의 얼굴에 싸늘한 냉기가 흘렀다.

"아무리 생각해도 지르바 관령이 수상쩍어."

"예?"

"무슨 말인지 모르겠나? 토벌령이 떨어진 이후, 내가 가장 먼저 토벌하라 명한 곳은 지르바 관령이었다. 얼마 뒤 서쪽 아실반 산맥의 화전촌, 그곳에 악마라고 불리는 괴한이 나타났다는 보고 또한 받았지. 그것이 고작 일주일가량 전이다. 쥬아튼의 공작 직할령과 이곳의 거리를 생각해볼 때, 그 사실을 나보다 더 먼저 알았다는 얘기가 된다."

"혹 지르바 관령의 아셀른 백작이 대영주와 결탁하고 있는 것인지 의심하고 계십니까?"

"제피린은 지르바보다 이곳, 갈락실이 더 가깝다. 헌데, 이 서신을 보자면 아무래도 공작 측에서는 이 사실을 나보다 더 먼저 알았다는 말투가 아닌가? 지르바에 어지간히도 눈과 귀를 깔아놓았거나, 아니면 백작이 공작과 결탁하고 있거나……. 어쨌든 이건 내 영지의 일이다. 공작 측에서 사람을 풀어놨을 가능성도 있겠지만, 지르바의 아셀른 백작이 무관할 것이라는 생각은 들지 않는다. 샅샅이 뒤져서 쥐새끼를 모조리 죽여버려!"

"예, 명령 받들겠습니다."

"들키지 않는 선에서 확인해야 한다는 것은 굳이 설명하지 않아도 되겠지? 흐음, 그리고 지르바 관령에 관한 건 조금 뒤로 밀고 천천히 조사해도 좋아."

"예?"

보좌관은 자꾸 이랬다가 저랬다가 하는 고르올리아 후작의 태도에 난감한 표정을 지었다.

"생각해 보니, 공작이 내 영지의 일을 이렇게까지 간섭해온 일이다. 이 서신의 내용이 진위여부를 따질 것도 없이 진짜라는 얘기겠지."

"그럼……."

"제피린을 먼저 알아보는 게 좋겠군. 이 서신의 내용처럼 정말로 최근 꽤 큰 규모로 사람들을 수용했는지, 그리고 혹 수상한 이들의 모습이 보였는지, 그 점에 대해서 차근차근 알아보면 금방 알 수 있을 것이다. 지금 같은 시기에 공작에게 책을 잡혀서는 절대 안 된다. 알겠나?"

"예, 후작 각하께서 하명하신 대로 처리하겠습니다."

보좌관은 고개를 깊이 수그리고 조용히 방문을 나섰다.

홀로 남은 고르올리아 후작은 심각한 표정을 지었다. 만약 서신의 내용처럼 정말로 제피린에서 수상한 동태를 보이고 있으며 은십자 기사단과 관련이 있다면, 그는 결단을 내려야만 한다.

"스버레일 백작……."

오랜 시간 그를 곁에 두고 있었던 고르올리아 후작은 서신의 내용을 믿고 싶지 않았다. 그래서 그도 일부러 진위여부를 천천히 살피고 있던 것이다.

하지만 그로부터 약 보름가량이 지난 후에 굳은 표정으로 돌아온 보좌관의 얼굴을 본 순간, 고르올리아 후작은 일이 그의 바람과는 다른 방향으로 틀어졌음을 알 수 있었다.

"제피린의 일인가?"

"예, 각하."

"보고하라."

"대영주께서 보내신 서신의 내용은 아무래도 사실인 것 같습니다."

고르올리아 후작의 눈가가 살짝 떨렸다.

"확실한가?"

"예, 일단 병사들은 갈색 오크와의 싸움 때문에 병사들이 이동한 것이라고 했지만, 그냥 넘기기에는 수상한 흔적들이 곳곳에 있는 것으로 밝혀졌습니다."

"수상한 흔적이라면?"

"꽤나 장기간 사람들이 생활했던 흔적 말입니다."

"사람들의 흔적이 발견되었다는 것인가……."

"예, 조금 더 알아본 결과, 화전촌에서 갑자기 사라진 사람들 전부가 그곳에서 약 이주일가량 생활했던 것으로 생각됩니다."

"제피린에서 화전민을 받아들였다는 얘기가 되겠군."

후작의 무미건조한 대답에 보좌관은 고개를 살짝 끄덕였다.

"쯧……. 하지만 그렇다고 해도 제피린이 이교도와 결탁하고 있다는 판명이 난 것은 아니다."

"하지만 각하, 모든 정황증거가 지금 제피린을 가리키고 있습니다. 더군다나 악마의 힘을 쓴다고 하는 자까지 결탁하고 있을 가능성이 있습니다. 헌데, 지금 같은 시기에 꼬투리를 잡힌다면 자칫……."

"자칫? 자네도 스버레일 백작을 잘 알고 있지 않은가. 그가 그렇게 멍청한 행동을 할 리가 없다."

"으음……. 하지만 50여 가구씩이나 되는 인원을 수용할 정도의 일입니다. 스버레일 백작이 모르고 있었을 리가 없습니다."

"물론 그가 모르고 있었을 리가 없겠지. 그의 신변에 무슨 위험이 생기지 않았다면 말이야. 자세한 연유를 조사하지 않고는 알 수 없다. 어쨌든 섣부르게 판단할 수는 없다. 공작의 손에 놀아나고 싶지는 않으니까 말이야."

"……."

보좌관은 아무 말도 할 수가 없었다. 고르올리아 후작이 스
버레일 백작을 무척 아끼는 것은 그도 잘 알고 있는 일이니 말
이다.

"스버레일 백작, 자네가 설마 이교도와……."

그렇게 중얼거린 고르올리아 후작은 깨끗한 종이에다가 멋
진 필체로 글을 써내려가기 시작했다.

서신의 내용은 지극히 간단한 것으로, 이미 모든 것을 알고
있으니 당장 수용한 화전민들을 얌전히 인도하라는 뜻이었다.

*　　　*　　　*

고르올리아 후작의 신임을 받고 있는 스버레일 백작은 그로
부터 일주일이 채 지나기 전에 서신을 받아볼 수 있었다. 편지
지를 열어보기도 전에 고르올리아 가문의 인장이 찍혀 있는
것을 보고 겁을 먹은 그는 그 서신의 내용을 읽은 뒤에 안색이
창백해져서 바로 가슈인에게 달려갔다.

"쯧쯧……. 골치 아프게 되었군."

"어, 어떻게 하는 게 좋겠습니까?"

스버레일 백작의 먼 인척으로 알려져 있는 가슈인은 늦은
밤 급하게 저택으로 찾아온 스버레일 백작을 보면서 눈살을

찌푸렸다. 그러나 그것도 잠시, 곧 그가 내민 서신을 읽어보면서 그의 얼굴도 굳었다.

"어느 정도 예상은 하고 있었지만, 여지없이 적중했군."

"어떻게 하는 것이 좋겠습니까? 아무래도……."

스버레일 백작은 주위를 살피면서 가슈인에게 다가가 말했다.

"그들…… 전부를 얌전히 인도하는 게 좋지 않겠습니까?"

하지만 가슈인은 이에 답하지 않았다.

여기서 얌전히 행동하는 것, 그리고 일단 상황을 좀 더 지켜보는 것, 그 두 가지 길이 있다.

하지만 첫 번째는 얻는 것이 없고 잃는 것만 존재하는 길이다.

일단 그들 전부를 그대로 내주는 것은 라트와의 약속을 저버리는 것이고, 이는 자칫 그들을 적으로 돌리게 될 가능성마저 있다는 얘기였다.

그것보다 중요한 한 가지가 더 있었으니, 바로 스버레일 백작에 대한 고르올리아 후작의 신임이 그것이다. 일단 서신에는 마지막 기회를 주는 것으로 혐의를 벗겨주겠다는 얘기를 하고 있었지만, 여기서 혐의를 인정하면 고르올리아 후작은 스버레일 백작의 충성심 이전에 그의 판단력을 의심하게 될 것이다.

'섣불리 움직였다가는 득보다 실이 더 많겠군.'

"헨프레소."

"예."

"일단 조금 두고 보기로 하겠다."

"예, 예……?"

헨프레소 드 스버레일 백작은 가슈인의 말에 눈에 띄게 당황한 기색이었다.

"하, 하지만 그랬다가는……."

"자네를 신임하고 있는 고르올리아 후작을 좀 더 지켜보도록 하지. 이 서신에 그대로 대답하는 것은 잃는 게 너무 많아."

"대, 대장님……."

"내 명을 거스를 참인가?"

가슈인이 싸늘하게 묻자, 스버레일 백작은 입을 다물었다.

잠시 잊고 있었다. 고르올리아 후작보다 더 두렵고 무시무시한 존재가 바로 눈앞에 있다는 것을 말이다.

"가만히 있도록. 이후의 일은 내가 알아서 하도록 하지."

"예, 예! 알겠습니다."

"물러가서 평소처럼 있도록."

스버레일 백작이 천천히 물러가자, 가슈인은 턱을 괴었다.

여기서는 일단 당황하지 않고 냉정하게 일을 처리해야 한다.

'이용하기 쉬운 이 패를 어떻게 쓰느냐에 따라…… 이 일은

전화위복이 될 수도 있다.'

하지만 그의 생각은 채 일주일이 지나기도 전에 벌어진 사태 때문에 그리 길게 이어지지 않았다.

스버레일 백작에게 편지가 도착하고 이틀이 지났을 때, 스버레일 백작의 답변을 기다리며 평소처럼 집무를 보고 있던 고르올리아 후작은 느닷없이 들이닥친 신관들을 보면서 눈살을 찌푸렸다.

"도대체 무슨 일인가?"

"영주님, 이번 사태에 대해서는 저희도 들었습니다."

신전장의 말에 고르올리아 후작은 저도 모르게 주먹을 말아 쥐었다.

'쯧쯧, 이야기가 새어 나갔나……'

그러나 그는 내색하지 않고 반문했다.

"그게 무슨 말인가? 이야기를 듣다니?"

"영주님, 이번 일은 결코 그냥 넘어가서는 안 됩니다. 이교도 토벌령을 무시하는 처사가 아니고서야 어찌 그런 일이 벌어질 수가 있단 말입니까?"

"그게 대체 무슨 말인가?"

"영주님, 이 일은 비단 영주님과 백작의 문제에 그칠 일이 아닙니다. 이 교구의 위신이 달린 문제입니다. 영주님께서는 장차 주교직까지 겸하셔야 할 분, 여기서 뜻을 확고히 밝혀주십시오."

"으음……."

고르올리아 후작의 얼굴이 씰룩였다.

후작은 그간 갈락실 대신전의 뒷구멍으로 막대한 자금을 밀어 넣고 있었다. 머지않아 교단의 상위직인 주교까지 겸할 수 있는 상황까지 왔는데 공교롭게도 이런 일이 터진 것이다.

그런 상황에서 이 늙은 신전장을 무시할 수는 없었다. 묘하게 상황이 맞물리면서 고르올리아 후작은 도저히 신관들의 의견을 묵살할 수 없는 상황에 처하게 되었다.

"으음, 알았으니 일단 사태의 진위부터 파악을……."

"그 점에 대해서는 염려하지 마십시오. 이미 교단에서도 제피린의 움직임을 포착하고 사전 조사를 끝낸 상태입니다. 국법과 교단을 능멸하고도 존엄한 광명의 가호가 드리운 국토에 발을 들여놓고 살아가는 저 간악한 이교도들은 하나도 남기지 않고 낙인을 찍어야 할 것입니다. 게다가 만약 다시 나타났다고 하는 악마와도 무슨 연관이 있다면 낙인이 아니라 아예 목을 베어도 부족할 일입니다! 나아가 이를 수수방관한 백작과 그 일가 역시 마땅한 처벌을 내려야 할 것입니다!"

강경한 그들의 태도에 고르올리아 후작은 난감한 표정을 지었다. 그러나 결코 지금 저들의 의견을 묵살할 수는 없었다. 다른 때였다면 몰라도, 지금은 이교도 토벌령까지 떨어진 상황이 아닌가.

'일이 참으로 공교롭구나……'

고르올리아 후작은 별수 없다는 듯 눈을 감았다. 지금의 제피린을 키워낸 스버레일 백작이라는 인재가 아까웠지만 자신이 여태껏 힘겹게 쌓아놓은 일을 무너뜨릴 수는 없는 노릇이었다.

"……알겠네."

고르올리아 후작의 불편한 마음은 아랑곳없이, 갈락실의 신전장은 후작에게 일말의 여유도 주지 않고 신전의 입장을 밝히기 시작했다.

"……해서 이렇게 하는 것이 옳겠지요."

"자, 잠깐……. 그렇게 나갔다가는 되레 일이 어려워질 것이 분명한데, 그보다 부드러운 방도가 있을 것이 아닌가?"

후작의 꺼리는 태도에 신전장은 못마땅한 표정을 거리낌 없이 드러냈다.

"영주님, 이번 교단의 토벌령을 받은 분은 영주님이십니다. 어찌 이런 성스러운 집행을 축소시키고, 미적지근하게 풀어가려하시는 것입니까?"

"내, 내 말은 그런 것이 아니라…… 제피린에서 이에 자포자기로 나올 가능성도 있다는 것이 아닌가."

"예, 저는 오히려 그것을 바라고 있습니다."

"뭐, 뭐라?"

신전장의 얼굴이 비장하게 바뀌었다.

"간악한 이교도들을 받아들인 제피린의 백작은 처벌을 피할 수 없습니다. 허나, 여기서 백작이 그러한 판단을 내려 불필요한 피를 부른다면, 그를 본보기로 삼아 다른 백작들을 움직일 수 있습니다. 그러면 파르칼 교구의 이교도들을 전부 뿌리 뽑을 수 있게 되는 것입니다. 굴바엔 지방의 그 어느 교구보다도 봉인지역을 끼고 있는 파르칼 교구에서부터 솔선수범하는 태도를 보여야 하지 않겠습니까? 그 와중에 행방이 묘연한 그 악마도 찾아낼 수 있다면 일거양득일 것입니다!"

얘기를 들은 고르올리아 후작은 머리를 빠르게 회전시켰다. 확실히 신전장의 이야기대로라면 손익이 분명하게 뒤바뀐다.

제피린의 스버레일 백작을 버리는 것으로 그는 토벌령에 적극적인 태도를 보인 모범적인 영주가 될 것이고, 확고하게 주교의 자리를 얻을 것이며, 나아가 어쩌면 추기경의 눈에 들 수도 있을 것이다.

'기회다. 이건 기회다!'

그는 생각을 정리했다.

후작의 얼굴에 실로 안타깝다는 표정이 떠올랐다.

"으음, 어쩔 수가 없군. 이런 시기에 스버레일 백작의 태도는 확실히 경솔했던 것임이 틀림없네."

"예, 그렇습니다. 이참에 각하의 대응을 파르칼 교구의 모든 백작들에게 보여주시고, 웅크린 채 상황을 지켜보는 저 간악한 이교도 무리들을 색출하시는 겁니다."

"알겠네. 신전장의 말이 옳네. 교단과 국법의 아래에서 살아가는 본관부터 일을 주도하지 않으면 안 되겠지."

"바로 말씀하셨습니다. 아, 광명께서 각하의 앞길을 비추고 계십니다. 이제 비로소 주교직에 오르실 때가 된 것입니다."

"아직 광명께서 비추시는 대로 따르는 것조차도 고민한 나일세. 아직 멀었지."

속내와는 전혀 다른 태도를 보이는 그의 모습에 신전장은 고개를 크게 저었다.

"아닙니다. 혹 그렇다하여도 곧 이렇듯 올바른 길을 찾아가시는 모습은 실로 귀감이 될 만하십니다."

"하하, 자네의 과한 칭찬에 내 얼굴이 다 뜨겁군."

고르올리아 후작의 서신이 제피린에 도착한 지 고작 이틀가량이 지났을 무렵이었다.

급하게 끌어모은 병력은 그리 많지 않았다. 외부에 알려지지 않는 선에서는 병력을 모으는 데 한계가 있는 법이었다.

고르올리아 후작의 앞에 무릎을 꿇은 사내는 조금의 흐트러짐도 없었다.

"오늘 경에게 한 가지 중책을 내리도록 하지."

"예, 하명하십시오."

후작의 앞에서 무릎을 꿇고 있는 린메이스 백작은 이미 하루 전에 상황이 어떻게 돌아가는지 파악을 마친 상태였다. 일이 상당히 급박하게 돌아가고 있었지만 그는 당황하지 않았다.

"제피린으로 보낼 병력의 책임자로 자네를 생각하고 있는데, 어떤가?"

"제피린으로 말씀이십니까?"

"작금의 상황을 유야무야 넘어가는 것은 통하지 않는다는 본관과 교단의 태도를 제피린에 보여주기만 하면 되는 것이네."

"예, 하명 받들겠습니다."

"그래, 자네라면 잘해줄 것이라고 믿고 있네. 그럼 자세한 이야기를 조금 더 나눠보도록 할까."

이야기를 들을수록 린메이스 백작은 고르올리아 후작이 이번 일을 결코 쉽게 넘어가려는 마음이 없다는 것을 알 수 있었다. 그리고 자칫 이번 일이 틀어지기라도 한다면 제피린에서 역적이 나올지도 모른다는 생각까지 들었다.

'영주님께서 그렇게 아끼시던 스버레일 백작을……'

"할 수 있겠지?"

"예, 명령 받들겠습니다."

*   *   *

쾅!

"뭐, 뭣이라고!"

집무실에서 탁자를 쾅 치며 일어난 스버레일 백작은 창백하게 질린 낯빛을 하고 있었다.

"야, 약 300명가량의 병력이 세필든 언덕의 지척까지 다가왔습니다."

"세, 세필든 언덕……?"

세필든 언덕은 제피린에서 동쪽으로 그리 멀지 않은 곳에 위치한 높은 언덕이었다. 날이 밝으면 그곳에서 멀찍이 제피린의 본성이 보일 정도였으니, 그야말로 제피린의 지척까지 칼을 들이댔다는 얘기였다.

"이, 이럴 리가…… 이, 이럴 리가 없다! 어째서 영주님께서 내게 이러신단 말이냐!"

혼란 상태로 고함을 내지른 스버레일 백작은 즉시 기사에게 다가가 멱살을 잡았다.

"이노옴! 거짓을 고하고 있는 것이냐! 누구냐! 네놈은 누구냐!"

"지, 진정하십시오!"

기사를 밀치는 소리에 급하게 문이 열리면서 백작의 보좌관이 나타났다.

"시, 실바레티 보, 보좌관. 그, 그래! 자네가 있었어. 실바레티 보좌관, 당장 이자를 투옥시키게!"

"백작님, 진정하십시오!"

"이자가 내게 거짓 보고를 올리고 있다!"

"아, 알렉스 경이 그럴 리가 없지 않습니까?"

보좌관의 침착한 태도에 스버레일 백작의 표정이 다시 창백하게 질려갔다.

"그, 그렇다면 지척까지 영주님의 병력이 들이닥친 것이 사실이란 말인가……?"

"백작님, 침착하십시오. 냉정하게 판단하셔야 합니다."

거기까지 말한 보좌관은 슬쩍 턱짓으로 기사를 내보냈다. 기사는 고개를 살짝 수그리고 서둘러 나갔고, 보좌관은 천천히 아직까지 진정하지 못한 백작에게 다가갔다.

"백작님, 일단 의자에 앉으십시오. 그리고 냉정하고 침착하게 생각해보시는 게 좋을 것 같습니다."

"그, 그래, 그래야지……."

백작이 의자에 앉자, 보좌관은 그의 반대편에 천천히 앉았다.

"백작님, 시기가 좋지 않았던 것은 사실입니다."

"으음……."

"아무래도 사태가 심상치 않습니다. 고르올리아 후작 각하께서 이런 결정을 독단하시지는 않았을 것입니다."

"그렇다면……."

"교단의 입김이 작용한 것이 틀림없습니다."

"여, 영주님께서 날 버리고 교단을 선택하셨단 말인가?"

"후작 각하께서는 몇 년 전부터 주교직을 희망하고 계시지 않았습니까. 늙은 신전장은 이제 후작 각하를 대단히 신뢰하기에 이르렀습니다."

"그, 그렇지. 영주직과 주교직을 겸하여야만이 비로소 진정으로 영지를 지배하게 되었다고 해도 과언이 아니니……."

"그런 상황에서 신전의 입김이 작용했다면, 후작 각하께서 백작님을 버리실 의중이 없다고 하셔도, 일은 이렇게 흘러갈 수밖에 없었을 것입니다."

"그, 그렇다면 이는 영주님의 뜻이 아닐 수도 있겠군!"

스버레일 백작이 끝까지 후작을 옹호하는 태도를 보이자 보좌관은 눈살을 찌푸렸다.

"그렇지는 않을 것입니다. 서신이 도착한 지 이제 나흘입니다. 그런 상황에서 병력이 세필든 언덕까지 당도했다는 것은 이미 이틀이나 사흘가량 전부터 준비를 하고 있었다고 봐야겠지요. 즉, 처음부터 백작님을 버리실 요량이었던 것입니다."

보좌관의 직설적인 말에 스버레일 백작의 얼굴이 일그러졌다.

"내가 어떻게 했는데, 감히 내게……."

그가 분개해하는 모습을 보면서, 보좌관은 비로소 그가 사태의 심각성을 제대로 인식했다고 판단했다.

천천히 그에게 가까이 간 보좌관은 주위에 듣는 소리가 없는지 다시 확인하고 말했다.

"그분을 찾아뵙는 것이 올바른 수순일 듯싶습니다. 이 일은 이미 백작님께서 어떻게 하실 수 있는 상황이 아닙니다."

"그래, 그래야겠지. 십자대장님이시라면 이, 이런 일도 예견하고 계셨을 것이야. 서둘러 채비를 해야겠다."

스버레일 백작이 급하게 일어나는 모습을 보면서 보좌관도 그의 뒤를 뒤따랐다.

가슈인은 미간을 잔뜩 찌푸리고 있었다.

그는 담담한 얼굴로 그저 눈살을 찌푸린 채 스버레일 백작의 이야기를 듣기만 할 뿐이었다.

"어, 어떻게 해야 하는지 가르침을 내려주십시오!"

고개를 처박는 그의 절박한 태도에도 가슈인의 입술은 무겁게 닫혀 있을 뿐이었다.

그렇게 한참이 지났을 때였다.

"일단, 자네는 좀 쉬고 있게. 이번 사태는 조급해할수록 더욱 목을 죄어오는 올가미와 같으니."

"예, 예!"

평소와 조금도 다름이 없는 그의 진중하고 무거운 목소리에 스버레일 백작은 한시름 덜었다는 얼굴이 되었다.

하지만 스버레일 백작이 물러갔음에도 불구하고, 그의 보좌관은 여전히 남아 있었다. 스버레일 백작도 그를 부르거나 하지 않았다. 이는 여태껏 계속되어온 '당연한' 일이었다.

"정리하라."

"예, 상황이 흘러가고 있는 것을 보니, 시기가 좋지 않았던 것 같습니다. 교단의 대대적인 토벌령이 떨어진 와중에 다소 무리한 방법으로 화전민을 수용했습니다."

"그런 것을 묻는 게 아니다. 이미 알고 있는 것을 왜 설명하고 있는 거지? 헨프레소와 나를 동일시하는 것이냐?"

"죄송합니다."

"전혀 예상하지 못했던 것은 아니나, 다소 놀란 것은 사실이다. 설마 후작이 이렇게까지 강경한 태도로 나올 줄은 몰랐거든."

"이미 세필든 언덕의 지척까지 당도한 모양입니다."

"구체적인 병력은?"

"약 300명가량입니다."

"고작 하루 이틀 사이에 모은 병력이라고는 해도 너무 적군."

"본대는 직할령에서 대기하고 있겠지요."

"그렇게 생각하는가?"

"예, 후작은 이번 일을 결코 쉽게 넘길 생각이 아닌 듯싶습니다. 아끼던 스버레일 백작을 확고하게 버리겠다는 심산으로 나온 것을 보면, 아무래도 신전 측과 얽혀 있다는 얘기겠지요."

"나 역시 그렇게 생각한다. 일이 이렇게 급박하게 진행된 것도 역시 신전의 입김이 크게 작용했겠지. 갈락실 대신전의 신전장이 어떤 놈인지 미처 생각지 못했군."

"갑작스러운 토벌령 때문이 아니겠습니까."

"쯧쯧……."

혀를 찬 가슈인은 턱을 괴었다.

"2년 전의 그 사건 이후, 은십자 기사단은 잠정적으로 모든 활동을 멈췄다. 헌데, 어째서 이제와 토벌령 따위가 내려진 것인지 그 이유를 짐작하기 어렵군. 교단 내부에 어떤 변화의 바람이라도 분 것인가? 어쨌든 그 때문에 일이 골치 아프게 되었어."

"어떻게 하시겠습니까?"

보좌관의 물음에 가슈인은 눈을 날카롭게 빛냈다.

"뭐, 다소 빠르기는 하지만 별수 없다."

굴러들어온 패를 써먹을 때다.

"제리카를 불러라."

"예."

쿵!

"큰일 났습니다!"

문을 벌컥 열고 나타난 인물에 라트는 눈살을 찌푸렸다. 그에게 차를 대접하고 있던 늙은 노인이 화들짝 놀라면서 손을 데일 뻔한 것이다.

"괜찮습니까?"

"아, 예. 저, 저는 괜찮습니다."

하지만 노인의 표정은 그리 좋아 보이지 않았다. 살던 곳을 버리고 이곳으로 들어온 지 고작 며칠 되지 않았으니, 큰일이 났다는 말만 들으면 공포에 떠는 것도 무리가 아니다.

"무슨 일이지?"

"저, 그게……."

스스로도 경솔하다고 생각했는지, 노인의 얼굴을 살피면서 말을 삼가는 제리카의 태도에 라트는 천천히 일어났다.

"다음에 오겠습니다."

"아, 예. 부디 꼭 오십시오."

라트는 최대한 부드러운 표정을 지으면서 밖으로 나왔다. 당장이라도 무너질 것처럼 허름하고 조그마한 집이었지만 여기만큼 따뜻한 곳도 없었다.

이전 화전민들 전부가 이런 집에서 살고 있겠지만, 그들은 이제 국가의 보호 아래 몬스터의 위협에서 벗어나 마음 편히 살아가는 것이다.

하지만 그것도 잠시, 제리카를 보는 라트의 얼굴은 빠르게 굳어갔다.

"걷지."

"예."

그리고 민가들이 들어선 곳에서 한참을 벗어나 도시로 향하는 외곽 길목에까지 왔을 때, 라트는 지나가는 말투로 물었다.

"무슨 일이지?"

"교단과 관련된 일입니다."

"교단이라고?"

걸어가던 자리에 선 라트의 두 눈이 무시무시하게 변했다. 그러자 그를 중심으로 주위 공기가 급속도로 무거워져갔다. 제리카는 온몸을 짓누르는 감각에 움츠러들었다.

"교단과 관련된 이야기라니, 그게 무슨 말이지?"

"갈락실에서 냄새를 맡은 것 같습니다."

"냄새를 맡았다니?"

"파르칼의 영주가 이곳으로 병력을 보냈습니다."

라트의 얼굴이 일그러졌다.

"어째서……."

"화전민은 국법 바깥으로 도망친 자들입니다. 그리고 그들이 국가의 손에 잡히면 어떻게 되는지는…… 라트 님도 알고 계실 겁니다."

"그러니까, 이 지역의 영주가 냄새를 맡았다는 얘기군……."

"예, 자세한 이야기를 여기서 할 수는 없습니다. 일단 저택으로 가시지요."

라트는 고개를 끄덕이면서 그의 뒤를 따랐다. 조금 전에 부족한 살림 속에서 차를 대접받은 라트는 교단이 다시 그들의 삶을 빼앗아 가려고 한다는 생각을 지울 수 없었다.

'그렇게 놔둘 수는 없다. 절대로.'

곧 라트와 아르니, 그리고 텔리시아가 기거하는 오래된 저택이 보이기 시작했다. 저택이라고 부르기도 민망할 만큼 작고 허름한 곳이었다.

굳은 얼굴로 저택의 안에 들어온 라트는 과거 집무실로 쓰이던 2층 깊숙한 곳의 방으로 올라갔다.

끼긱!

문을 열고 들어온 라트는 제리카를 돌아보면서 말을 꺼냈다.

"구체적으로 말해봐. 일단 상황이 어떻게 돌아가는지는 대충 알겠어. 그래서 어떻게 할 셈이지? 가슈인은 아무런 말도 하지 않던가?"

제리카는 말하기 껄끄럽다는 듯 눈살을 찌푸렸다.

그러자 라트의 얼굴이 빠르게 굳었다.

"설마, 그들을 넘겨줄 셈은 아니겠지?"

"무, 물론 그건 아닙니다! 대장님께서는 그런 분이 아닙니다. 몇 번이고 말씀드리지 않았습니까. 은십자 기사단은 이교도라는 말을 들으면서 고통을 겪는 사람들을 지키기 위해 결성한 집단이란 것을 말입니다."

"……아니라면 다행이군. 그럼, 무슨 다른 생각이 있다는 얘기겠지?"

"예, 헌데 그것이 다소 위험한 방법이라……."

제리카는 이걸 어떻게 말해야 하는 것인지 갈피를 못 잡고 있는 것 같았다.

"위험한 건 아무래도 좋아. 애초에 내가 은십자 기사단에 들어오기로 한 건 그들을 보호해준다는 말 때문이었다. 그렇다면 방법이야 어쨌든 그들을 지켜야지."

라트의 확고한 대구에 제리카는 한결 편해진 표정을 지었다.

"일단 제가 말씀은 드리겠지만 대장님을 한번 뵙고 이야기를 나누시는 게 좋을 겁니다."

"그럴 참이야. 어서 얘기나 해봐."

곧 제리카의 입에서 나오는 이야기를 듣는 라트의 얼굴은 점차 놀랍다는 표정으로 바뀌어갔다.

"그렇군! 그렇게 하면……."

"예, 실로 묘안이지요. 이 일이 그런 식으로 마무리 된다면 지금 제피린으로 몰린 시선도 돌릴 수 있습니다."

"역시, 대장씩이나 하는 자라서 그런지 생각하는 게 다르군."

라트는 그렇게 어려운 방법을 써가면서까지 그가 사람들을 지키고자 한다는 생각으로 받아들였다. 그 말은 자신과 성격이 맞지 않는다고 해도, 그의 본성은 결코 나쁜 사람이 아니라는 것을 뜻했다.

가슈인에 대한 좋지 않은 선입견들이 조금씩 희석되어가고 있었다.

"그를 만나봐야겠어."

그 말을 중얼거린 라트는 그대로 문을 거칠게 열었다.

"우아!"

뾰족한 소리와 함께 무언가가 앞으로 튀어나오면서 그대로 라트의 품에 안겼다.

은은한 향기가 라트의 코에 아른거렸다.

라트는 눈살을 찌푸리면서 품에 안겨 있는 이에게 무뚝뚝하게 말했다.

"왜 훔쳐듣고 있는 거야?"

"그, 그냥! 무, 무슨 일인가 해서!"

빠르게 한 걸음 물러나는 아르니는 벌겋게 달아오른 얼굴로 화를 냈다.

"무슨 일인가 해서 훔쳐들어? 그렇게 훔쳐듣지 않아도 다 얘기해줄 생각이었어."

"거, 거짓말! 그런 위험한 일, 그냥 혼자 덜컥 결정하려고 했으면서 무슨 얘기를 해줘? 그냥 통보겠지!"

"그럼 다른 방법이 있는 모양이지?"

"그건……"

아르니의 말문이 턱 막혔다.

있을 리가 없었다. 라트도 이보다 더 좋은 방법은 떠오르지 않았으니까 말이다.

"내가 가는 길을 보겠다고 하지 않았어? 가만히 지켜봐."

"……그래. 알고 있어."

라트는 고개를 끄덕이고 천천히 내려갔다.

조금 전까지 벌겋게 달아올랐던 아르니의 얼굴은 어느새 차갑게 식어 있었고 우울해 보였다.

아르니의 곁을 지나가는 동안 제리카는 고개를 들 수 없었다. 그녀는 라트에게 단순한 동료 이상의 감정을 가지고 있다. 그것은 그녀가 라트의 뒤를 따라다니며 아무것도 바라지 않는다는 것만 봐도 알 수 있다.

그리고 그런 라트를 위험 속으로 밀고 있는 사람이 제리카다.

제리카는 그녀 앞에서 죄인이 된 것 같은 기분을 지울 수가 없었다.

"좋아 보이는군."

"그런 무의미한 대화를 나눌 필요는 없겠지."

가슈인의 부드러운 어조에 라트는 날카롭게 대꾸했다. 아무리 그에 대해 좋은 감정을 가지기 시작했다고 해도 거부감은 남아 있었다. 무엇보다 이런 시기에 다른 이야기나 하면서 떠드는 것은 라트의 성격상 불가능한 일이었다.

"꽤 올바른 판단을 했더군."

"올바른 판단이라."

가슈인이 낮게 웃었다. 라트의 말투가 흡사 그의 위에 있는 사람의 말처럼 들렸던 것이다.

"뭐, 은십자 기사단의 한 축을 맡고 있는 사람으로서는 지극히 당연한 선택이었다고 생각하네. 물론 상황이 이렇게 되고 보니 자네의 기량이 어느 정도인지 시험하는 것 같아 유감스럽기는 하네만……."

"그런 것은 상관없습니다."

갑작스러운 라트의 존대에 가슈인을 비롯한 제리카의 두 눈이 크게 뜨였다.

"……어떤 바람이 불었기에, 갑작스럽게 존대인지 모르겠군."

"당신이 제가 따라야 할 대장인지, 그 자질이 의심스러웠기에 계속 그렇게 했던 것뿐입니다. 당신이 화전민들을 지키겠다는 뜻을 보인 만큼, 저 또한 그에 합당한 태도를 보여야 한다고 생각합니다."

시종일관 배우지 못한 사람처럼 어리석은 태도를 보이던 라트가 이렇듯 정중한 태도로 나오자, 가슈인은 더 이상 그를 상대로 냉소적인 태도를 보일 수 없었다. 라트가 정중한 태도로 그를 대장으로 따른다면 그 역시 그를 부하로서 제대로 대우해야 한다.

"알겠네. 그렇게 생각한다면 나 또한 자네에게 대우를 해야겠지."

"제가 해야 할 일에 대해서 말해주십시오. 화전민을 지키고, 그들을 받아들인 당신을 도울 방법을 말입니다."

라트의 진중한 시선을 받은 가슈인은 고개를 끄덕였다.

"따라오도록."

2층으로 올라가는 계단의 뒤쪽으로 난 조그마한 문을 지나 지하로 내려가는 그의 뒤를 따라 라트와 제리카가 뒤따랐다. 그리고 얼마 지나지 않아, 곧 또다시 넓은 홀 같은 곳이 나타났다.

그리고 그곳에는 이미 50여 명의 건장한 사내들이 흔들림 없는 자세로 서 있었다.

가슈인은 익숙하게 그들의 앞에 놓인 커다란 지도 앞으로 다가갔다.

"이번 작전의 핵심인 라트 경이 왔다. 그럼 회의를 시작하기로 하지."

경이라는 격상된 칭호를 받은 라트의 마음은 싱숭생숭했다. 저주해마지 않는 기사의 칭호로 불리게 됐음에도 불구하고 그들이 부르는 것과는 뭔가 다른 소속감이 있었던 것이다.

"이곳에 모인 자네들은 이번 사태를 정리할 사람들이다. 그리고 이 일은 라트 경이 주도할 것이다. 자, 라트 경, 가까이 오게. 이제부터 지금 상황이 어떻게 돌아가는지 설명해주겠네."

그러면서 가슈인은 진중한 얼굴로 현재 제피린의 내부적인 상황에 대해서 설명하기 시작했다.

"지금 외부와 내부 모두 큰 문제에 봉착해 있다. 외부적으로는 모두 알다시피 이곳은 은십자 기사단 제3십자대의 거점으로, 현재 갈락실을 비롯한 파르칼 령의 이목이 집중된 상황이다. 이 시선을 돌리지 않으면 이후 기사단 활동에 큰 영향을 미칠 것이다."

그렇게 모두를 쓱 훑어보면서 말한 가슈인은 라트를 보면서 다시 입을 열었다.

"그리고 내부적으로는 로벨토 남작이 수용한 화전민들을 갈락실로 넘기자는 주장을 강경하게 외치고 있다는 것이다."

라트의 눈이 날카롭게 바뀌었다.

"거기서 그치지 않고 로벨토 남작은 스버레일 백작이 모르게 전인을 보내려 하고 있다."

"전인이라니, 그게 무슨 말입니까?"

"수용한 화전민들 전원을 넘기겠다는 서신을 전달하는 전인이다."

가슈인의 무미건조한 대답에 라트의 얼굴이 사납게 일그러졌다.

"그럴 수는 없습니다."

"물론이다. 그따위 짓을 하는 걸 가만히 둘 수는 없다. 그리고 그것을 막기 위해, 라트 경을 비롯한 기사 모두가 이곳에 있는 것이다. 그를 처리하는 것은 간단하지만 그렇게 해서는 외부의 적을 이해시킬 수 없다. 제피린을 비롯한 은십자 기사단, 그리고 화전민들을 지키기 위해 위험을 무릅써야 하는 것이다. 라트 경, 해줄 수 있겠나?"

가슈인의 신뢰 어린 눈빛을 본 라트는 의지를 다졌다.

"물론입니다."

"이 일의 위험성이 큰 만큼 경의 동료도 이 일을 도와줬으면 좋겠는데."

아르니를 말하는 것인가. 라트는 쉽게 대답하지 못했지만, 어차피 그녀는 말린다고 해도 절대 말을 듣지 않으리라.

"……알겠습니다."

"너무 불쾌하게 받아들이지 말게. 다 경을 비롯한 단원들의 안전을 위해 말하는 것이니 말이야. 이 일은 어정쩡한 다수보다는 실력이 있는 소수가 필요하네."

그렇게 라트를 달랜 가슈인은 다시 지도의 한쪽을 가리켰다. 그의 눈이 날카롭게 번뜩였다.

"이제부터 이들은 경의 부하일세. 경은 이들을 데리고 남쪽의 뒷문을 통해 나무가 우거진 언덕으로 간 뒤, 그곳에서 밤이 깊을 때까지 기다리면서 동쪽으로 전인이 나오는지 살피게. 그리고 전인이 나오면 그것을 지켜보다가 제피린과 세필든 언덕 사이의 중간 지점쯤 갔을 때 습격하는 것이네. 물론 그것을 적들이 가만히 보고 있진 않겠지. 그러니 후방에 미리 준비시

켜둔 말을 이들 중 반이 뒤로 빠져서 타고 오는 동안 자네가 막고 있어야 하네. 사실상 이번 작전은 자네가 얼마나 적의 발을 붙잡고 있느냐가 관건이네."

"……한 가지 확실히 알아두고 싶은 게 있습니다."

설마 이제와 안 되겠다느니 하는 소리는 아니겠지. 가슈인이 눈살을 살짝 찌푸렸다.

"뭘 알고 싶은가?"

"이번 일 역시 교단이 얽혀 있는 일입니까?"

"물어보나 마나 한 이야기가 아닌가. 이 나라에서 하는 일에 교단이 얽혀 있지 않은 일은 없네."

그 순간, 가슈인을 비롯한 기사들은 주위의 공기가 묵직하게 가라앉는 것을 느낄 수 있었다.

"그렇다면 됐습니다."

어수룩하게만 보이던 라트의 눈이 차갑게 번뜩였다.

좌중을 압도하는 무거운 마력이 은연중 라트에게서 흘러나오자, 가슈인은 새삼 라트가 천검의 제자라는 사실을 떠올리며 미소 지었다.

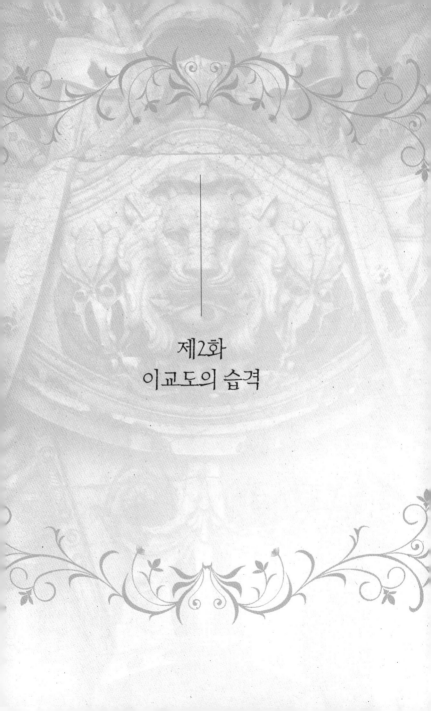

제2화
이교도의 습격

Holy War

　제피린을 조여 오는 고르올리아 후작의 손아귀에서 벗어나기 위해, 제피린의 제3십자대의 대장, 가슈인은 이전부터 계획하고 있던 책략을 급하게 진행시켰다.

　수완이 좋은 가슈인이 하는 일치고는 이득보다는 손해가 더 커 보였지만 이것은 어디까지나 그가 그리는 대지도의 일부분에 불과했다.

　한편, 세필든 언덕에 주둔한 린메이스 백작은 이러한 제피린 내부의 상황을 알 리 없었다. 그는 만 하루가 지났음에도 불구하고 아무런 반응이 없는 제피린의 태도에 눈살을 찌푸리고 있었다.

"아직도 전인이 돌아올 기미가 보이질 않나?"

"예, 아직 보이지 않습니다."

린메이스 백작의 눈매가 날카로워졌다. 어느 정도 예상한 일이기는 했지만, 역시 스버레일 백작이 쉽게 나올 것 같지 않았다.

"며칠이 지났지?"

"전인을 보낸 지 말씀이십니까?"

"어제 보낸 전인을 내가 기억하지 못할 것이라고 생각하나?"

린메이스 백작의 서슬 퍼런 말에 부관이 고개를 조아렸다.

"죄송합니다. 세필든 언덕에서 주둔한 지 이제 사흘이 지나는 시점입니다."

"벌써 사흘이라……. 시간이 상당히 지났군. 영주님께서 슬슬 연락을 기다리고 계시겠어."

"예, 영주님께 소식을 보내시겠습니까?"

"음, 그러는 게 좋겠지. 전인을 준비시켜둬라. 곧 서신을 써 오겠다."

부관이 물러가자, 린메이스 백작은 자신의 천막 안에 들어가서 하얀 종이 위에 고르올리아 후작에게 보내는 서신을 쓰기 시작했다.

그렇게 오늘 낮을 밝힌 해가 뉘엿뉘엿 저물어 지평선에 걸려 있을 때였다.

천막으로 갑자기 들이닥친 부관의 모습에 린메이스 백작은 눈살을 찌푸렸다.

"백작님! 제피린의 전인이 오고 있습니다!"

"전인? 어제 보낸 전인이 돌아오는 것인가?"

"아닙니다. 스버레일 가문의 기치가 보입니다."

"백작의 전인인가? 그렇다면 보낸 전인은 어떻게 된 거지?"

전인을 보낸 것을 보면 이야기를 하자는 것인데, 어째서 낮에 보낸 전인이 돌아오지 않는 것인가? 뭔가 이상하다는 생각이 들었지만, 같이 오고 있는 것일지도 모른다는 생각에 그는 천천히 일어났다.

린메이스 백작은 제피린의 외곽이 잘 보이는 언덕의 제일 높은 곳에 올라갔다. 그러자 부관의 말대로 멀찍이서 천천히 접근해오는 여러 개의 조명석을 발견할 수 있었다.

"과연, 스버레일 백작가의 기치가 틀림없군."

"제피린에서 어떤 결정을 내렸을 것이라고 생각하십니까?"

"글쎄. 전인을 보내온 것을 보면 섣부른 판단은 하지 않은 것 같지만, 이상한 것은 어째서 우리 쪽 전인의 모습은 보이지 않는가다."

거리가 조금씩 가까워짐에 따라 호위하는 기사들의 모습마저 잘 보이게 되었지만 기이하게도 린메이스 백작이 보낸 전인의 모습은 전혀 보이지 않았다.

어째서일까, 그런 생각이 들 무렵이었다.

린메이스 백작이 눈살을 찌푸렸다. 남쪽 언덕, 숲의 어둠 너머에서 다수의 무엇인가가 빠르게 움직이는 것이 그의 눈에 포착되었다.

"저게 무슨……."

그러한 의문을 가졌을 때, 그것들은 일제히 튀어나와 이곳으로 오고 있는 전인을 습격했다.

카카캉!

순식간에 조명석이 땅에 나뒹굴면서 괴한의 무리들과 기사들이 얽히기 시작했다.

몇 되지 않는 호위 기사들이 분전했지만 수적으로나 실력적으로나 역부족이었다.

순식간에 한두 명씩 쓰러지기 시작하자 린메이스 백작의 얼굴이 다급하게 변했다.

"힐리센 남작!"

"예!"

"당장 휘하 기사 모두 이끌고 응전하라!"

"알겠습니다."

하명을 받은 힐리센 남작이 움직이면서 휘하 기사들이 그를 따라 말을 타고 달려 나갔다.

"게뮌트 경."

"옛!"

"경도 휘하의 병사 50명을 이끌고 힐리센 남작을 지원하라!"

"예, 알겠습니다."

우람한 체구의 기사가 급하게 고개를 수그리고, 병사들이 모여 있는 곳으로 달려가 고함을 쳤다. 곧 그의 뒤로 우르르 병사들이 뒤따르기 시작했다.

그러는 사이, 호위 기사 중 상당한 실력을 갖춘 기사 한 명이 쓰러지고 균형의 붕괴가 더욱 가속되었다.

'적 중에 상당한 실력자가 있다.'

린메이스 남작의 눈이 날카로워졌다.

곧 힐리센 남작이 이끄는 20여 명의 기사들이 전투에 가담하면서 전황은 또다시 기울었다.

적의 수는 50여 명 남짓. 힐리센 남작이 가세해도 수적 열세를 뒤집을 수는 없었다. 그러나 힐리센 남작이 이끄는 20여 명의 기사들은 모두 일정 이상의 실력을 지닌 자들이다. 그들이 가세하여 균형을 맞추니 그제야 린메이스 남작도 한숨 돌릴 수 있었다.

"이교도! 저들은 이교도가 틀림없습니다!"

그때, 뒤에서 들려오는 깐깐한 목소리에 린메이스 백작이 얼굴을 살짝 찌푸렸다.

"지금은 전시일세. 안에 들어가서 가만히 있도록."

"아닙니다! 작금의 사태는 교단과 얽힌 일! 안전한 곳에서 가만히 모든 것을 맡긴 채 구경만 할 수는 없는 일이지요!"

오르톤 신관의 고집스런 태도에 린메이스 백작은 속으로 혀를 찼다.

'이곳까지 데려와준 것만 해도 분수에 넘치게 배려한 것이거늘, 고맙게 여기지는 못할망정……'

"상황에 대해서는 조금 전에 들었습니다. 갑작스럽게 괴한들이 나타나 제피린의 전인의 습격했다는 소식을 말입니다!"

분개한 듯 소리치는 오르톤 신관의 눈이 시퍼렇게 빛났다.

"드디어 간악한 적의 무리가 모습을 드러낸 것입니다. 저들이야말로 세간에 이르는 불건한 세력임이 틀림없습니다. 악마와 결탁하여 이 나라의 안녕을 위협하는 간악한 놈들!"

"은십자 기사단을 말하는 것인가?"

"기사단이라니요? 백작님께서는 이교도에게 그런 이름이 가당키나 하다고 생각하는 것입니까?"

신관의 눈썹이 휘어져 올라갔다.

"물론 그렇게 생각지는 않네만 세간에서는 그렇게 불리고 있지 않은가."

"불쾌한 소리가 아닐 수 없습니다! 저런 간악한 이교도들이 은십자라느니 기사단이라느니 하는 이름을 붙인다는 것 자체가 말도 안 되는 일이란 걸 우매한 자들이 어찌 알겠습니까? 광명께서는 당신의 종들이 이러한 상황을 좌시하고 있는 것을 결코 원치 않을 것입니다!"

"알겠네, 알겠어. 자네의 말이 맞네."

"린메이스 백작님! 저자들이 그 간악한 이교도 무리라는 것에 대해서는 백작님도 이견이 없을 것이라고 믿겠습니다."

린메이스 백작은 신관과 쓸데없는 이야기를 더 이상 나누고 싶지 않았기에 다시 싸움이 일어나는 곳으로 시선을 돌렸다. 미처 저들의 정체가 무엇인지에 대해서는 생각지 않았다는 것을 상기했다.

'은십자 기사단이라……'

어째서 전인을 습격한 것일까, 그리고 왜 이렇게 무모한 짓을 저지른 것일까?

'전인이 가져오는 소식에 혹 저들에게 있어 알려서는 안 될 이야기가 있었던 것인가?'

거기까지 생각이 미치자 린메이스 백작은 어쩌면 제피린에서 은십자 기사단의 영향력이 생각보다 강한 것일지도 모른다는 생각을 했다.

'만약 지금 일어난 습격이 백작이 미처 눈치채지 못한 새에 벌어진 일이라면 백작이 아니라 놈들이 벌인 일일 가능성이 높다.'

이런저런 정황을 볼 때, 작금의 상황은 스버레일 백작까지 의심해도 별문제가 없는 상황이었다. 그러나 스버레일 백작은 대단히 오래전부터 고르올리아 후작을 따르던 인물이었다. 그렇게까지 의심을 하고 싶지는 않았다.

"놈들을 반드시 생포해서 저들의 본거지가 제피린이라는 사실을 밝혀내야 할 것입니다. 음! 보아하니 상황이 어떻게 되어 가는 것인지 딱 나오지 않습니까? 아실반 산맥에서 발견되었다고 하는 그 악마도 저 이교도 놈들이 틀림없습니다!"

신관이 제피린을 향해 적개심을 불태우는 것에는 아랑곳없이, 린메이스 백작은 가만히 상황을 살폈다.

카카캉!

라트는 날아드는 검을 가까스로 막아내는 척하면서 천천히 뒤로 물러나고 있었다. 작금의 형세는 그 누가 보더라도 명확하게 힐리센 남작이 이끄는 기사들이 우위에 있는 모습이었다.

라트는 주위를 살피면서 적을 충분히 끌어들인 것을 확인했다. 슬슬 때가 되었다.

그의 휘하에서 따르는 대원 중에 놈들에게 당한 이는 약 두 명. 본래라면 약간의 부상만 입고 물러나야 했지만 다소의 어려움이 뒤따른 탓에 결국 사망자를 내고 말았다. 적의 실력이 생각 이상으로 뛰어난 것이 문제였다.

순간, 곁에서 싸우는 제리카와 라트의 눈이 마주쳤다. 그 직후 제리카가 고개를 끄덕이고는 뒤로 빠지기 시작하자, 라트의 눈이 날카롭게 변했다.

라트는 들고 있던 커다란 장검으로 밀어닥치는 검을 단숨에 후려치고는 망토 뒤에 감춰두었던 지크로트를 뽑아 들었다. 그리고 어마어마한 마력을 밀어 넣고 그대로 내리쳤다.

콰앙!

"뭐, 뭐냐!"

힐리센 남작은 갑작스럽게 엄청난 진동이 일어나고 흙먼지가 사방으로 튀어 오르자 당황을 금할 수 없었다.

그들 전부가 평균 이상의 실력자인 만큼 내려앉은 어둠에는 익숙해진 지 오래였지만 번뜩이는 눈에 흙먼지가 날아든 것이다.

기사들이 움찔하는 순간이었다. 라트는 조금 전과는 비교도 할 수 없을 만큼 빠른 움직임으로 그들의 오른쪽 측면으로 돌아간 즉시 지크로트에 어둠의 마력을 집중시키기 시작했다. 모여든 마력이 검붉은 빛으로 번쩍였고 빠르게 쪼개졌다.

폭발과 흙먼지가 인 후, 그야말로 찰나 간에 벌어진 일이었다.

콰콰콰쾅!

"크아아아악!"

"끄아아악!"

날아드는 검세는 세차게 날리는 빗줄기처럼 기사들과 병사들의 상체를 사정없이 찔러댔다. 유형화된 수십의 검세를 아무런 방비 없이 막을 방법은 없었다. 라트보다 실력이 아래인 그들에게는 더더욱 그렇다.

"무, 무, 무슨 일이 일어난 거냐!"

힐리센 남작은 갑자기 언덕에서 나타난 검은 로브의 괴한의 손에 여러 명의 기사와 병사들이 순식간에 쓰러지는 것을 보고 기겁하지 않을 수가 없었다.

실제로 상당한 실력을 가진 기사 20여 명이 전부 달려든다면 라트도 결코 당해내기 어려울 터였다. 하지만 어둠 속에서 찰나 간에 압도적인 전투력을 보여준 라트의 힘에 기사들은 위압당하고 있었다.

"겨, 겨우 이교도다! 이교도 놈 따위에 겁먹지 마라!"

힐리센 남작의 고함에도 기사들은 섣불리 나서지 못했다. 그의 얼굴이 점점 굳어가고 있을 때였다.

"나, 남작님! 다른 이교도 놈들이 사라졌습니다!"

"뭣이?"

그제야 힐리센 남작은 시선을 돌렸다. 정말로 눈앞에 칠흑의 기형검을 든 실력자를 제외하곤 모습이 보이지 않았다.

"이, 이런 빌어먹을! 벌레만도 못한 새끼들이!"

그제야 눈앞의 라트가 기사들의 발목을 묶고 있었음을 알아챈 힐리센 남작의 분노는 이만저만한 것이 아니었다.

"포위해! 놈만은 절대로 붙잡아야 한다!"

기사들과 병사들이 빠르게 움직이기 시작하자, 라트의 눈에도 결연한 빛이 떠올랐다.

'생각보다 많이 쓰러트렸지만, 절대 방심할 수 없다.'

라트는 이전에 아실반 산맥에서 기사 몇 명을 상대로 고전한 기억이 있었다. 물론 그때는 이전처럼 힘에 취해 싸웠기에 바리엘 분검식을 제대로 발휘하여 못하여 고전한 것이었다.

그러나 지금은 다르다. 라트는 마음을 가라앉히고 여러 개의 검을 심상에 그리고 또 그리며 싸우고 있었다.

'실전……'

라트는 처음으로 적들의 살의를 피부로 느끼고 있었다. 이렇게 냉정한 상태로 싸운 적은 처음이었다. 지금까지는 항상 분노와 적의에 마음을 맡기고 싸워왔던 것이다.

그 갈색 오크가 자신, 그리고 종족을 위해 인간을 적으로 돌리고 싸웠던 것처럼, 저들 역시 자신이 믿고 있는 세상을 위해 싸우는 것이다.

선악에 절대적인 잣대란 없는 것. 그것이 라트가 그간의 긴 생각 끝에 내린 결론이었다.

물론 그렇다고 해도 라트는 멈추지 않는다. 절대적인 잣대란 것은 없지만, 라트가 서 있는 약자의 잣대로 보기에 교단은 악이다. 교단이라는 이름 아래 그들이 행하는 것은 다수를 핍박하고 갈취하는 짓이니까 말이다.

그렇게 생각한 라트는 저도 모르게 웃었다.

애초에 그에게 저들을 처벌할 권한이 어디에 있단 말인가? 그가 하는 것은 온갖 말로 꾸며대도 결국은 살인이다. 그것을 어떤 말로 미화할 수 있단 말인가?

그렇다. 이건 복수다.

'이건 나의 일이다.'

모든 것을 잃어야만 했던 라트의 복수. 그 외에 거창한 뜻은 필요 없다.

개혁, 혁명, 대의. 라트는 그런 것으로 이 비참한 마음을 꾸밀 생각이 없었다.

그간에 머리를 가득 메우고 있던 복잡한 생각들이 빠르게 지워졌다. 낙인자들에 대한 것들은 은십자 기사단에게 맡기면 된다. 그들이라면 잘해줄 것이다.

그러는 사이, 기사들이 그를 빠르게 포위하면서 자리를 잡고 있었다.

이제 때가 되었다.

라트가 마력을 일순간 크게 개방했다.

쿠궁!

주위에 흐르던 자연력이 라트의 몸에서 일제히 뿜어진 어둠의 마력에 의해 굳어갔다. 그것은 압력처럼 기사들 전부를 짓눌렀다.

"이, 이건……."

라트가 가진 실로 막대한 마력을 느끼면서 힐리센 남작의 얼굴이 하얗게 질려갈 때였다.

화악!

쿠콰쾅!

"크아악!"

힐리센 남작 주변으로 빠르게 날아든 흑염의 구체가 그대로 병사 앞에 내리 꽂히면서 터졌다.

그 폭발에 휘말려 붕 떴다가 바닥에 내팽개쳐진 힐리센 남작은 흙먼지에 범벅이 된 모습으로 눈을 부릅뜨고 켁켁거렸다.

"마, 마법사가…… 크윽! 있다……!"

라트의 입가에 피식 미소가 드리웠다.

"정확하군, 아르니."

그 순간, 말을 탄 검은 로브의 사내들이 어둠을 뚫고 나타났다.

"노, 놈들이다! 창병 앞으로!"

힐리센 남작이 급하게 외쳤지만, 병사들은 이미 우왕좌왕 정신이 하나도 없는 상황이었다. 어디에서 날아온 것인지 정확히 알 수 없는 마법에, 눈앞에는 주위의 공기마저 무겁게 짓누르는 실력자가 있다.

그러한 압박에 힐리센 남작도 휘둘렸고, 명령을 자꾸 번복하면서 지휘체계가 흐트러지고 있었다.

그러는 사이, 이미 흑색 로브의 괴한들은 라트의 인근까지 육박하고 있었다. 기사들의 시선이 몰려오는 적들에게 꽂혔을 때, 라트가 빠르게 움직였다. 이 아수라장에서 라트는 말 사이를 거침없이 달려 나갔다.

"여깁니다!"

제리카의 고함을 들은 라트는 자리가 비어 있는 말 한 마리를 발견했다. 라트는 그 말에 바로 올라탔다. 그러자 곧 한쪽에서 왜소한 체구의 괴한 한 명이 그의 등 뒤에 올라탔다. 후드 사이로 찰랑이는 금발이 얼핏 보였다.

마구간지기로 4년 동안 일한 라트는 승마술만은 누구보다도 자신 있다고 말할 수 있을 정도였다.

"후퇴!"

아르니가 꽉 붙들고 있음을 확인한 라트가 말고삐를 쥐면서 마력을 담아 외쳤다. 그 순간, 말을 타고 주위에 혼란을 가중시키고 있던 괴한들이 일제히 그의 뒤를 따르기 시작했다.

히히히히힝!

힐리센 남작은 흙먼지로 범벅된 얼굴로 이를 뿌득뿌득 갈아댔다.

"이, 이런 빌어먹을 새끼들이……! 뭘 하고 있는 거야! 당장 쫓아! 저놈들을 잡으란 말이야!"

그의 고함이 쩌렁쩌렁 울리는 순간이었다.

뒤에서 두두두두 말발굽 소리가 요란스럽게 들렸고, 곧 힐리센 남작의 옆으로 100명이 조금 안 되는 기사들이 일제히 지나쳐 달려갔다.

힐리센 남작은 그들이 자신 휘하의 기사들인 줄 알았다. 그러나 곧 그의 곁으로 다가온 백마 위에 앉아 있는 낯익은 얼굴을 보면서 눈살을 찌푸렸다.

"오래간만에 뵙소, 힐리센 남작."

"사이베른 남작⋯⋯."

힐리센 남작의 얼굴이 벌겋게 달아올랐다.

"이후에 자세한 이야기를 하도록 하겠소. 일단 이교도를 잡는 일에 주력하시오."

그 말을 끝으로 사이베른 남작이 달려 나갔다.

힐리센 남작은 벌떡 일어나 즉시 뒤쪽에 둔 말에 올라탔다. 그리고 언덕의 린메이스 백작을 바라보았다.

백작은 얼굴을 찌푸리고 있었다. 그 표정을 살핀 힐리센 남작의 표정이 딱딱하게 굳었다. 사이베른 남작은 스버레일 백작 휘하의 기사였던 것이다.

스버레일 백작 휘하의 사이베른 남작에게 조롱을 당했다는 것, 그것이 곧 린메이스 백작에게 치욕이 된다는 것을 알고 있는 힐리센 남작은 잔뜩 일그러진 얼굴로 달려 나가기 시작했다.

"이랴!"

멀쩡한 기사들이 급하게 그의 뒤를 따랐다. 그러나 그 수는 고작 20여 명이 채 되지 않는 정도였다.

언덕 위에서 모든 것을 지켜본 린메이스 백작은 상황이 어떻게 돌아가는 것인지 알 수가 없었다.

백작의 곁에 있는 기사들의 표정이 모두 어둡게 가라앉아 있는 가운데, 병사 한 명이 급히 달려와 그의 앞에 한쪽 무릎을 꿇었다.

"전인은 어떻게 되었나?"

"이, 이미 죽었습니다."

"서신은 어떻게 되었지?"

"예, 전인이 마지막까지 발악을 하여, 훼손되기는 했으나 내용을 알아볼 수 있을 정도입니다."

두 손으로 건넨 서신을 받아든 린메이스 백작은 내용을 읽으면서 얼굴이 더욱 일그러졌다.

"이게 정말로 그 전인의 품에 있던 서신이란 말이냐?"

"예!"

서신의 대략적인 내용은 찢겨진 부분 없이 보아도 알 수 있을 만한 것이었다.

어째서 갑자기 들이닥쳐 무력시위를 하고 있느냐는 항의문 같은 것이었다.

문제는 그것이 아니었다.

'내가 보냈던 서신에 대해서는 일절 언급이 없다. 어째서 영주님께서 보낸 서신에 대해서만……'

린메이스 백작은 눈동자를 천천히 굴렸다.

"……스버레일 백작은 내가 보낸 서신을 읽지 못했다는 얘기가 되는 것인가?"

그렇다면 도중에 그 서신을 누가 가로챘다는 얘기다. 그리고 그것은 조금 전에 전인을 습격한 이교도 집단과 관련이 있을 것이 분명했다.

"스버레일 백작은 무관하다는 이야기가 되는 것인가……."

"그게 무슨 말씀이십니까? 이 서신 한 장으로 스버레일 백작이 어찌 혐의를 벗을 수가 있단 말입니까? 조금 전에 그 이교도 놈들을 보지 않으셨습니까? 놈들이 어디에 있었겠습니까? 틀림없이 제피린입니다!"

"오르톤 신관, 이 일은 그렇듯 단순하게 여기고 판단할 문제가 아닐세. 일이 좀 더 복잡하게 꼬여 있을 가능성이 있다는 걸 모르겠나?"

그러나 여전히 오르톤 신관은 린메이스 백작의 말뜻을 이해하지 못했다.

"복잡하게 꼬여 있다니요?"

린메이스 백작의 눈동자에서 일순 한심하다는 빛이 스쳤다. 그러나 오르톤 신관은 그것을 보지 못했다.

"지금 흘러가는 상황을 그대로 받아들이고 판단했을 때, 백작의 명령을 따르는 수하들 중 상당히 높은 자리에 있는 누군가가 이교도와 결탁하고 있다는 얘기가 된단 말일세. 다시 말하면 스버레일 백작은 지금 이번 일과는 관련이 없다고도 볼 수 있지."

"하지만 이해할 수 없는 부분이 있습니다. 그렇다면 조금 전에 이교도를 추격하기 위해 나온 기사들은 무엇이란 말입니까? 만약 이교도가 중간에서 농간을 부리고 있는 것이라면 그와 같은 짓을 할 리가 없지 않습니까?"

"그건 간단하게 추측해볼 수 있는 문제일세. 그 이교도가 아무리 백작에게 신임을 받는다고 해도, 이렇듯 일이 커진 마당에 중간에서 정보를 감출 수는 없는 법이지. 스버레일 백작은 조금 전에 지금 상황이 어떻게 돌아가는 것인지 대략이나마 파악을 했고, 이에 대응하여 움직였다고 보면 앞뒤가 들어맞지."

"으음……."

오르톤 신관은 머리가 아프다는 표정을 지었다.

린메이스 백작은 석연찮은 느낌을 받고 있었다. 오르톤 신관에게 일단 그렇게 말하기는 했지만 어딘가 너무 상황에 맞게 돌아간다는 느낌을 지울 수가 없다.

만약 그의 추측대로라면 모든 죄는 스버레일 백작이 아니라 그의 명령을 따르던 그 누군가가 다 뒤집어쓰게 되는 것이다.

지금 그가 추측하고 있는 모든 것들이 올바른 사실이 아니라 조작된 것이라면 이는 실로 교묘한 수였다고 할 수 있다.

'하지만 스버레일 백작은 그럴 인물이 못 된다.'

그는 다소 어수룩하면서도 대단히 충성스러운 태도로 후작을 보필하던 자였다. 이런 교묘한 책략과는 어울리는 인물이 아니었다.

린메이스 백작은 곧 고개를 휘저었다. 적이 눈앞에 명확하게 존재하는데, 아군을 먼저 의심해서야 어쩌겠다는 얘긴가.

'영주님께서는 별수 없이 스버레일 백작을 버리시기로 하셨지만, 그가 큰 잘못을 저지르지만 않았다면 다시 품안에 들이실 것이다.'

린메이스 백작은 스버레일 백작에게 가지고 있던 호의, 그리고 이전 고르올리아 후작이 그에게 보이던 태도를 떠올리며 그렇게 생각했다.

"다시 제피린으로 전인을 보내겠다."

"예!"

"그리고 부상을 입은 자들은 일단 응급조치를 하기로 한다."

"부상자 치료는 제게 맡기십시오!"

뒤에서 잠자코 있던 오르톤 신관이 자신만만한 표정으로 걸어 나왔다. 신관의 말은 아랑곳없이, 린메이스 백작은 막사로 들어가 서신을 빠르게 내려쓰기 시작했다.

일단 스버레일 백작이 지금 벌어진 상황에 대해서 어떻게 나오는지 볼 필요가 있었다.

*   *   *

남쪽을 향해 거침없이 달려 나가는 라트의 뒤에서 아르니는 속삭이듯 중얼거렸다.

"죽은 사람들, 나쁜…… 사람이었겠지?"

"가슈인 대장은 그가 마을 사람들을 넘기려고 한다고 그랬으니 내 입장, 그리고 마을 사람들의 입장에서 볼 때는 나쁜 놈이지."

"음…… 그렇겠지. 근데 그 가슈인이라는 사람…… 왠지 좀 차가워 보여서 믿음이 잘 안 생겨."

"마을 사람들을 지키려고 했어. 그 방식이 조금 다른 것뿐, 생각은 나와 똑같아."

"그래, 라트가 그렇다고 하면 그렇겠지."

라트의 신뢰 어린 말에 아르니는 불안한 기색을 지우고는 그를 꽉 껴안았다.

"그렇게 꽉 잡지 않아도 돼."

"떠, 떨어질 것 같아서 그래!"

라트의 무덤덤한 말에 아르니가 눈살을 찌푸리며 퉁명스럽게 대꾸했다.

그런 둘의 대화를 곁에서 달리며 들은 제리카는 불편한 표정을 감출 수 없었다.

'이대로 남쪽으로 가면 봉인의 땅이다. 십자대장님께서는 그를 이렇게 속이면서까지 이용해서 도대체 뭘 하시려는 걸까…….'

라트를 속이고 있다는 생각에 제리카는 마음이 편치 않다.

그리고 그러는 사이, 뒤편에서는 사이베른 남작과 힐리센 남작이 이끄는 병력이 그들과의 거리를 조금씩 좁혀오고 있었다.

　"작전이 성공했다는 이야기는 들었다. 자세히 설명해보게."
　저택의 집무실에서 가만히 찻잔을 느긋하게 든 가슈인은 앞에서 고개를 수그리고 있는 스버레일 백작의 보좌관을 보면서 그렇게 말했다.
　"예, 일단 요약해서 말씀드리자면 완벽할 정도입니다."
　"완벽할 정도라……. 자네가 그렇게까지 칭찬하는 말은 들어보지 못한 것 같군. 라트 경의 실력이 그렇게나 출중하다고 하던가?"
　"예, 천검의 제자라고 밝혔던 것이 거짓은 아닌 듯싶습니다. 대장님께서 말씀하신 작전을 거의 오차 없이 그대로 진행시켰습니다. 특히나 발목을 잡는 그 순간의 실력은 실로 놀라운 것이었다고 합니다."
　"흥미롭군. 그래서 아군 희생자는?"
　"현재 두 명입니다."
　그러자 조금 전까지 여유롭던 가슈인이 돌연 얼굴을 찌푸렸다.
　"두 명이라고?"
　"예, 힐리센 남작이 이끄는 기사 20여 명을 비롯한 병사 50

여 명을 상대로 두 명의 희생자만이 나왔습니다."

그의 침착한 대답에 가슈인은 눈살을 찌푸리고 찻잔을 내려
놓았다.

힐리센 남작 휘하의 기사는 후작 직속에서 움직이는, 실력
이 대단히 출중한 기사들이다. 그런 그들을 상대로…….

'두 명이라, 계산 외군.'

그가 붙인 50여 명의 기사들은 이제 갓 기사 급에 올랐거나
그에 조금 못 미치는 인물들이다. 고작 해야 이십 대 초반으로
이루어진 어중이떠중이 부대인 것이다.

너무 어설프지 않은, 그렇다고 너무 뛰어나지 않은 인물들을
준비하고 제피린에서 시선을 돌리는 희생양쯤으로 생각하고 있
던 가슈인으로서 두 명의 피해는 생각지도 못한 것이었다.

"당시 상황에 대한 자세한 정보가 있는가?"

"예, 지금 급하게 정리하고 있는 중입니다."

"그거 다행이군. 미처 라트 경의 실력이 그 정도로 뛰어날
줄은 생각 못했어. 갈색 오크의 전투력이 그렇게 강했다는 얘
기인가, 아니면 그가 실력을 감추고 있었다는 얘기인가."

전자든 후자든 둘 모두 썩 좋지 않지만, 가슈인은 어느 쪽이
든 아깝게 되었다는 기색을 감추지 못했다.

이전까지 라트에 대한 그의 판단은 이용하기 쉽고 사용하기
괜찮은 패라는 생각이었다. 그래서 이번 작전을 수행하는 라
트가 위험에 빠져도 상관없다는 생각을 했던 것이다.

하지만 라트의 실력이 생각 외로 출중하다면 자칫 잃어서는 대단히 아까운 일이 될 터였다. 이용하기 쉽고 사용하기 괜찮은 패 정도가 아니라 대단히 쓸모 있는 패인지도 모른다.

'이거, 선택을 잘못했는지도 모르겠군.'

이번 작전은 위험성이 상당히 높다.

라트라는 패를 쓰는 것으로 봉인의 땅에 대한 정보를 조금 더 캐내고 후작과 봉인지역 간의 불화를 조장하려는 작전이니만큼, 작전의 핵심인 지휘관은 적진의 한복판에 있어야 하는 것이다. 위험성이 굉장히 큰 만큼 일을 끝까지 해내지 못하고 도중 망가져도 별수 없는 일이라고 생각했다.

"무슨 생각을 깊이 하십니까?"

"좋은 도구를 제대로 쓰지 못한 것 같군."

"라트 경에 대한 말씀이십니까?"

"그래. 그가 그렇게 좋은 패였다면 일을 다른 방향으로 진행시켰을 거야."

"후회하고 계십니까?"

"후회?"

가슈인이 피식 웃었다.

"후회란 것은 어리석은 자들이나 하는 것이다."

가슈인은 다소 아깝다는 생각은 하고 있었지만, 후회는 하지 않았다. 만약 그가 정말로 가슈인이 이렇게 위험성이 높은 일이 쓰는 것이 아깝다고 생각할 만한 인물이라면 이후 또다시 무엇인가를 보여주리라.

'그때 가서도 늦지 않다.'

생각을 정리한 가슈인은 라트에 대한 생각을 한쪽 구석으로 밀어 넣었다.

"가장 중요한 이목을 끄는 작전이 제대로 수행되었으니, 이제 이쪽의 일을 제대로 마무리하기만 하면 되겠군."

"예, 이미 스버레일 백작도 그 일에 대해서는 확실하게 숙지한 상태입니다."

"그렇겠지. 사이베른 남작이 시기적절하게 나선 것을 보면 자네가 일을 잘해주었다는 것쯤은 잘 알고 있네."

"황송합니다."

"물론 잘하고 있으리라고 생각되지만 묻도록 하지. 무엇보다 가장 중요한 '제피린에서 이교도와 결탁한 장본인'은 잘 처리해두었겠지?"

"예, 이미 확실히 손을 써두었습니다. 이제 제피린에서 이교도를 비롯하여 이교도와 결탁한 자들은 깨끗하게 지워지는 것입니다."

"좋군."

가슈인은 빙긋 미소 지었다.

은십자 기사단의 역할을 해줄 인물은 무대에 올라갈 시기만을 멍하니 기다리고 있다.

세필든 언덕에서 보낸 전인은 어제와는 달리 금방 돌아왔다. 주둔 중이던 린메이스 백작은 전인이 가지고 온 서신의 내용을 읽고 고개를 끄덕였다.

"백작의 필체로군. 백작이 입성을 정식으로 허가했다."

"들어가시겠습니까?"

"상황이 어떻게 된 것인지는 백작의 얼굴을 보면서 찬찬히 들어보면 알 수 있겠지."

스버레일 백작은 담대하게도 병력에 대한 언급을 조금도 하지 않았다. 그 말인즉슨 병력을 이끌고 제피린에 입성해도 상관없다는 이야기였다.

그것이 자신의 결백을 이야기하고 있는 듯한 태도였기에 린메이스 백작은 스버레일 백작이 이번 이교도 일과는 상관이 없다는 주장을 하는 것으로 이해했다.

"제피린 안으로 들어간다."

"예!"

린메이스 백작은 힐리센 남작과 사이베른 남작이 이교도를 쫓아간 남쪽을 한 번 보고는 천천히 제피린의 외곽으로 향했다.

입성하는 린메이스 백작을 맞이하는 스버레일 백작의 태도는 무척이나 따뜻했고 당당했다. 이교도와의 결탁을 의심받고 있는 사람이라고는 조금도 생각되지 않을 정도였다.

"어서 오시오."

"오랜만에 뵙는군요, 스버레일 백작님."

"하하, 그렇게 말이오. 일이 많다 보니 린메이스 백작과 만날 일도 좀처럼 없게 되어버렸소."

"제피린처럼 거대한 관령을 맡고 계신 분이니 당연히 바쁘시겠지요. 오히려 갈락실에 자주 모습을 보이시는 것이 이상한 일일 것입니다."

"과연, 그건 그렇소이다."

그렇게 말하고는 스버레일 백작은 호탕하게 웃었다.

그의 변함없는 모습에 린메이스 백작은 마음 한구석이 편해지는 것을 느꼈다. 그가 예전과 다른 모습을 보였다면 다시금 의심했을 것이다. 스버레일 백작에게 호감을 품고 있던 린메이스 백작으로서 그 일은 썩 달갑지 않았다.

둘 사이에 부드러운 분위기가 흐르는 가운데, 스버레일 백작이 얼굴에서 미소를 천천히 지우며 말했다.

"백작이 왜 온 것인지는 본관도 알고 있소."

"그렇습니까?"

"하지만 본관은 결코 이교도의 무리와 결탁하지 않소. 그것은 린메이스 백작도 알고 있을 것이오."

"하지만 백작님께서 그 일련의 사건을 모르고 계셨다는 것은 다소 믿기 어려운 상황입니다. 이미 말씀하셨다시피, 백작님께서는 이곳 관령을 총괄하고 계신 분입니다."

린메이스 백작은 자신이 추측한 바를 말하지 않았다. 일단은 지금 스버레일 백작이 어떻게 나오는지, 그것을 봐야 했다.

그러자 스버레일 백작의 안색이 창백해졌다.

"으음, 그것에 대해서는…… 할 말이 없소……."

"할 말이 없으시다니요?"

"설마 이교도들이 이렇듯 내부까지 깊숙이 침투했으리라고는 생각지 못했소."

"내부 침투…… 라는 말씀은?"

"내 휘하의 가신 중에 이교도와 결탁한 자가 있었소."

스버레일 백작의 참담하다는 듯한 대꾸에 린메이스 백작의 눈가가 살짝 떨렸다. 그가 도출한 결론과 똑같이 흘러가는 것 같았다.

"어째서 그걸 모르셨습니까?"

"그는 충실한 자였소. 이미 백작도 알고 있을 것이오. 아실반 산맥에서 출몰하는 갈색 오크에 대한 것……."

"예, 들어서 알고 있습니다만……."

"본관은 그에게 북쪽의 몬스터 방비에 대한 권한을 주었소. 그리고 그를 철석같이 믿었지. 몬스터에 대항해 싸우는 그에게 내가 줄 수 있는 것은 얼마 되지 않는 부와 신뢰밖에는 없었소."

"……."

스버레일 백작의 담담하지만 진정성 있는 목소리에 린메이스 백작은 점차 감화되어가고 있었다.

"헌데, 이번 사태가 벌어진 후 상황이 어떻게 흘러가고 있는지…… 부끄럽게도 이제야 알았소. 관령 백작이라는 자리에 앉아 있는 자가 말이오. 내가 생각해도 참담하기 그지없고, 한심하기 짝이 없소……."

"스스로를 비하하지 마십시오. 신뢰하던 가신이 백작님을 배신한 것이 아닙니까? 그것이 어찌 백작님의 능력과 연관이 있다고 할 수 있겠습니까?"

린메이스 백작이 되레 스버레일 백작을 옹호하는 분위기가 만들어졌다.

"백작이 그렇게 생각해준다면 실로 고마운 일이오. 그러나 일이 이 지경이 되어버렸소. 어찌해야 좋단 말이오?"

그의 죄를 묻기 위해 찾아온 린메이스 백작에게 오히려 도움을 구하는 그의 태도에 린메이스 백작은 그에게 어떻게 도움을 주는 것이 좋을지 고민하기 시작했다.

'그가 죄를 짓지 않았다는 것은 이후 병사들과 기사들의 이야기를 통해 증명될 것이다.'

설마 스버레일 백작이 바로 들킬 거짓말을 할 것이라고는 생각되지 않았다.

"그 이교도와 결탁한 자는 어디에 있습니까?"

"그것이……."

스버레일 백작이 답답하다는 듯 말을 잇지 못하자, 린메이스 백작의 안색이 창백하게 질렸다.

'설마, 놈을 잡아들이지 못한 것인가?'

그렇다면 아무리 스버레일 백작이 결백하다고 해도 그것은 그저 린메이스 백작 한 명의 믿음에 불과할 것이다. 이번 일은 이미 갈락실의 신전을 비롯하여 후작의 입장까지 얽혀 있는 상태였다.

"급하게 구금하기는 했소이다."

스버레일 백작의 말에 린메이스 백작은 한시름 놓았다.

"그렇습니까? 다행입니다. 그렇다면 무엇이 문제가 된다는 말씀입니까?"

"문제가 있소."

스버레일 백작은 씁쓸한 표정으로 말을 이었다.

"놈을 잡았을 때에 이미 놈은 망각초(忘却草)를 삼킨 이후였소."

"망각초……."

린메이스 백작의 얼굴이 찌푸려졌다.

망각초를 삼켰다는 것은 이후 그의 자백을 듣기가 불가능하다는 얘기인 것이다. 놈이 죽은 것보다는 나았지만 그리 좋은 상황도 아니었다.

망각초는 결코 구하기 쉬운 것이 아니다. 정신이 불안정한 사람을 구할 때 소량으로 쓰이는 고가의 약초임과 동시에, 이렇듯 가진 정보를 불지 않기 위해서 스스로 입을 걸어 잠그는

데도 쓰이는 독초이기도 한 것이다.

어쨌든 지금 가장 중요한 것은 은십자 기사단이 이곳에 얼마나 뿌리를 내렸는지 확인할 방도가 끊겨버리고 말았다는 것이다.

'실로 용의주도한 놈들이다.'

린메이스 백작은 입술을 깨물었다. 하지만 백작은 곧 다소 의아하다는 듯한 표정을 지었다.

"헌데, 어째서 기억을 잃는 망각초를 썼는지 이해하기 어렵군요. 스스로의 입을 막기 위해서라면 차라리 그보다 더 극악한 독을 쓰는 게 좋지 않았겠습니까?"

"죽는 것이 두려웠기에 기억을 모두 잃고서라도 살아가고 싶었던 것은 아니겠소? 혹은 만에 하나라도 동료가 도와줄지도 모른다는 기대를 하고 있는지도 모르지."

스버레일 백작이 경멸스럽다는 표정을 짓자, 린메이스 백작은 고개를 주억거렸다.

"그럴 수도 있겠군요."

"그자를 한번 보시겠소?"

"그자의 이름이 무엇입니까?"

"로벨토 남작, 루돈 로벨토라는 자요."

"로벨토……."

린메이스 백작은 한숨 같은 긴 숨을 내쉬었다.

이교도의 행적이 끊긴 것은 별수 없다. 제피린에 얼마나 많은 이교도가 숨어 있을지는 알 수 없는 상황이었지만, 무턱대고 모두 잡아들일 수는 없었다. 이교도의 상징이 밖으로 드러나는 것도 아니니…….

"그 점에 대해서는 별도리가 없군요. 그렇다면 수용한 화전민들은 어디에 있습니까? 모두 잡아두었겠지요?"

"으음……. 그것도 참 곤란하게 되었소."

"무슨 말입니까?"

"아무래도 이교도 놈들이 상황이 이렇듯 돌아가는 것을 이전에 눈치를 챈 것 같소. 본관도 상황이 이렇게 돌아가는 것을 알아차리고 바로 이교도들을 색출하기 시작했으나, 이미 늦은 상황이었소. 그들 전부 남쪽 외곽으로 모두 빠져나간 것으로 확인되었소이다."

"빠져나갔단 말입니까? 도대체 놈들이 빠져나가는 동안 병사들은 뭘 하고 있었단 말입니까?"

린메이스 백작은 손에 잡으려는 순간 너무나도 쉽게 빠져나가버리는 은십자 기사단 때문에 슬슬 열이 뻗치기 시작했다.

"병사 모두를 잡아들이기는 했소. 헌데, 그들 또한 로벨토 남작의 명령에 따랐다고 하니……."

"로벨토 남작……."

린메이스 백작은 속으로 이를 갈 수밖에 없었다.

로벨토 남작 그 자신은 빠져나가지 않고 망각초를 먹었으면서 화전민들은 전부 바깥으로 빼돌렸단 말인가? 적이지만 인정할 만한 부분이었다.

"며칠 되지 않았습니다. 어디로 향했는지 알아내시지 못하셨습니까?"

"그것까지는 알아볼 시간이 없었소. 그저 당시 외곽을 지키던 병사들에 말에 의하면 에즈리다디아로 향하는 소수의 인원이 있었고, 나머지는 모두 남쪽으로 갔다는 보고를 받았소. 하지만 그것도 확실한 진위 여부는 파악할 수가 없는 상황이니……"

"그게 사실이라면 정말 제대로 빠져나가버렸군요. 에즈리다디아야 그렇다 치고, 남쪽이라면……"

"봉인의 땅이 있소."

스버레일 백작의 무거운 대답에 린메이스 백작의 얼굴도 굳었다.

'그러고 보니 아까 전 이교도들도 남쪽으로 도망을 쳤다. 그리고 제피린에 수용된 화전민들 역시 남쪽으로 향했다고 하는 것은……'

린메이스 백작의 얼굴에 괘씸한 빛이 떠올랐다.

"이교도들이 봉인의 땅으로 향하다니……. 이는 아무래도 교란일 가능성이 높겠군요."

"본관도 지금 그런 생각을 하고 있는 중이었소."

린메이스 백작은 갑자기 봉인의 땅과 이교도가 얽히기 시작하자 일이 복잡해지는 것에 눈살을 찌푸리지 않을 수가 없었다.

그러다가 문득 이상하다는 생각이 들었다.

"헌데, 어째서 이교도들이 백작님의 전인을 습격한 것인지, 혹 백작님은 짐작하고 계신 것이 있습니까?"

"습격의 이유라……."

스버레일 백작은 쉽게 말문을 열지 못했다.

"예, 아무래도 약간 이상합니다. 이교도가 만약 제가 오는 것을 보고 일을 급하게 진행시킨 것이라면 이처럼 무모한 방법을 쓰지는 않았을 것입니다."

"흐음, 하지만 이렇게 생각해볼 수도 있지 않겠소? 일단 그들은 이 제피린에 구축해놓은 거미줄을 잃고 싶지 않았던 게지."

"거미줄…… 말입니까?"

"으음, 그렇지 않겠소? 로벨토 남작이 설마 이교도와 결탁하고 있는 줄은 꿈에도 상상하지 못했으니 말이오. 물론 일이 이렇게 크게 벌어진 덕분에 본관도 그제야 상황이 심상치 않게 돌아간다는 것을 알고 수상한 꼬리를 찾았고, 결국 거미줄을 친 거미를 잡아냈지만 말이오. 혹 그것이 아니라면 나를 이교도로 엮으려는 속셈일지도 모르겠군."

스버레일 백작의 말에 린메이스 백작은 아무런 대꾸도 하지 않았다. 그의 말대로 그렇게 생각하기에는 이교도의 습격 동기가 확실하게 설명이 되지 않는다.

'내가 보는 앞에서 전인을 습격하는 것은 스버레일 백작을 엮으려는 것이 아니라 오히려 그의 결백을 주장하는 움직임처럼 보이게 된다. 로벨토 남작의 행적도 들켜버릴 테고. 그렇게 생각해볼 때, 이번 그들의 움직임은 지나치게 화려해.'

린메이스 백작은 다시 속에서 스멀스멀 스버레일 백작에 대한 의심이 피어올랐다.

'아니다. 의심이란 것은 하기 시작하면 끝도 없는 것이다.'

스버레일 백작이 이번 화전민 수용과 일련의 사태를 뒤에서 모두 주도하고 지시한 것이라면 과연 그 끝을 이렇듯 그에게 언제 칼이 날아들지도 모르는 애매한 상태로 마무리를 지었을까 하는 생각이 들었다.

'로벨토 남작이 입을 열 수 없게 되어 상황이 답답하기 짝이 없군.'

린메이스 백작은 스버레일 백작에 대한 의심을 떨쳐냈다. 그가 은십자 기사단과 결탁했다는 가정을 두고 생각해보아도 직접적인 동기가 없다.

그는 관령 백작. 무엇이 아쉬워 부와 명예를 등지고 낙인자들이나 평민들을 위해 움직이는 이교도 조직과 결탁을 한단 말인가?

'그렇다면 그것조차도 이교도의 간교한 술책이었단 말인가? 그렇게 보이게끔 해서 백작을 구렁텅이로 밀어 넣으려는 속셈이었던 것인가……'

린메이스 백작은 눈을 지그시 감았다. 그의 머리로는 이것이 도대체 몇 겹으로 쳐진 거미줄인지 알 수가 없었다.

지금 단 하나 분명한 것은 은십자 기사단의 행적이 봉인의 땅으로 이어졌다는 것이다.

"일단 조금 전 제게 하신 말씀을 신관님께 말씀드리는 것이 어떻겠습니까? 이번 일은 영주님뿐만 아니라 신전의 이해도 얽혀 있는 것이기에……."

"음, 신관님도 오셨을 줄은 몰랐소."

"예, 너무 어렵게 생각하실 필요는 없습니다. 제게 말씀드린 그 모든 것을 신관님께도 말씀드리면 될 것입니다."

"알겠소. 영주님께 받은 은덕에 조금이라도 누를 끼치지 않았으면 좋겠군……."

고르올리아 후작에게 죄송스러워하는 그 모습을 보면서 린 메이스 백작의 굳었던 얼굴이 조금씩 펴졌다.

"너무 심려치 마십시오. 잘 풀릴 것입니다. 애초에 놈들이 만만한 자들이었다면 지금까지 교단의 눈을 피해 숨어 있지 못했을 것입니다."

"말뿐이라도 고맙소."

스버레일 백작은 어색하게 미소를 지었다.

그리고 그 모든 것을 곁에서 지켜보고 있던 보좌관의 얼굴에도 천천히 미소가 떠올랐다.

모든 것이 작전대로였다.

*　　*　　*

이틀째 밤이 지나고 있었다.

달조차 잘 보이지 않는 어둠. 수풀 너머에서 조명석을 모아 두고 그 주위에 앉아 있는 이들이 있었다.

전부 검은 로브와 후드를 둘러쓴 다소 무거운 분위기의 한 가운데에 라트가 있었다.

모두가 그의 말을 경청하고 있었다.

"말의 체력이 떨어질 대로 떨어졌다."

"하지만 언제 따라잡힐지 알 수 없는 상황입니다."

"다시 말하면, 그건 저쪽 말도 크게 다르지 않다는 얘기다. 이미 이 긴 거리를 거의 쉬지 않고 주파해왔으니, 저들과 우리 사이의 거리는 크게 차이가 나지 않을 게 분명하다. 거기다가 우리가 타고 있는 말들은 꽤나 상등급에 속하는 준마 중의 준마. 더 거리가 좁혀지는 일은 없을 것이다."

라트의 확신에 찬 말에도 그의 주위로 앉아 있는 기사들의 얼굴은 썩 밝지 못했다. 하루 종일 말을 타고 달린 끝에 얻은 잠깐의 휴식 시간조차도 긴장을 늦출 수 없었으니 그들의 피로는 상상을 초월했다.

"이틀을 꼬박 달려왔으니 이제 얼마 안 남았다. 조금만 더 참고 힘내자."

"예."

"얼마 쉬지 못하겠지만 모두 쉬어라. 오늘 망은 내가 보겠다."

"제가 보겠습니다. 어제도 대장님께서 보시지 않으셨습니까."

"신경 쓸 필요 없다. 이 정도는 아무렇지도 않으니까."

라트가 더 이상 아무 말 말라는 듯 부하의 말을 단칼에 자르자 기사들은 아무 말도 못하고 천천히 그 자리에 앉아서 졸기 시작했다. 너무 깊게 잠들면 깨어나기 어렵기 때문에 누워서 자지는 않는 것이다.

"이젠 정말 대장 같은 모습이시군요."

"제리카인가."

"정말 훌륭합니다. 이렇게 남들을 지휘하는 모습이 잘 어울리는 분이라고는 생각지 못했는데……."

"내가 잘 어울리는 게 아니야. 저들이 내 명령을 잘 따르는 거지."

"겸손하시군요."

제리카의 말에 라트는 어색한 미소를 지었다.

"겸손 같은 게 아니란 걸 알 텐데. 난 저들을 비롯해 당신에게도 명령을 내리는 게 불편해."

"그렇습니까? 하지만 그만한 힘을 가지고 있으니 그 정도의 불편은 감수하셔야지요."

제리카의 부드럽지만 단호한 말에 라트는 말없이 고개를 천천히 끄덕였다. 본래 지금의 라트의 자리에 있었던 전 대장, 바렌트도 그 말을 했다.

'큰 힘과 올바른 뜻을 품고 앞으로 나아가기 시작하지 않으셨습니까. 남들 위에 서는 것을 두려워하지 마십시오. 이제 당신이 대장입니다.'

바렌트의 올곧은 눈빛을 떠올린 라트의 눈가가 살짝 부드러워졌다. 지금은 부대장을 맡아 라트를 보필하는 그는 솔직하고 멋진 사내다.

"바렌트와 같은 소리를 하는군."

라트의 조용한 혼잣말에 제리카는 대답하지 않았다. 그는 천천히 일어나서 눈을 찡긋하며 원래 자리로 돌아갔다. 라트는 그런 그를 보면서 눈살을 찌푸렸다.

그리고 그의 뒤로 익숙한 얼굴이 보였다.

"라트도 이제 그런 모습이 자연스럽네."

"쉬지 않고 여긴 왜 왔어?"

아르니의 부드러운 말에 라트는 짧게 대꾸했다.

육체를 단련하는 라트나 기사들과는 달리, 아르니의 육체적 능력은 평범한 여인들의 것과 크게 다르지 않았기 때문에 대원들 이상으로 피로를 느끼고 있을 것이다. 비록 그녀가 말을 몰고 있지는 않다고 해도 말이다.

하지만 아르니는 그의 말에 대답하지 않았다. 어느새 그의 곁에 앉은 아르니는 심각한 표정을 짓고 가라앉은 목소리로 속삭이듯 말했다.

"나, 들은 적 있어. 봉인의 땅."

"봉인의 땅이라……."

"나도 그냥 얘기로만 들었지만, 조금 걱정돼. 그곳이 불길하고 위험하다는 얘기는 계속 들었으니까……."

"봉인의 땅이 그렇게 위험한 곳인가?"

"봉인의 땅…… 몰라? 지금 모르면서 그곳으로 가는 거야?"

라트의 담담한 대꾸에 아르니의 눈이 휘둥그레졌다.

"악마왕 발루토의 시체가 봉인된 곳이잖아."

"악마왕 발루토……."

라트가 눈살을 찌푸렸다. 그 이야기는 그도 들은 적이 있었다. 아트라도엥에서 그 이야기를 모르는 사람은 없으리라.

'놈이 봉인되어 있기 때문에 봉인의 땅이었단 말인가?'

"악마왕이라…… 재미있는 칭호지."

텔리시아가 뒤쪽에서 천천히 걸어 나오면서 말했다. 그러자 아르니가 별안간 얼굴을 찌푸렸다.

"텔리시아는 잘 알고 있겠네요. 같은 악마잖아요?"

묘하게 날카로운 아르니의 말에 텔리시아의 눈가가 살짝 떨렸다.

"달라. 라트와 아르니가 다른 것처럼, 나도 그와는 달라. 모든 면에서."

텔리시아의 대답은 부드러웠지만, 아르니의 얼굴은 그 순간 싸늘하게 변했다.

"뭐가 다르다는 건가요?"

아르니의 내면에서 일어나는 감정의 고양을 느낀 텔리시아는 말실수를 했음을 알았다. 아르니가 지금 자신에게 품고 있는 감정이 어떤 것인지 알고 있는데, 그런 대꾸를 하다니.

텔리시아는 으쓱했다.

"발루토는 마족 중에서도 최상위에 드는 마족이고, 나는 그의 발끝에도 못 미칠 만큼 아래에 있는 마족이라는 점이 다르지."

"마족?"

라트가 눈살을 살짝 찌푸렸다. 그녀가 스스로를 마족이라고 하는 것은 처음 들은 것이다.

"아직 말하지 않았던가? 우리의 원래 이름은 마족이야. 너희들이 인간이라고 불리는 것처럼."

그들은 그냥 악마가 아니었단 말인가? 그렇다면 악마라는 이름은 인간들이 붙인 것인가?

마음 한구석이 불편해지는 것을 느꼈지만, 라트는 마음을 다잡았다. 그렇다고 해서 그녀나 지크로트가 바뀌는 것은 아니다. 여전히 피계약자는 라트와 아르니, 그리고 계약자는 지크로트와 텔리시아다.

이제와 새삼 악마가 아니라 마족이라 해도 달라지는 것은 아무것도 없다.

"한 가지 알려주러 온 거야."

"뭐지?"

라트가 필요 이상으로 차갑게 대꾸하자, 텔리시아는 마음 한구석이 싸해지는 것을 느꼈다.

"이 나라의 인간에게 발루토의 의미는 결코 작지 않을 거야."

"그렇지. 나 같은 사람도 알고 있을 정도니까."

"그래. 근데 지금 라트 네가 향하는 곳은 바로 악마왕 발루토가 봉인되어 있다고 하는 땅 중에 한 곳이야. 그게 무슨 의미일까?"

그러자 잠자코 있던 아르니의 얼굴이 천천히 어두워졌다.

"위험…… 하다는 뜻인가요?"

"그래. 지금까지와는 비교도 할 수 없을 만큼."

텔리시아의 말에 라트와 아르니의 얼굴이 굳어졌다.

"그때의 나와 지금의 나는 차이가 있어. 그런데도 위험하다는 얘기야?"

라트의 말에 텔리시아는 싸늘한 표정을 지었다.

"라트, 지금의 네 실력이 2년 전에 비해 대단하게 늘었을 거라고 생각해?"

"그건……."

"물론 그때에 비하면 힘을 안정적으로 운영할 수 있게 됐고 싸우는 방법을 체득하기 시작했다고 과언은 아니야. 그래도 그렇게 어설픈 실력으로 봉인의 땅을 지키고 있는 실력자들을 이길 수 있을 거라고 생각하는 거야? 이 나라의 사람들에게 발루토가 어떤 의미지? 다시는 일어나지 말아야 할 재앙과 파멸 그 자체야. 어설픈 실력자들이 그곳을 지키고 있을 거라고는 생각하지 마."

어설픈 실력이라는 말에 울컥했던 라트의 얼굴은 천천히 식었다.

봉인이라는 것은 완전히 없애지 못했다는 얘기다. 만약 그 봉인이 풀리고 발루토의 힘이 다시 세상에 나타난다면 그것만큼 끔찍한 일은 없을 것이다.

그리고 그것을 막기 위해 교단은 그곳에 어마어마한 힘을 밀집시켜두었을 것이다. 교단이 가진 무력의 정수가 그곳에 있을 것이다.

"잘 생각해. 난 라트 네가 가는 길을 막을 수는 없어. 하지만 지금 네가 가려는 그곳은 정말 위험한 곳이야."

"……."

라트는 아무 대꾸도 하지 않았다. 위험하다는 얘기는 이미 가슈인에게도 들었다. 이 작전을 끝까지 수행하려면 부하 대원들의 희생이 많이 필요할 것이라는 얘기도 말이다.

"하지만 끝까지 해주어야 하네. 남쪽, 봉인의 땅의 중심인 아제릴로 가주게. 지금 상황에서 제피린으로 세간의 이

목이 집중되면 이곳에 있는 수많은 낙인자들과 화전민들을
비롯한 은십자 기사단의 동료들이 죽게 될 것이네."

가슈인의 신뢰 어린 부탁을 떠올리며 라트는 각오를 다졌
다. 이 길은 죽으러 가는 길이 아니다. 살기 위한, 그리고 살
리기 위한 길이다.

"그렇게 걱정할 필요 없어. 그곳이 어떤 곳이든, 나는 봉인
의 땅에 있는 봉인을 풀기 위해서 가는 게 아니니까. 영주의
시선을 돌리고, 우리 모두가 살기 위해 가는 거야."

"걱정할 필요 없네. 그곳에는 이미 수년 전부터 은십자
기사단의 씨앗이 싹을 틔우고 천천히 자라나고 있으니까.
그들이 자네들을 잘 받아들여줄 것이야. 단, 그곳 인근에서
의 접전은 절대로 피해야 한다는 것을 알아두게. 만일 싸움
이 일어나면 그 땅을 지키는 성기사들이 개입할 것이고, 그
리되면 경을 비롯한 대원들의 목숨은 장담할 수 없을 걸
세."

마지막 가슈인의 경고를 떠올린 라트는 고개를 주억거렸다.
텔리시아는 더 이상 아무 말도 하지 않았다. 천천히 뒤로 물
러난 그녀는 어둠 속으로 모습을 감추었다. 라트에게도 아르
니에게도 죄인인 그녀가 둘에게 조언을 한다는 것이 말도 안

되는 것처럼 여겨진 것이다.

'나는 그에게 조언할 입장이 아니지…….'

그러나 텔리시아는 가슴 한구석에 라트가 위험할 것을 직감하고 있었다.

노련한 가슈인, 그리고 긴 시간을 교단의 입김 속에서 버텨온 은십자 기사단은 라트처럼 세상에 대해서 잘 모르고 힘만 가진 이들에게는 너무나도 벅차고 위험한 집단인 것이다.

간간이 풀벌레들의 소리만이 침묵을 깨는 가운데, 근 두 시간이 흐르고 있었다.

언덕과 언덕 사이, 그 앞을 지키고 있는 듯 서 있는 바위 위에서 죽은 것처럼 가만히 눈을 감고 있는 라트가 앉아 있었다.

그렇게 얼마의 시간이 더 흘렀을까.

번쩍!

눈을 감고 가만히 자신의 내면을 관조하고 있던 라트의 눈이 번쩍 뜨였다.

그의 눈이 날카롭게 번뜩였다.

'설마?'

심상치 않은 얼굴을 한 라트는 바로 기감을 돋우어 땅에 손을 댔다. 그리고 다시 눈을 감고 극한까지 신경을 곤두세웠다. 증폭된 감각은 대지의 소리에 귀를 기울였다.

그리고 그 순간, 라트의 얼굴이 빠르게 일그러졌다.

"빌어먹을! 이렇게 나올 줄이야……."

이를 간 라트는 즉시 뒤쪽으로 달려갔다.

"모두 일어나!"

라트의 고함과 함께 검은 로브의 대원들은 마치 기다리고 있었다는 듯이 몸을 튕기며 일어났다. 피로한 기색은 조금도 가시지 않았지만, 그들의 눈에는 날카로운 빛이 감돌았다.

"서둘러 이곳을 빠져나가야 한다! 당장 말을 준비해!"

"예!"

기사 10여 명이 말을 묶어둔 곳으로 달려가자 부대장인 바렌트가 그의 곁에 다가왔다.

"무슨 일이십니까?"

"놈들이 추격의 고삐를 늦추지 않고 있었다."

라트의 초조한 대답에 바렌트의 얼굴이 찌푸려졌다.

"하지만, 놈들의 말도 지칠 수밖에 없는 상황입니다. 그리고 아직 놈들에 대한 기척은……."

"땅에 미세한 진동이 있다. 긴장하고 기감을 돋우지 않으면 듣지 못할 정도로 미세하지만, 빠르게 가까워지고 있는 게 들린다."

라트의 대꾸에 바렌트는 경이롭다는 표정을 지었다. 그러한 기술은 배운 적이 없었던 것이다. 만약 그의 말대로라면 그것은 정말 대단한 일이 아닐 수 없었다.

새삼 젊은 대장의 실력에 다시금 놀라고 있을 때였다.

"음!"

바렌트의 눈가가 움찔했다.

"이, 이 소리는……?"

"놈들이다. 놈들이 말을 극한까지 몰고 있어. 이미 지칠 대로 지친 말을 저렇게까지 거칠게 몰고 있는 걸 보니, 이곳에서 결판을 짓겠다는 거겠지."

라트는 자칫 싸워야 할지도 모른다는 생각을 하면서도 잘하면 간발의 차이로 유유히 물러날 수 있겠다는 생각을 했다.

라트의 초조함을 읽은 바렌트도 더 이상 여유로운 표정은 지을 수 없었다.

"아직 말은 멀었나!"

"말들이 지쳐서 말을 잘 듣지 않습니다!"

겨우 두 시간 여의 짧은 휴식이다. 말들의 피로가 풀렸을 리가 없었다. 더군다나 피로 속에서 잠에 들었는데 거칠게 깨어났을 테니, 신경이 예민해질 만도 했다.

"일이 그리 쉽게 돌아가지 않겠군."

곧 말발굽 소리가 지척에서 들려오자 라트의 얼굴이 어둡게 변했다.

라트가 천천히 등에 맨 지크로트를 들었을 때였다.

"말이 모두 준비 되었습니다!"

뒤쪽에서 들려온 소리에 라트는 즉시 외쳤다.

"모두 올라타라! 지체할 시간이 없다. 단숨에 남쪽으로 빠져나간다!"

모두 숙련된 실력자들답게 단번에 올라타는 가운데 아르니
만 낑낑거리고 있으니 라트가 그녀를 단숨에 안아서 말 위에
올라탔다.

"끼악!"

"간다."

아르니의 사정 따위는 아무래도 좋다는 듯 라트는 급하게
말의 고삐를 잡고 달려 나가기 시작했다. 대원들이 빠르게 그
의 뒤를 따랐다.

바로 그때였다.

"이놈들! 어딜 그렇게 급하게 가는 것이냐!"

라트의 눈이 매서워졌다. 부대의 후미 쪽에서 적의에 번뜩
이는 목소리가 들려온 것이다.

"이랴!"

숨을 거칠게 내뱉는 말을 더욱 다그치는 목소리가 울려 퍼
졌다.

바로 코앞까지 당도해 있다니…….

라트는 심각하게 고민하지 않을 수 없었다. 저들은 모두 전
문적인 마상전투 훈련을 받은 자들이다. 그리고 자신은 달리
는 말 위에서는 어떻게 싸워야 하는지 아예 모른다.

여기서 멈춰 서서 저들을 상대하는 것이 좋을까, 아니면 다
소의 희생을 감수하고서라도 작전을 끝까지 수행하는 것이 좋

을까.

푸확!

"끄아악!"

잠깐 동안 고민을 하고 있던 라트는 뒤쪽에서 들리는 비명 소리에 얼굴을 일그러뜨렸다.

"이 더러운 이교도 놈들! 절대로 살아 도망가게 놔두지 않겠다!"

추격해오는 기사들의 우렁찬 외침이 쩌렁쩌렁 울리자, 라트의 얼굴에 분노가 드리웠다.

"이 빌어먹을 놈들이!"

"대장님! 가셔야 합니다. 여기서 멈추는 것은 희생한 동료들에 대한 배신이 될 것입니다."

라트의 바로 곁에서 달리고 있는 제리카는 라트가 말의 속도를 늦추려고 하자 바로 고함을 질렀다.

라트는 이를 갈았다.

힐끔 뒤를 돌아보자, 깔끔한 정복의 기사들은 최소한의 갑주만을 걸치고, 창을 계속해서 휘두르고 있었다. 그리고 그들의 먹잇감이 되는 것은 후미에서 승마술 실력이 가장 떨어지는 대원들이었다. 가까스로 창을 피해내고 있었지만, 그 탓에 말의 속력이 점점 떨어지면서 포위되어가고 있었다.

푸욱!

"끄으으윽!"

또 한 명의 대원이 가슴을 찔리면서 그대로 낙마했다. 떨어진 대원은 땅을 구르다 시야에서 멀어졌다. 살지는 못했으리라.

'제길……'

이러다가는 후미부터 차근차근 잡혀서 결국 누구 하나 남지 않게 될 것이다.

라트의 얼굴에 초조한 기색이 떠올랐다.

"바렌트 부대장, 여기서 봉인의 땅까지는 거리가 얼마나 되지?"

"이제 얼마 남지 않은 상황입니다."

"얼마 남지 않았다고? 치잇! 목적지까지 거의 다 온 상황에서 이런 상황을 맞이하다니……. 선택의 여지가 없다."

라트는 결단을 내렸다.

"어떻게 하실 생각이십니까?"

"이대로 부대를 통솔하면서 약속 지점으로 이끌어라! 나는 후미의 추격자들을 떼어내겠다."

"그 말씀은!"

"어쩔 수 없다! 작전을 속행해야 한다."

"제, 제가 같이 가겠습니……!"

"아니요! 제가 있어요. 뒤처지는 일은 절대 없을 거예요!"

가까이 있던 제리카가 고함을 지르면서 끼어들었지만, 그 순간 라트의 앞에서 말을 꼭 안고 있던 아르니가 뾰족하게 외치면서 모든 말을 지웠다.

바렌트의 굳어 있던 얼굴이 그제야 펴졌다. 그녀의 존재를 완전히 잊고 있었다.

"믿겠습니다."

바렌트는 그렇게 말하며 라트의 앞으로 나아갔다.

"나를 따라라!"

바렌트가 우렁찬 고함을 외치면서 앞서 나가자, 라트는 천천히 고삐를 당기면서 말의 속도를 늦추었다. 선두에서 달리던 라트의 말이 천천히 후미 쪽으로 다가가게 되었다.

"할 수 있겠어?"

"할 수 있어. 아니, 해야만 해."

아르니가 각오를 다지면서 심호흡을 했다. 앞을 보면서 마법을 쓸 수는 없었다. 말을 몰고 있는 라트를 껴안는 식으로 자세를 바꿔야 했다.

말을 능숙하게 타는 사람들조차도 위험성 때문에 시도하지 않는 것이 마상에서 뒤로 돌려 앉는 기교다. 말과 말에 올라 탄 사람 간의 완벽한 호흡이 있지 않고서야 낙마하기 십상인 것이다. 하물며 말을 못 타는 아르니에게는 더더욱 위험했다.

아르니가 두려움을 몰아내고 있는 가운데, 라트는 무거운 얼굴로 그녀를 내려다보고 있었다. 라트가 할 수 있겠냐고 물은 것은 마상에서 그녀가 몸을 돌리는 것 따위가 아니었다.

"여기서 네 마법에 적중된 사람은 반드시 죽어."

"……."

"사람을 죽이게 되는 거야."

라트의 물음에 아르니는 아무런 대답도 하지 않았다. 그리고 상체를 뒤로 돌려 한 손으로 라트의 목을 휘감고는 그대로 뛰어 올라 하반신을 반회전시켰다.

그녀의 얼굴은 창백했지만, 흔들림은 없었다.

그녀가 마력을 끌어모으니 곧 주위의 자연력이 요동치기 시작했다.

"적을 태워 삼켜라. 크로티엣!"

시동어가 그녀의 입에서 나지막하게 흘러나옴과 동시에 아르니의 오른손에서 검은색으로 이글거리는 덩어리가 빠르게 쏘아져 나갔다.

"마, 마법이다! 사, 산개해!"

그러나 지척까지 다가와 창을 휘두르려던 기사 한 명은 미처 피하지 못했다. 날아든 흑염구는 그대로 기사의 가슴에 적중했다.

콰앙!

폭발과 동시에 기사는 멀리 날아가서 땅바닥에 나뒹굴었다. 흥분한 말 역시 옆으로 마구 달리다가 다른 기사의 말을 치면서 함께 쓰러졌다.

"이미 말했잖아. 할 수 있다고."

무섭도록 차가운 아르니의 대꾸에 라트는 눈살을 찌푸렸다.

마상에서는 하체를 쓸 수 없기에 움직이는 것이 지극히 제한적일 수밖에 없다. 물론 검형이나 기운을 발출할 수도 있지만, 마상이라 불안정한데다가 아직 기운을 다루는 것이 미숙했다. 오히려 마력의 조절 능력을 비교하자면 아르니가 라트보다 뛰어날 터였다. 살상능력 역시 마찬가지다. 아르니가 쓰는 마법의 화력과 라트의 어설픈 검형의 화력은 비교할 수 없었다.

하지만…….

'이게 과연 옳은 걸까?'

라트는 아르니가 자신의 색에 점차 물들고 있다는 생각을 지울 수가 없었다. 어둠이라는 깊고 깊은 심연의 색에 말이다.

그러는 동안에도 상황은 점차 라트에게 유리하게 흘러가고 있었다. 라트의 품에 안긴 이가 마법사라는 사실을 알았기 때문에 기사들은 섣불리 접근할 수가 없었다.

무엇보다도 그들은 마법사와 어떻게 싸워야 하는지, 무엇을 조심해야 하는지도 몰랐다. 아니, 그들뿐만이 아니라 이 나라의 기사들 대다수가 그러했다.

마법사가 거의 없는 아트라도엥 안에서 성장한 기사들은 병장기를 쓰는 상대에는 익숙해도, 아르니처럼 마법을 쓰는 상대는 낯설었던 것이다.

미지의 힘에 대한 두려움.

"악마의 힘이다. 악마의 힘! 저런 악마들에게 물러설 수는 없다!"

추격자들의 후미에서 지휘관의 목소리가 쩌렁쩌렁 울렸다.

일정 거리를 벌리고 가만히 상황을 주시하고 있을 때, 아르니는 그들이 자신의 마법을 두려워하고 있음을 알 수 있었다.

"마법사가 특별하긴 특별한가 보네."

아르니는 차갑게 웃고는 빠르게 마력을 변환시키며 다시 주문 시동어를 외쳤다.

"적을 태워 삼켜라! 크로티엣!"

화아악!

흑염구는 달리는 속도와 스며든 어둠에 맞물려 그대로 또한 명의 기사에게 적중했다.

콰쾅!

아까 전과는 비교도 할 수 없는 폭발이 일어나며 화염이 사방으로 폭사했다. 흑염구에 적중된 기사의 몸이 붕 떴다가 그대로 낙마했고, 불길에 놀란 말들도 주인의 말을 듣지 않고 사방으로 흩어졌다.

"후우! 역시 등급에 따라서 마법의 위력도 달라지는구나."

"너무 무리하지 마."

"아니, 단숨에 떼어내야 돼. 지금이 기회야."

조금 전의 마법은 아르니에게도 다소 버거운 것이었는지 피로한 기색이 비쳤기에, 라트는 그녀를 걱정했다.

그러나 라트보다 아르니가 상황을 더 냉정하게 인식하고 있었다. 조금 전의 공격으로 기사들이 우왕좌왕하면서 대열이 흐트러지고 있었고, 유효거리가 어느 정도인지 파악하지 못한 탓에 거리를 들쭉날쭉 벌리고 있는 것이다.

"에잇! 뭣들하고 있나! 단숨에 따라 붙으란 말이다! 저 마법사만 처치하면 되는 것을 왜 그렇게 쩔쩔매고 있나! 사방에서 포위하란 말이야!"

힐리센 남작의 외침에 기사들의 산개 대형으로 다시 접근하기 시작했다.

'역시 지휘관을 쓰러뜨리지 않으면 안 되는 것인가?'

라트가 눈을 차갑게 굳히고 있을 때였다. 막대한 마력의 유동이 아르니에게서 느껴졌다. 마력의 움직임은 조금 전과 비슷했지만 그 규모는 확연히 달라 어마어마하다고 할 정도였다.

라트가 놀라움을 감추지 못하는 사이, 아르니는 마력을 변환시키면서 집중하고 있었다. 찌푸린 미간으로 식은땀이 흘렀다.

"그리는 것은 다섯……."

주문 영창이 천천히 흘러나왔다. 그 순간, 그녀의 주위에서 마력이 증폭되기 시작했다. 라트조차 놀라지 않을 수 없을 정도로 엄청난 마력의 압축. 그녀의 오른손 주위에 떠오른 다섯 개의 구체는 맹렬하게 회전하고 있었다.

아르니의 갈색 눈동자가 다가오는 기사들을 날카롭게 훑었다.

"적을 모두 태워 삼켜라, 크로티엣!"

마침내 주문 시동어가 그녀의 입에서 흘러나왔다. 그 순간, 그녀의 손 주위에서 맴돌던 다섯 흑염구가 사방으로 쏘아졌다.

"허억!"

"이, 이런!"

그러나 그것은 아무렇게나 날아간 것이 아니었다. 산개 대형으로 다가오는 기사들에게 정확하게 쏘아진 것이었다.

콰콰콰콰쾅!

"끄아악!"

"으아아악!"

연발적인 폭발음과 함께 비명 소리가 울려 퍼졌다. 흙먼지가 사방으로 피어오르고, 적들은 우왕좌왕하며 뒤쳐졌다.

"아르니!"

라트는 축 늘어져 자신의 품에 안긴 아르니를 안고 앞으로 맹렬하게 달려 나갔다. 말이 지쳐 죽는다고 해도 어쩔 수 없었다. 이제 봉인의 땅이 코앞이다. 여기서 저들을 확실히 떼어내지 못한다면 봉인의 땅에 숨어 있는 은십자 기사단의 원조를 받지 못할 것이 분명했다.

이런 라트의 생각을 읽은 것인지, 아니면 바렌트 역시 같은 생각을 한 것인지, 수하들은 라트의 속도에 결코 뒤지지 않고 빠르게 달려 나갔다.

늦은 새벽, 그렇게 얼마나 달려갔을까. 앞서 달리던 대원 한 명의 말이 갑자기 고꾸라지면서 그대로 쓰러져버리자, 뒤따르던 라트는 급하게 말을 옆으로 옮기면서 피했다.

히히힝!

말이 워낙 험하게 쓰러졌으니, 타고 있던 대원도 살아남기 힘들 것이 틀림없었다.

'한계인가.'

지금까지 계속 전력으로 질주해온 말의 상태를 그제야 확인한 라트는 한계를 넘었음을 알 수 있었다.

그의 표정이 어둡게 변할 때, 바렌트도 역시 이와 같은 판단을 했는지 서서히 속도를 늦추고 있었다.

어느새 주변의 풍경도 많이 달라져 있었다. 몇몇 언덕만이 보이던 긴 초원지대도 이제 끝나고 조금씩 산지가 보였다.

말이 완전히 멈추자, 바렌트는 천천히 내려 라트에게 다가왔다.

"말이 한계인 것 같습니다. 이 이상 무리하게 이끌고 나아가다간 이제 대원들이 위험할 것으로 보입니다. 이미 한 명이……."

라트는 아무 말 없이 고개를 끄덕였다.

대원들이 말에서 내리고 얼마 지나지 않아서, 숨을 거칠게 쉬던 말들이 하나둘씩 쓰러지기 시작했다. 라트는 괴로워 보이는 자신의 말의 목을 깨끗한 장검으로 그었다. 깔끔하게 목이 잘린 말은 간헐적으로 꿈틀거리다 곧 완전히 멈추었다.

"수고했다……."

조용하게 중얼거리는 라트의 곁에서 아르니는 슬픈 얼굴로 죽은 말의 몸을 가만히 쓰다듬어주었다.

"이제 그리 멀지 않습니다."

"그래, 그런 것 같군. 산지가 많이 보이기 시작하니까 알겠어. 일단 몸을 숨겨야 한다. 모두 피곤하겠지만, 놈들의 추격에서 벗어나기 위해 일단 이동하자."

그들과 만나 이 작전을 수행하고 있는 지금까지 고작 일주일가량의 시간밖에 흐르지 않았다. 그 짧다면 짧고 길다면 긴 시간 동안 같은 목표를 가지고 싸움을 해온 이들이라는 생각이 들었다. 라트는 몇 명의 죽음으로 눈에 띄게 수가 줄어든 대원들을 보면서 왠지 가슴 한구석이 먹먹해지는 것을 느꼈다.

"이제 얼마 남지 않았다."

고지가 코앞이다.

한 시간쯤 지난 뒤.

격한 싸움이 일어났던 초원의 언덕에서는 힐리센 남작이 신음하고 있는 기사들 사이를 돌아다니면서 이를 갈아대고 있었다.

"일이 이렇게 틀어질 수가 있단 말이냐……."

남작은 마지막에 날아든 마법의 가공할 만한 위력에 혀를 내두르지 않을 수가 없었다. 그의 부하들이 전부 상당한 실력을 지닌 기사였음을 생각하면 전력에 대단한 손실을 입었다는 생각을 지울 수가 없었지만, 그만큼 귀중한 정보 하나를 손에 얻었다.

'남쪽으로 향한 이교도들 틈에 끼어 있는 마법사의 수준이 어마어마하다는 사실을 말이다.'

마법은 악마가 전파한 힘이라는 인식이 널리 퍼져 있어, 아트라도엥에서는 마법사에 대한 인식이나 대우가 결코 좋지 않다. 그런 마법사가 지금 이교도와 함께 하고 있는 것이다. 그러니 그 마법사가 가진 진정한 위력을 린메이스 백작에게 보고만 하면 실패도 어느 정도 용납될 수 있을 터였다.

그때, 그의 부관이 흙먼지 범벅이 된 채로 다가오자 힐리센 남작은 불편한 기색으로 물었다.

"부상자는 어떻게 되지?"

"예, 경상자가 5명, 중상자가 2명, 나머지 9명이 사망했습니다."

생각한 것 이상으로 처참한 상황이었다.

"빌어먹을……."

피해를 이 정도나 입었으면 하다못해 놈들을 잡기라도 해야 했다. 헌데, 결국 놓치고 말았으니 아무리 마법사에 대한 정보를 알았다고 해도 문책을 피하기 어려울 것이다.

'피해가 생각보다 심각하군.'

힐리센 남작이 참담한 표정을 짓고 있을 때였다.

뒤쪽에서 수십 마리의 말발굽 소리가 들려왔다. 그 순간, 그의 얼굴이 와락 일그러졌다.

백마와 함께 병력을 이끌고 나타난 사람은 사이베른 남작이었다. 사이베른 남작은 처참한 주변 상황을 보면서 눈살을 찌푸렸다.

"놈들에게 당한 것이오?"

"……그렇소."

"이 흔적들은 다 무엇이오? 어떻게 이런……."

힐리센 남작은 말해주기 싫다는 표정이 다분했지만 그 사실에 대해 감출 수는 없었다. 어쨌거나 힐리센 남작은 더 이상 부상자들을 이끌고 갈 여력이 없었지만, 사이베른 남작의 부대는 전원 멀쩡한 상태니까 말이다. 아군에게 농간을 부려 피해를 자초했다가는 더 큰 문책을 받을 수도 있는 일이다.

"이교도 놈들 중에 있던 마법사의 짓이오."

"마법사가 그렇게 가공할 만한 위력을 가지고 있단 말이오?"

사이베른 남작은 신음성을 삼켰다. 이곳까지 오기 전에도 두 명의 시신을 발견했던 것이다. 그리고 이곳에도 있는 폭발의 흔적을 보건대, 위력이 대단한 모양이었다.

"알겠소. 귀중한 정보 잘 들었소. 하지만 놈들을 놓칠 수는

없으니, 귀관에게 도움을 줄 수는 없을 것 같소. 이해해주시
오."

"……알고 있소. 서둘러 가보시오."

"이럇!"

사이베른 남작은 고개를 살짝 수그리고는 맹렬하게 달려 나
갔다. 그 자리에 남은 힐리센 남작은 대지를 울리는 말발굽 소
리를 들으면서 분한 기색을 감추지 못했다.

'그저 작전의 차이였거늘.'

힐리센 남작은 어둠을 주파해 이교도와 거리를 단숨에 좁혀
일거에 소탕할 생각이었다. 그러나 서로의 말이 모두 준마라
면 거리를 좁히기가 여간해서는 쉽지 않을 것이 분명했다. 거
기다가 앞서가는 이교도가 만약 방향을 틀거나 무리를 나누기
라도 하면 더욱 귀찮아진다.

그래서 생각한 것이 이번 작전이었다.

사이베른 남작은 모두가 함께 움직이면 만약 따라잡지 못했
을 경우 더 이상 추격이 불가능하다는 의견을 말했고, 결국 두
부대는 나뉘게 된 것이다.

"빌어먹을!"

그런데 결과만 놓고 따지면 이렇듯 힐리센 남작이 희생하여
적의 전력을 알아내고 사이베른 남작에게 경고를 해준 셈이
되었으니, 힐리센 남작의 분노는 이만저만한 것이 아니었다.

린메이스 백작 앞에서 꼴사나운 모습을 보인 데 이어, 이렇

게 병력까지 잃고 돌아가야 한다니…….

"제기랄! 이렇게 돌아가야 한단 말인가!"

분한 마음을 감추지 못한 힐리센 남작은 그렇게 한참을 더 고함을 내지른 후에야 흥분을 가라앉힐 수 있었다.

갈 길이 멀었다. 더 이상의 희생이 있어서는 안 된다.

말에 천천히 올라타는 힐리센 남작의 등은 왜소해 보였다.

힐리센 남작의 희생 덕에 사이베른 남작은 이교도를 잡을 수 있을 것이라는 확신이 생겼다.

전날 밤 몇 시간이라도 휴식을 더 취한 부하들과 말들은 추격 때문에 제대로 쉬지도 못하고 전력으로 달렸을 이교도들의 말 상태와는 비교할 수 없었다. 힐리센 남작이 치고 나가기 전부터 그는 철저하게 말의 체력을 고려하여 속력을 조절하고 있었다. 이교도가 향하는 곳이 어딘지 확인하고자 하는 목적도 있었지만, 바로 이 순간을 기다렸던 것이다.

"속력을 늦추지 마라! 오늘 안에 기필코 놈들을 잡는다!"

사이베른 남작은 잔뜩 고양된 얼굴로 크게 외쳤다.

맹렬하게 바람을 가르며 달려가기를 두 시간, 사이베른 남작은 산지가 나타나기 시작하고 말이 달리기 불편한 길이 지속되자 속도를 늦췄다.

그때, 그의 부하가 비명을 지르듯 소리쳤다.

"남작님!"

"무슨 일인가?"

"저, 적들의 말발굽이 보이지 않습니다."

"뭐, 뭣이? 이, 이런! 언제부터였나!"

"모, 모르겠습니다. 미처 파악하지 못했……."

"이런 멍청한 놈 같으니! 당장 회군한다! 말발굽을 확인해
라! 놈들의 방향을 살피란 말이다!"

사이베른 남작은 이를 갈았다. 여태까지 남쪽으로만 향하던
것은 이러한 것을 예상한 일이었던가?

계속 남쪽으로 갔으니, 봉인의 땅으로 향하겠지. 가슴 한구
석에 그런 생각을 하고 있던 모양이었다. 하지만 그렇다고 해
도 적들의 말발굽을 놓친 것은 말하기 부끄러울 정도로 창피
한 일이 아닐 수 없었다.

'산으로 숨어들었나? 아니면 동쪽으로 방향을 꺾었나? 하
지만 말의 상태…… 아니, 어쩌면 이 모든 것을 계획해두고
미리 말을 준비해뒀을지도 모른다.'

온갖 생각이 머리를 휘젓고 있을 때였다.

"발견했습니다!"

사이베른 남작의 굳어 있던 얼굴이 확 펴졌다.

말의 고삐를 힘껏 당긴 그는 갑자기 일정한 폭으로 찍힌 말
발굽이 조잡하게 지워진 것을 확인했다.

"흔적을 없애려고 한 것이 확연하게 보이는군."

"예, 이곳 근처에 말을 숨겨두었을 것이 분명합니다."

"좋다. 모두 말에서 내려 수색에 들어간다. 이곳에서 말이 발견된다면 놈들이 이 근방의 산으로 숨어들었을 확률이 아주 높다는 뜻이겠지."

사이베른 남작의 명령이 떨어지자마자, 기사들이 날렵하게 내려와 주위의 나무에 말을 매었다.

기사들이 주위를 뒤지기 시작하자 얼마 지나지 않아 말의 시체가 발견되었다.

"수풀 뒤에서 말의 시체들을 발견했습니다!"

"흐음……. 수풀 뒤에 숨긴 것을 보니 시간이 촉박하긴 촉박했던 모양이군. 말이 죽은 지는 얼마나 되었지?"

"약 세 시간이 좀 안 된 것 같습니다."

"세 시간이라……. 어쨌든 좋다. 조를 나누어 이쪽 산지를 수색하겠다."

말을 이끌고 올라갈 수 없는 지형. 조를 세 개로 나누어 산지를 수색하던 사이베른 남작은 30분이 채 지나기도 전에 행적을 발견했다.

"역시 남쪽으로 향했다 이건가?"

"예, 아무래도 목적지가 봉인의 땅인 것은 확실한 모양입니다."

"이렇게 되고 보니 놈들이 향하는 봉인의 땅에 무엇이 있는 것인지, 아주 궁금하군그래."

"어떻게 하시겠습니까?"

"한 개 조는 산으로 올라가서 놈들을 추적한다. 그리고 나머지 두 개 조는 나와 함께 내려가 말을 타고 산 아래 평지를 달려 이교도들을 앞지른다."

"예!"

명령이 떨어지자마자 호명된 조의 기사들이 발 빠르게 움직였고, 사이베른 남작도 말에 올라탔다. 어차피 이만큼이나 왔으면 이미 봉인의 땅의 영역에 들어선 것이나 다름없다.

이교도가 향하는 곳이 봉인의 땅의 핵심이라고 할 수 있는 아제릴인지, 아니면 봉인의 땅을 지키는 관문인 남쪽 국경의 펠시브인지, 그도 아니면 전혀 다른 어딘가인지.

"곧 답이 나오겠지."

제3화
봉인의 땅

Holy War

산지에서 능선을 따라 빠르게 움직이고 있던 라트 일행은
다소 마음을 놓고 있었다. 추격해오던 힐리센 남작을 격퇴하
고 유유히 빠져나온 상황이었으니 말이다.

다른 추격자들이 있을 가능성 역시 배제할 수는 없었지만,
이제 거리가 얼마 남지 않았다고 생각하니 조금씩 긴장이 풀
리고 있던 참이었다.

적절하게 휴식을 취하면서 나아가고 있었기에 당초의 행군
속도와는 비교할 수 없을 정도로 느렸다.

어둑한 밤이 되자 라트는 행군을 멈추고 나무와 나무 사이
에 적당히 바람막이를 만들고는 그곳에서 잠깐 쉬라는 명령을

내렸다. 명령하자마자 대원들은 물론이고 아르니와 제리카도 나무에 살짝 기대어 졸기 시작했다.

항상 한쪽 구석에 거의 존재감 없이 있는 텔리시아를 찾아 시선을 돌리던 라트는 곁으로 다가오는 바렌트를 보면서 자연스럽게 물었다.

"이제 얼마나 남았지?"

"반나절 정도의 거리가 남았습니다."

"얼마 남지 않았군."

정말로 얼마 남지 않았다.

라트는 이 막중한 책임감에서 벗어날 수 있다는 기대와 가슈인의 명령을 제대로 수행해냈다는 만족감에 얼굴을 조금씩 부드럽게 폈다.

"끝까지 긴장 풀지 말고 이 일을 마무리하도록 하지."

"예. 헌데, 이곳에서 얼마나 쉬고 출발하실 생각이십니까?"

"딱 두 시간. 반나절의 거리니까, 새벽이 밝아오기 전에는 도착할 수 있겠지."

"알겠습니다."

두 시간. 바로 뒤에서 추격해오던 상대가 있었다면 그마저도 편히 잠들 수 없었을 시간이었다.

라트도 이내 가까운 나무에 기대 눈을 감았다. 아주 얕은 잠에 빠진 것이다.

조용한 벌레 소리만이 나직하게 울리는 가운데, 조명석의 빛이 드리우지 않는 어둠에서 텔리시아가 붉은 눈동자를 착 가라앉히고 있었다.

'오고 있다.'

그 순간, 그녀의 몸이 스르륵 사라지듯이 아래로 내려갔다.

땅에 내딛는 텔리시아의 발소리를 들은 라트가 눈을 번쩍 떴다. 시선을 돌린 라트는 그곳에 가만히 서 있는 텔리시아를 발견하고는 그대로 다시 시선을 돌렸다.

"그동안 안 보이기에 사라진 줄 알았더니, 그건 아닌가 보군."

"그렇게 말하지 마."

"명령인가?"

라트의 차가운 반문에 텔리시아는 아랫입술을 깨물었다.

계속 반복이었다. 아르니와의 계약 이후, 라트와 텔리시아의 관계는 이렇듯 멀어졌다가 다시 가까워지기를 계속해서 반복하고 있었다. 어쩔 수 없는 일이란 걸 알고 있었지만, 텔리시아는 그에게 서운한 감정을 느끼지 않을 수가 없었다.

'내가 하고 싶었던 게 아니란 말이야……'

항상 이렇게 다가가려고 노력하는데, 라트의 비수 같은 말은 그녀를 자꾸 찌른다.

악마와 계약을 한 대가로 오르베니를 바쳤다는 자괴감, 아르니가 악마와 계약한 것이 자신 때문이라는 무력감, 그리고 아르니가 변해가는 것이 자신 때문이라는 죄책감과 불안. 그 모든 감정의 소용돌이가 지크로트와 텔리시아에게 향하는 것은 당연한 일이다.

당연한 일이라서, 텔리시아는 때때로 어째서 자신이 서운해야 하는지조차도 의문을 가지게 된다. 자신은 인간들에게는 악마라고 불리는 족속인 것이다.

그 순간, 불현듯 뒤쪽에서 들려오는 소리에 텔리시아의 눈이 번쩍 뜨였다. 이러고 있을 때가 아니었다.

"오고 있어."

"뭐?"

"놈들이 오고 있다고!"

입을 다물고 있던 텔리시아가 갑자기 다급한 어조로 말했다. 그에 라트가 기감을 돋우고 감각을 극대화시키자마자 얼굴을 일그러뜨렸다.

"지겨운 것들……. 놈들이 온다!"

라트가 고함친 순간, 바렌트를 비롯한 대원들이 벌떡 일어나서 주섬주섬 무기를 챙겨들고 정신을 바짝 차렸다.

그리고 그 직후, 어둠 너머에서 정복을 입고 있는 기사들이 엄청난 속도로 튀어나왔다.

"끄아악!"

비몽사몽인 채로 미처 싸울 준비를 하지 못한 대원 한 명이 튀어나온 적의 검에 베여나가면서 싸움은 시작되었다.

라트의 얼굴이 차갑게 번뜩였고, 그 순간 등에서 뽑힌 지크로트가 검붉은 기운을 뿜어냈다.

카앙!

"으으읏!"

"물러나!"

쓰걱!

외침과 함께 거의 본능적으로 검을 튕기면서 뒤로 물러난 바렌트는 그 순간 적이 있던 곳을 사선으로 내리 베는 붉은 궤적을 보았다.

"끄륵……."

라트가 그곳에서 날카로운 눈으로 살의를 줄기차게 내뿜고 있었다.

"뭘 하고 있어! 물러나란 말이다!"

쿠콰앙!

라트의 외침과 동시에 한쪽에서 검붉은 화염이 치솟았다. 지친 기색이 역력한 아르니가 마법을 연속으로 쓰고 있는 것이었다.

하지만 그녀는 실전 경험이 대단히 부족했고, 적을 맞히기 위해 주위를 제대로 살피지 않고 공격을 감행하는 사이 점점 대원들이나 라트로부터 멀어지면서 고립되어가고 있었다.

여태껏 후방에서 가벼운 방어만을 하면서 물러나고 있던 텔리시아가 눈을 무겁게 가라앉히고 천천히 다가왔다.

그것을 발견한 라트의 눈이 더욱 날카롭게 변했다.

"빌어먹을! 넌 나서지 마!"

라트가 분노에 찬 고함을 지르며 마력을 주위로 한껏 내뿜었다.

구궁-!

어깨를 짓누르는 듯한 그 감각에 피아 상관없이 모두가 눈살을 찌푸렸다. 그러는 사이, 라트는 공격해오는 적에게 바리엘 분검식을 펼쳐 거리를 벌리고는 바로 검에 어둠의 마력을 잔뜩 실었다.

미세한 조절 없이 뿜어져 나온 거친 마력에 쪼개졌던 검들이 다시 지크로트의 검신에 달라붙었고, 그것은 곧 거대한 갈고리의 형태를 이루었다. 순수한 마력의 힘에 의해 만들어진 형상.

"이, 이럴 수가……."

그것을 본 기사들이 창백한 얼굴을 하고 검을 멈춘 사이, 라트는 핏줄이 툭툭 불거진 팔로 검을 휘둘렀다.

세찬 파도처럼 쏟아지는 힘의 파도는 아르니에게 가는 길목을 막고 있던 기사 두 명에게 쏟아졌다.

쿠콰콰콰콰콰!

흙먼지가 자욱하게 치솟았다.

"후욱!"

라트는 숨을 깊게 토하고, 그대로 흙먼지 속으로 파고들었다. 탁한 시야 사이로 적의 검들이 푸르스름한 빛을 뿜으면서 쇄도해오는 것이 얼핏 보였다.

"아르니! 이쪽으로 와!"

라트의 고함에 창백한 얼굴의 아르니가 흙먼지 속을 달렸다. 그녀의 모습이 보일 만큼 가까워졌을 때, 라트는 그녀를 안고 바로 몸을 날렸다.

하지만 그 순간, 흙먼지를 뚫고 적이 튀어나오자 라트의 얼굴이 창백해졌다.

"흐아아아압!"

두터운 검을 그대로 내려 베어오는 그 공격 앞에서 라트는 급하게 어둠의 마력을 끌어올렸다. 마력과 마력의 충돌은 지지 않을 자신이 있었다. 다만 마력의 충돌에서 오는 여파가 가까운 아르니에게도 미칠 가능성이 컸다.

이를 악문 그 순간이었다.

"피하십시오!"

바렌트가 뛰쳐나와 마력을 실어 내려 베어오는 기사의 몸에 칼을 찔러 넣었다. 얇은 갑옷은 마력을 머금은 바렌트의 검을 막아낼 재간이 없었다. 허리를 꿰뚫린 기사는 핏물을 왈칵 토하며 무너졌다.

라트는 고맙다는 듯 고개를 살짝 끄덕이고 바로 텔리시아의 곁에 아르니를 내려놓았다.

"안전하게 지켜. 절대로 아르니가 마법을 쓰지 못하도록 막

아. 알겠어? 아르니가 싸우고 있는 게 내 눈에 띄면 용서하지 않겠어."

"아, 아직 싸울 수 있어!"

아르니가 창백한 얼굴로 멀쩡하다는 듯 크게 말했지만 라트는 그녀의 얼굴을 보지도 않았다.

텔리시아는 씁쓸한 얼굴로 고개를 끄덕였다.

라트는 다시 싸움의 한복판으로 나아갔다. 그때, 비교적 가까운 곳에서 힘겹게 싸우고 있는 제리카의 모습이 보였다. 라트는 단숨에 제리카가 상대하고 있는 기사의 검을 쳐내고는 바로 손을 베어냈다.

"끄아아악!"

"가, 감사합니다."

"넌 가서 아르니를 지켜."

라트의 무시무시한 눈을 본 제리카는 움찔 떨면서 고개를 끄덕였다.

제리카가 자리를 피하자마자, 라트는 자신에게 날아드는 검을 막고는 튕겨냈다.

카카가강!

압도적인 전투력을 가진 라트에게는 금세 두세 명이 달라붙어 견제했다.

다수와 힘겹게 싸우는 동안 라트의 몸에는 가벼운 생채기가 생겨났다. 하지만 라트는 한순간 뿜어져 나오는 마력의 폭풍으로 적의 자세를 무너뜨리고 반드시 목숨을 취했다. 그러나 목숨을 잃은 기사의 빈자리를 다른 기사가 채우니 전력의 균형은 좀처럼 무너지지 않았다.

전황은 라트에게 유리한 것처럼 보이면서도 불리해 보이기도 하는, 좀처럼 승부를 알 수 없는 혼전의 양상이었다.

그러는 사이, 라트의 곁에서 싸우던 대원 하나가 팔을 베이고 쓰러졌다.

"크으윽!"

"죽어!"

검을 놓친 대원은 위에서 내리꽂히는 검을 막아내지 못하고 가슴에 검을 박은 채 죽었다.

검을 맞대고 있다가 그 광경을 본 라트의 눈이 분노로 이글거렸다.

"감히!"

"으윽!"

감정을 격발시키며 쏟아낸 마력에 상대하던 기사가 튕겨나갔다.

그 순간 라트가 몸을 숙이고 달려나가 그대로 허리를 베었다.

쓰걱!

"끄윽!"

라트는 지크로트를 타고 느껴지는 죽음의 감각을 느끼며 검을 뽑고 있는 다른 기사에게 주저 없이 달려들었다. 계속되는 실전 속에서 라트는 날카로운 칼처럼 벼려지고 있었다. 군더더기 없는 움직임으로 적에게 죽음을 안기는 그의 모습은 적의 눈에는 두려워 보일 지경이다.

"어딜!"

라트는 갑자기 튀어나오는 기사의 검을 반사적으로 후려쳤다. 단숨에 가슴까지 베어버릴 요량이었다.

카아앙!

검은 막혔다. 묵직한 감각에 라트는 눈살을 찌푸렸다.

"흐으읍!"

까각!

그리고 오히려 상대가 마력을 실어 퉁겨내자 비교적 낮은 자세였던 라트의 몸이 휘청거렸다.

매섭게 눈을 빛낸 기사가 라트의 비어버린 복부를 향해 검을 찔러 들어왔다.

카가가각!

"그걸 흘리다니……. 실력이 제법 좋군."

라트는 가까스로 적의 찌르기를 검면으로 흘려냈다. 그러나 궤도를 완전히 틀지는 못해 옆구리를 살짝 베였다.

라트의 얼굴에 긴장이 어렸다.

눈앞의 상대는 지금까지 상대한 기사들보다 윗줄에 있는 실력자임이 틀림없었다.

'놈들의 수장인가.'

라트는 천천히 마음을 가라앉혔다.

냉정하고 이성적인 판단을 해야 한다. 냉정하게 가라앉은 마음과 눈으로 봐야만 비로소 대국이 보이는 것이다.

그러는 사이 부하가 또 쓰러지고 비명이 울려 퍼졌다.

저들을 모두 온전히 데리고 이곳에서 벗어나기 위해서는 더욱 큰 힘이 필요하다.

『크흐흐흐······. 고전하는 것 같군.』

악마의 속삭임에 라트는 정신이 번쩍 들었다. 또다시 잘못된 선택은 하지 않는다. 악마와의 계약은 한 번이면 족하다.

그는 천천히 심상에 한 자루의 검을 떠올렸다. 수백 수천 번이나 봐온 수수한 검 한 자루.

거칠었던 라트의 분위기가 돌연 바뀌자, 그를 상대하던 기사의 얼굴에도 긴장이 어리기 시작했다.

'아직도 밑천이 남아 있단 말인가?'

추격조장 아비드는 라트의 가공할 만한 기세에 진심으로 혀를 내두를 수밖에 없었다. 이미 30여 명의 기사 중에 대여섯 명이 라트의 손에 이승을 떠났다. 비록 적의 수가 아군보다 많아 혼전의 양상을 띠게 되었다고는 하나, 모두 상당한 실력자임을 감안하면 라트의 실력을 결코 얕볼 수 없었다.

라트가 아비드와 대치하느라 발이 묶인 사이, 승세는 천천히 아비드가 이끄는 기사들 쪽으로 기울고 있었다.

아비드가 판단하기를, 마법사가 나서지 않고 수장으로 여겨지는 눈앞의 적만 붙잡아둔다면 충분히 승기를 잡을 수 있을 듯했다. 그가 제아무리 대단한 실력자라고 해도, 다수의 적을 상대로 이길 도리는 없을 터였다.

아비드 역시 조금만 더 버티면 된다는 일념으로 흐르는 마력을 더욱 날카롭게 벼렸다. 라트와 그 사이에 감도는 침묵의 시간은 순식간에 깨질 것이다.

그리고 그 순간, 적의 칠흑색 기형검이 다시 그 묘한 현상을 일으키기 시작했다.

'또 예의 그것인가?'

아비드는 눈살을 찌푸렸다.

라트의 심상에 맺힌 한 자루의 검은 어둠이 가득한 물 위로 떠올랐다.

수수한 검은 이내 빛을 내뿜으며 천천히 좌우로 나뉘기 시작했다.

바리엘 분검식의 근간이 되는 기본 중의 기본. 심상 깊숙한 곳에 검을 만들고, 그 검을 쪼개는 심상수련의 첫 단계가 한 치의 흐트러짐 없이 라트의 내면에서 이루어지고 있었다.

심상 내면의 근간이 되는 영혼의 그릇. 거기에 담겨 있는 마력이 심상에 그린 검 자루의 형상으로 변환되어 외부 세계로 자연스럽게 구현되는 것.

그 일련의 흐름이 처음부터 끝까지 막힘도 끊김도 없이 자연스럽게 이루어질 때, 비로소 분검(分劍)이 시작된다.

분노와 흥분에 몸을 맡기던 라트가 마음을 차분히 가라앉히고 내면에 검을 그려낸 순간, 지크로트의 검신은 수수한 철검과 똑같이 쪼개지기 시작했다.

조금 전까지는 확연하게 다른 압박감에 아비드의 얼굴이 딱딱하게 굳었다.

그리고 라트의 손에서 바리엘 분검식이 펼쳐지기 시작했다. 사선으로 베어가는 지크로트를 따라 검붉은 빛으로 일렁이는 검들이 제각기 살아 있는 것처럼 휘몰아쳤다.

조금 전과는 판이하게 다른 그 검술에, 아비드는 뒤로 두 걸음 물러나면서 자세를 바로잡고 마력을 강렬하게 내뿜으면서 그대로 내려 베어갔다.

"흐아아아압!"

카아아앙!

열풍이 밀어닥치고, 라트의 검이 밀려났다.

아비드의 얼굴에 차가운 미소가 걸렸다.

"어리석은 놈! 방심했나!"

검기의 폭풍 같은 것은 그저 눈속임에 불과했다는 생각이 들자, 아비드는 검에 더욱 마력을 흘려 넣으면서 파고들었다.

그 찰나, 뒤로 밀려나면서 일그러졌던 라트의 얼굴이 급격히 차가워졌다.

"내가 하고 싶은 말이군."

"건방진! 허풍 따위가 통할 것 같으냐!"

아비드의 검이 라트의 허리를 양단하려는 듯 푸른 궤적을 그리며 베어왔다. 하지만 그것은 무위로 돌아갔다. 라트의 바로 앞으로 수십 개의 검형이 나타난 것이다.

"허억!"

그것으로 끝이었다.

아비드의 몸에는 순식간에 수십 개의 검형이 그대로 꽂혔다. 피가 분수처럼 튀고, 아비드는 몸을 뒤로 꺾으며 절명했다.

라트는 얼굴에 튄 피를 닦아내고는 다시 몸을 날렸다. 그의 검에서 조금 전과 같은 불그스름한 빛이 일렁이고, 검신이 여러 개로 쪼개지고 있었다.

이미 부하들 중 다섯 이상이 쓰러진 상황이었다. 그리고 가장 중요한 것은 여기서 더 이상 시간을 지체할 수는 없다는 사실이었다.

적의 수는 많이 줄어든 상태였고, 적 중 가장 뛰어난 실력자였던 아비드는 죽었다. 양쪽의 수가 비슷해진 상황에서 온전히 발휘되기 시작한 라트의 검을 막아낼 실력자는 아무도 없었다.

거칠고 위압적으로 주위를 짓누르던 느낌은 더 이상 없었지만, 그의 검은 조금 전과 비교도 할 수 없을 만큼 압도적인 속도로 예리하게 움직이며 피보라를 일으켰다.

라트의 검 아래 아군의 수가 눈에 띄게 줄어가자 이내 도망자가 속출했다.

"으으……!"

"잡아라! 절대 도망가게 둬선 안 돼!"

바렌트는 도망치는 적을 발견하자마자 마력을 실어 외쳤다.

고작 다섯 명 정도가 남은 상황이었다. 미처 도망치지 못한 두 명은 항복을 했다.

라트를 비롯한 대원 넷이 동시에 도망치는 적을 쫓아 몸을 날렸다. 이미 전의를 상실한 채 등을 보이며 도망가는 적들은 라트의 상대가 될 수 없었다. 순식간에 거리를 좁힌 라트와 대원들은 그들의 등에 검을 쑤시는 것으로 상황을 마무리 지었다.

한편, 적을 쫓아 산을 내려가는 라트의 모습을 확인한 바렌트는 차가운 눈으로 일대를 돌아다니기 시작했다.

"으으으……"

바렌트는 아직 숨이 붙어 있는 적에게 한 치의 망설임도 없이 검을 쑤셔 박았다. 가늘게 떨고 있던 기사는 꺽 하고 숨이 턱 막히는 소리를 내며 절명했다.

그렇게 일일이 적의 숨을 끊고 있을 때였다.

대원 한 명이 피로한 기색으로 다가왔다.

"부대장님, 아군 중상자가 다섯입니다."

"심한 상처인가?"

"예, 지금 당장 응급조치가 필요합니다."

"경상자는 몇 명이나 되지?"

"세 명입니다."

"그들만 챙긴다."

바렌트가 냉정하게 말하자, 대원의 얼굴이 일순 창백해졌다. 그 말이 무슨 뜻인지는 그도 알고 있는 것이다.

"그럼 그들의 처리는……."

푹!

자신의 발아래에서 가늘게 숨을 연명하던 적의 심장에 칼을 쑤셔 박은 바렌트는 아무 말 없이 차가운 눈빛을 대원에게 던졌다.

"알겠습니다."

대원이 굳은 기색으로 고개를 살짝 수그리고 물러가자 바렌트도 천천히 일어났다.

"으으으…… 사, 살려주십시오……."

검은색 로브를 걸친 대원의 가는 신음 소리를 듣고, 바렌트는 그에게 다가가 후드를 들춰 그의 얼굴을 가만히 들여다보았다.

"막센 경인가."

"부, 부대장님…… 흐으으…… 사, 살려주십시오……."

숨을 헐떡이는 대원의 말에도 바렌트의 얼굴은 조금도 바뀌지 않았다.

배부터 가슴까지 그어진 상처에서 피가 울컥울컥 흘러나오고 있다. 부상이 깊었다. 지금 이곳에 그를 치료할 수 있는 사람은 없다. 그는 머지않아 죽을 것이다.

"잘 싸워주었네. 경이 이렇게 싸워주었기에 은십자 기사단은 다시 한 발자국 나아갈 수 있을 걸세."

"흐으윽…… 사, 살려주십시오……."

"고통스럽겠지……. 알겠네."

그 순간, 바렌트는 품에 가지고 다니는 작은 단도를 빼 들어서 막센의 가슴에 주저 없이 찔러 넣었다.

"끅……!"

그 짧은 소리와 함께 막센은 숨을 헐떡이다가 이내 고개를 힘없이 떨어뜨렸다.

"지켜봐주게. 경이 목숨을 바친 기사단이 어떻게 이 나라를 바꾸어가는지 말이야."

단검을 뽑아든 바렌트는 굳은 결의로 가득 찬 눈을 빛내고 있었다.

그렇게 아군 적군 할 것 없이 확인사살하기를 마무리했을 때, 추격에 나섰던 라트가 대원들과 함께 천천히 돌아오고 있었다.

그중 가장 두려운 모습은 단연 라트였다. 온몸에 피칠갑을 하고 있는 그는 실로 악귀, 악마라고 해도 과언이 아닌 모습이었다. 그러나 바렌트를 비롯한 대원들은 저 피가 모두 자신들을 지키기 위해 뒤집어쓴 적의 피라는 것을 알고 있다.

바렌트는 경외와 존경이 어린 얼굴로 라트에게 다가가서 물었다.

"모두 처리가 끝났습니다. 이자들은 어떻게 하시겠습니까?"

바렌트가 묻는 것은 항복한 적 기사 둘에 대해서였다.

"물을 필요도 없는 것을 묻는군."

라트의 차가운 대꾸에 바렌트는 고개를 수그렸다.

그리고 그들에게 천천히 다가가는 바렌트의 두 눈은 차갑게 굳어 있었다. 그것을 본 기사들의 얼굴에 공포가 떠올랐다.

"자, 잠깐! 나, 나도 으, 은십자 기사단이 되겠…… 컥!"

바렌트가 가증스럽다는 얼굴로 검에 마력을 실어 복부를 꿰뚫어버리자 다른 대원이 나머지 기사 한 명의 목을 베었다. 피분수가 치솟았다.

움찔거리는 시체를 뒤로하고, 부대원들은 천천히 라트에게 다가갔다.

라트는 천천히 이곳에서 죽은 이들, 그리고 살아서 그의 주변으로 오는 사람의 수를 세고 있었다.

"너무 많이 당했군……."

"적의 실력이 저희보다 우위였기에 별도리가 없었습니다. 경상자 셋 이외에 나머지 부상자들은 너무 깊은 상처였기에 어쩔 수가 없었습니다."

"경상자 셋뿐인가……."

바렌트조차 한 명을 상대하는 것만으로도 벅찬 상황이었으니, 대원들이야 말할 것도 없었다. 애초에 기사단에 입단한 지 2년 정도밖에 되지 않은 햇병아리들에게 숙련된 기사들을 감당하라는 것 자체가 말이 안 되는 일이었다.

50명으로 시작했던 부대의 수는 이제 20여 명이 채 되질 않았다. 조금 전의 싸움에서 적의 수에 해당할 만큼의 인원을 잃은 것이나 다름없었다.

라트는 죽은 부하들의 모습을 살피면서 씁쓸한 표정을 짓고 있었다. 그들의 차가운 시체를 이곳에 남겨둔다면 산짐승과 몬스터들의 밥이 되고 말리라.

"시체를 수습할 여유는 없습니다."

바렌트가 이런 라트의 마음을 읽었는지 단호하게 말했다.

라트는 아무 말 없이 고개를 끄덕였다.

알고 있었다.

"앞으로 얼마나 더 많은 놈들이 추격해올지 알 수 없는 상황이다. 저들의 시체는…… 어쩔 수 없다."

라트는 그 짧은 시간 동안 생사고락을 함께해온 부하들에 대한 생각을 접고 발길을 돌렸다.

옆구리를 막고 있는 라트는 자신의 상처는 안중에도 없는 것 같았다.

"괘, 괜찮아?"

"괜찮아. 이 정도쯤은 금방 나아."

아르니가 다가와서 걱정하는 와중에도 라트는 조금도 약한 모습을 보이지 않았다.

그런 라트의 뒷모습을 바라보는 바렌트는 마음을 강철처럼 차갑고 단단하게 벼리고 있었다.

그의 상관은 실로 엄청난 힘을 가지고 있었지만, 마음은 아직 채 여물지 않았다. 며칠밖에 같이 지내지 않은 부하들의 죽음에 분노하여 적진의 한가운데에서 싸우던 모습만 봐도 여실히 드러난다.

그러면 생사고락을 함께한 중상자를 버리고 가는 일 따위는 하지 못했을 것이다. 그렇기 때문에 바렌트가 그 일을 해야 했다. 그것은 그들이 등에 짊어진 사명을 반드시 이행하고 말겠다는 의지이기도 했고, 동시에 라트에게 이 이상 부담을 주고 싶지 않다는 순수한 마음이기도 했다.

바렌트를 비롯하여 살아남은 대원들은 이곳에서 싸늘한 시체가 되어버린 부하와 동료에 대한 짧은 묵념을 마치고 발길을 돌렸다.

＊　　　＊　　　＊

봉인의 땅은 악마왕 발루토에게서 떨어져 나간 네 부위 중어느 하나가 잠들어 있는 곳이다. 발루토의 몸 중 어느 부위가 아제릴에 봉인되어 있는지는 교단의 수뇌부밖에 모른다.

발루토와 격전을 치른 땅에 세워진 아트라도엥. 신성제국은 그렇게 영원히 등에 짊어져야 할 숙업을 떠안은 것이다.

언제 나타날지 모르는 악마로부터 봉인의 땅을 지키고, 봉인이 깨어지는 것을 막아야 하는 무거운 사명. 그것을 짊어진 교단의 최고급 전투 병력이 봉인의 땅에 주둔하고 있다.

성기사단.

인간의 범주를 초월했다고 여겨지는 그들은 오로지 광명의 신, 프로테칸만을 맹신하는 자들이었다.

특히나 봉인지역을 지키는 성기사는 교단의 검과 방패로 그곳에서 평생을 보내다 생을 마감한다.

봉인의 땅 중에서도 교황청을 중심으로 남서쪽에는 봉인지역 아제릴이 위치하고 있었다. 다른 봉인지역이 그러하듯, 삼엄한 경계와 경비로 외부와 철저하게 단절시킨 곳.

하지만 물샐틈없이 굳건하게 그 자리를 지키고 있는 강철의 벽도 시간이 흐름에 따라 조금씩 균열을 키워왔다. 이 나라를 떠받치고 있는 기둥이라고 해도 과언이 아닌 봉인지역에 말이다.

은십자 기사단, 제3십자대의 대장인 가슈인은 그 틈으로 손가락을 조금씩 밀어 넣고 있는 장본인이다.

그는 수십 년에 이르는 긴 시간 동안 조급해하지 않고 천천히 틈을 벌려왔다. 그리고 수년 전에 이르러서야 철벽의 안을 살펴볼 수 있을 만큼 틈을 넓히는 데 성공했다.

가슈인은 어째서 봉인지역을 살피는 것일까? 그 이유는 지극히 간단했다. 교단을 이루는 기둥인 봉인지역을 무너뜨리기 위함이었다.

누가 들으면 기겁할 일이었다. 봉인지역이 무너진다는 것은 악마왕 발루토의 일부가 깨어난다는 것을 뜻한다.

그러나 가슈인은 그런 것조차도 냉정하게 판단하고 있었다. 큰 혼란이 일어나고 다소의 희생이 따를 게 분명하다. 하지만 그와 동시에 교단의 무능을 반증하는 일이 될 것이다. 그것은 교단 전체의 사기를 떨어뜨릴 것이고, 동시에 발루토의 일부분이 깨어나면서 각지에서 악마들이 일어나게 될 것이다. 성기사단은 그들 싸우게 될 것이고, 작든 크든 교단의 전력 약화를 가져올 것이다. 건국 영웅인 갈리시드가 없는 지금, 발루토의 일부라고 해도 결코 얕볼 수 없기 때문이다.

봉인지역이 무너지면 무고한 신민들도 큰 피해를 입을 것이다. 그러나 그 정도는 감수할 가치가 충분했다. 아니, 감수해야만 한다.

'대의를 위한 희생이다. 그러니 별수 없는 일이다.'

가슈인은 그렇게 일축했다.

오랜 시간 교단의 뒤에서 커온 은십자 기사단은 교단의 횡포 아래 쓰러지고 있는 약자들을 구하기 위해 창설된 집단이 틀림없었다. 그러나 그 이념과 신념도 작금에 이르러 성격이 많이 변했다. 초기에는 우선시 되었던 약자들의 보호는 각 대장들의 성격에 따라 두 번째가 되기도 하였던 것이다.

'궁극적으로 우리는 약자를 보호하면서 교단이라는 큰 적을 상대해야만 한다. 우리가 해야 할 것은 명확하다. 교단의 횡포 아래 고통 받는 약자들을 구하는 것. 그러니까 교단을 무너뜨

리는 것이 선결되어야 한다.'

 가슈인은 공공연하게 제3십자대의 목표가 바로 그것임을
말해왔다.

 봉인의 땅을 끼고 있는 영지에 뿌리를 둔 가슈인이었기에
교단의 위협과 무력 앞에서 살아남기 위해서는 그 누구보다
현실적이어야 했고, 이성적이어야 했으며, 동시에 무섭도록
냉철해야 했다.

 교단을 적으로 돌린 이상, 확실하게 그들을 무너뜨리는 방
법을 택하지 않을 수 없었다. 그 방법으로 선택한 것이 바로
봉인지역의 붕괴인 것이다.

 천천히 아제릴의 틈을 벌려온 가슈인은 그 틈을 더욱 크게
벌리고 깊숙한 곳에 가려져 있는 것을 볼 계책을 시행했다. 의
도치는 않았지만, 그 열쇠가 바로 라트였다.

 어둠이 완연하게 드리운 아제릴의 서쪽 성벽. 깊은 해자와
험한 산세를 끼고 있어 접근할 엄두조차 나지 않는 곳이었다.

 시간이 얼마나 흘렀을까. 결코 흔들림 없어 보이던 철벽의
한 부분이 갑작스럽게 안으로 쑥 들어가면서 천천히 열렸다.
사람 한 명이 간신히 지나갈 수 있을 것같이 작은 구멍이 생겼
다.

 그 안에서 어둠에 완전히 녹아든 로브를 입은 사내가 천천
히 모습을 드러냈다.

 사내는 아무도 없는 것을 재차 확인한 후, 안쪽에서 커다란

강철의 판자를 꺼내서 조심스럽게 해자 너머에 걸쳤다. 사내의 이마에 핏줄이 툭툭 불거져 나온 것을 볼 때, 판자는 결코 가볍지 않을 터였다.

소음 없이 일련의 일이 모두 끝났을 때, 사내는 천천히 밖으로 걸어 나가 해자의 바깥에서 멈추었다.

"어서 오십시오. 십자대장님의 말씀은 들었습니다."

누구에게 말하는 것인지, 숲의 어둠을 향해 낮은 목소리로 말한 사내는 계속해서 말을 이었다.

"제 이름은 셀로무트 포리스입니다."

그러나 여전히 인기척은 없었다.

셀로무트라고 밝힌 사내는 그렇게 한참을 서 있다가 말했다.

"폭룡은 지금 뭘 하고 있지요?"

"깨어날 준비를 하고 있다."

작게 속삭이듯 말한 셀로무트의 물음에 어둠 저편에서 누군가가 대답했다. 그리고 곧 다소 왜소한 체구의 사내가 인기척이 거의 느껴지지 않는 발걸음으로 다가왔다.

"반갑군요. 당신이 '흑십자대'의 대장입니까?"

"흑십자대?"

의아하다는 물음에 셀로무트는 빙긋 웃었다.

"이번 작전을 수행하는 귀하의 부대에게 붙은 정식 명칭 같은 것이라고 보면 되겠군요."

"우리는 작전을 성공적으로 끝낸 것인가?"

"지금 제가 이곳에 있는 이유가 바로 그것 때문이 아니겠습니까? 라트 경."

셀로무트의 말에 라트는 손을 천천히 들어 올렸다. 곧 그의 뒤로 라트와 마찬가지로 검은색 로브를 둘러쓴 10여 명의 대원들이 모습을 드러냈다.

"호오…… 생각 이상으로 수가 많군요."

라트의 뒤로 선 이들의 머릿수를 센 셀로무트의 눈에 이채가 어렸다.

며칠 전, 가슈인으로부터 들은 정보에 의하면 흑십자대를 구성하는 대원들은 갓 2년차 정도의 햇병아리들이다. 그리고 추격자들은 기사들 중에서도 따로 보직이 없이 전투 부대로 관리되는 기사들일 터였다. 그래서 가슈인의 말대로라면 실패 확률이 꽤 높고, 혹 성공하더라도 생존자는 많지 않으리라 예상하고 있었던 것이다.

'생존자가 이렇게 많다는 얘기는…….'

셀로무트의 시선이 칠흑색 눈동자를 번뜩이고 있는 라트에게 닿았다.

천검의 제자. 천검 봉그리드에게 검술을 사사한 라트가 분전한 것이라 분석하는 게 옳을 터였다.

단순히 일회용 인재가 아니라는 얘기였다.

'십자대장님께서 제법 쓸 만한 인재를 보내주신 모양이군.'

일정 이상의 실력자는 그리 쉽게 양성되지 않는다. 그리고 아제릴은 그야말로 적진의 한복판. 제아무리 뛰어난 실력자라고 해도 성기사단을 상대로 싸울 수는 없었다.

아제릴에 둔 뿌리는 언제든지 뽑혀나갈 수 있는 것으로 여겨졌기 때문인가, 가슈인은 적진의 한복판에 실력자들을 많이 보내지 않았다. 물론 인재가 부족한 것도 그 이유였지만 말이다.

하지만 최근 아제릴의 중심에 존재하는 봉인석에 점차 다가서기 시작하면서 위험성이 높아지고만 있었다. 봉인석이 위치한 곳일 터인 중앙 첨탑의 경계는 외곽과는 또 차원이 달랐다. 그러니 인재가 절실하던 참이었다.

이제 이목은 봉인의 땅으로 쏠릴 것이다. 외부와 철저하게 단절된 철벽을 자랑하는 아제릴은 이교도를 받아들였다는 의심의 눈초리를 받게 될 것이고, 이로 인해 아제릴과 고르올리아 후작이 대립하면서 자연스럽게 아제릴 내부의 시선도 밖으로 향할 것이다.

그때가 바로 기회다.

"절 따라오십시오."

라트가 아제릴에 이렇듯 쉽게 입성했을 때, 그를 쫓던 사이베른 남작은 산지가 끝나는 지점에서 말을 멈추고 아비드 경의 추격조를 기다리고 있었다. 하지만 새벽이 밝아올 때까지도 이교도는커녕 아군의 모습조차 보이지 않았다.

"이상하군. 아무리 넉넉하게 잡아도 지금 시간쯤에는 도착했어야 옳다."

"죄송합니다. 어쩌면 그들이 이미 이곳을 지나갔을지도 모르겠습니다."

사이베른 남작의 말에 부관 한 명이 고개를 조아렸다. 그러나 사이베른 남작의 의견은 달랐다.

"아니, 아니야. 경의 판단이 잘못된 것이었다면 애초에 내가 그 말에 따랐을 리가 없지 않나? 간발의 차이로 놓친 것이라면 아비드 경의 추격조가 합류하기만 하면 바로 쫓을 수 있다."

하지만 문제는 그것이 아니었다.

"이상한 것은 어째서 아비드 경을 비롯한 다른 기사들이 아직까지도 보이지 않는가다."

바로 그것이 문제였다. 이미 도착하고도 남을 만큼 시간이 지났다. 이 근방 산지는 몬스터들이 들끓는 장소도 아니었다. 다시 말해서, 몬스터들의 습격을 받아서 무슨 일이 생겼다거나 하는 일은 없다고 봐야 했다.

"분명히 무슨 일이 벌어진 게 틀림없다. 그리고 그 무슨 일이 벌어진 이유는 아무래도 이교도 놈들 때문이겠지. 설마, 아비드 경씩이나 되는 실력자가 30명의 기사를 이끌고서도 당했다는 것인가?"

믿기지 않는다는 듯 눈살을 찌푸린 사이베른 남작을 보면서 잠자코 있던 기사가 말했다.

"일단 정찰조를 구성하여 확인을 하는 게 어떻겠습니까?"

"하지만 놈들을 놓쳐서도 안 되니, 따로 추적조를 만드는 게 좋을 것입니다. 놈들의 실력이 생각 이상으로 뛰어나다면 소수의 추적조는 후퇴하여 그들의 행적을 보고하게 해야 합니다."

"좋은 생각이다."

이미 30여 명의 행방을 알 수 없는 상황이다. 더 이상 많은 기사를 한 조로 묶어 나누는 것은 무리였다. 숫자를 너무 나눴다가 자칫 사이베른 남작의 본대가 놈들에게 노려질 가능성이 있는 것이다.

대여섯 명씩 조를 여러 개 구성하여 이교도 놈들을 쫓는 추적조와 아비드 경의 추격조의 행방을 찾는 정찰조로 나누었다. 그리고 사이베른 남작은 눈살을 찌푸리다가 저 멀찍이 보이는 곳으로 시선을 돌렸다.

"아제릴로 간다. 이곳에서 가만히 기다리는 것은 성미에 맞지 않는다. 어쩌면 놈들이 내 예상을 웃돌아 더 빨리 빠져나갔을지도 모른다. 그렇다면 아제릴에서도 놈들을 보았을 것이 틀림없을 터."

사이베른 남작은 그렇게 중얼거리면서 나머지 기사들을 이끌고 아제릴로 향했다. 이미 아제릴은 코앞이었다.

중천이 지나기도 전에 아제릴의 거대하고 웅장한 다리 앞에 선 사이베른 남작은 절로 압도당하는 것을 느꼈다.

"신분을 밝혀라."

"스버레일 백작님의 명을 받드는 사이베른 남작이다."

사이베른 남작의 외침에 경비병들이 움직이기 시작했고, 오래 지나지 않아 성문의 한쪽에 있는 쪽문에서 거친 수염을 기른 사십 대의 사내가 천천히 걸어 나왔다.

'헉! 저것은······.'

사이베른 남작은 그자의 가슴 중앙에 이중으로 박혀 있는 금색의 프로텔리아를 발견하고는 안색이 창백하져 즉시 말에서 내렸다. 그리고 그의 뒤에 있던 기사들도 그 즉시 일제히 내렸다.

금색의 이중 프로텔리아가 뜻하는 성기사의 지위!

일개 영지의 남작과는 비교도 할 수 없을 만큼 우위에 있는 직위였다. 물론 성기사는 추기경 직속에 있어 기존 계급과 나란히 놓고 비교하기는 힘드나, 대주교를 웃돌고 상위관과 비슷한 위치니만큼 주교를 맡는 후작을 훨씬 상회한다고 볼 수 있다. 감히 남작과 비교할 직위가 아닌 것이다.

당연히 사이베른 남작의 태도에는 존경과 경외가 담겨 있었다. 고개를 깊이 숙인 그의 앞으로 다가온 사내는 표정 하나 바뀌지 않은 얼굴로 물었다.

"이곳은 성역(聖域)이다. 무슨 일로 왔나?"

악마왕의 사지 중 일부가 잠들어 있는 곳을 성역이라고 부르다니, 이런 역설이 어디 있을까? 하지만 아제릴의 성기사들을 비롯하여 교단의 고위직 인물들은 각 봉인지를 그렇게 불렀다.

위대한 성기사 갈리시드의 업적이 실재하는 곳, 그리고 광명이 인도하는 평화를 위하여 악마를 잠재운 봉인지역이야말로 그 어느 곳보다도 광명에 가장 가까운 곳이라고 여기는 것이다.

"성역에는 정해진 인물 이외에는 들어설 수 없다. 그게 무슨 말인지 알고 있는가?"

"예, 알고 있습니다."

"그렇다면 이곳에는 왜 왔는가?"

"말씀드리기 송구스러우나, 혹 동쪽이든 서쪽이든 수상한 자들의 모습을 보지 못하였는지, 봉인지역에 도움을 청하기 위해 찾아왔습니다."

"수상한 자라 함은?"

성기사의 물음에 사이베른 남작은 눈을 빛냈다.

"이교도를 말씀드리는 것입니다. 이 근방에서 추격하던 이교도를 놓쳐서, 이에 대해 도움을 구하고자 들른 것입니다."

이교도를 추격하던 도중이라는 말에 성기사의 눈매가 살짝 부드러워졌다. 교단의 뜻에 따라 신성한 사명을 다하고 있다면 응당 도움을 주는 것이 당연하다.

그러나 성기사는 그러한 보고는 받은 적이 없었다.

"안타깝게도 그런 보고는 들은 적이 없네. 아무래도 성역에서 경들이 찾는 것은 발견하지 못할 것 같군."

"그렇습니까? 알겠습니다."

사이베른 남작이 다시 고개를 깊이 수그리자, 성기사는 고개를 살짝 끄덕이는 것으로 답을 대신하고 천천히 쪽문으로 다시 들어갔다.

사이베른 남작을 비롯한 기사들은 다시 말에 올라탄 뒤 천천히 그곳에서 물러나 다시 산지 쪽으로 향했다.

"성기사를 본 것은 처음이군."

"실로 범상치 않은 기세였습니다."

부관의 말에 사이베른 남작도 고개를 주억거렸다.

그 자리에서 그런 보고는 없었다고 잘라 말하고는 돌려보내는 성기사의 모습.

"말은 들었지만 절대로 안쪽을 보여주지는 않을 것 같군. 아니, 애초부터 협조적인 태도가 아니었으니. 만에 하나, 봉인의 땅과 이교도가 관련이 있다고 해도 이를 조사할 방법이 없을 것 같군."

사이베른 남작이 아제릴을 의심하는 듯한 태도로 중얼거리자, 두 부관이 별안간 눈을 번뜩였다.

"예, 제 생각도 남작님과 같습니다. 봉인의 땅, 그중 펜시브와 아제릴은 철벽이라고 해도 과언이 아닐 만큼, 외부인을 절대로 들이지 않는 곳으로 유명합니다. 헌데, 이상하지 않습니까? 어째서 이교도가 이곳으로 향했을까요? 이런 곳으로 향했다는 것은…… 말씀드리기 조심스러운 사항이기는 하나 아제릴이 이교도와 완전히 무관하다고 생각하기는 다소 어렵지 않나 싶습니다."

"제 생각도 그렇습니다. 오히려 그 드높은 철벽 속에 무엇이 감춰져 있을지 의문이 듭니다."

"으음……. 하지만 아직 속단할 수 없다. 아제릴로 놈들의 행적이 이어졌다고 하나 어찌 봉인지역을 이교도 놈들과 함께 엮을 수가 있겠나?"

사이베른 남작이 고개를 저으면서 그러한 의문을 털어내자 부관들은 다시 말에 힘을 더했다.

"그러니 더욱 위험한 것 아니겠습니까? 절대로 없을 것이라는 생각들의 의표를 찌른 것이라면……."

부관의 말에 사이베른 남작도 슬슬 표정이 굳기 시작했다. 그들이 타락했을 리는 절대로 없다는 확신이 있건만, 한 번 생겨난 의심은 좀처럼 사라질 생각을 하지 않았다.

그들은 건국 당시부터 지금까지 영주의 명을 따르지 않고 항상 독립적인 권한을 유지해왔다. 영주의 관여도 받지 않고, 명령에도 따르지 않으며, 언제나 성역을 지킨다는 명목하에 외부인을 막는다. 혹 그런 곳의 내부에 이교도의 씨앗이 자라나고 있다면 도대체 그 타락을 누가 무슨 수로 막을 수 있단 말인가?

'내부에 적이 있을 것이라고는 아예 생각지도 않는 그들은 그 드높은 성벽을 믿고 있을 것이다. 외부의 침입을 결코 용납하지 않기에, 내부에서 자라나는 악의 씨앗도 결코 수긍하지 않을 것이 틀림없다.'

그렇게 생각하니 성역이라고 하는 아제릴이 사이베른 남작에게는 달리 보이기 시작했다. 그리고 의심의 씨앗은 이후 반나절이 지날 무렵에 도착한 두 개조의 보고에 의해 싹을 틔웠다.

"북쪽 산지에서 아군의 모습이 보입니다!"

"북쪽이면, 정찰조가 돌아온 것인가?"

말을 이끌고 산지에 가까이 다가간 사이베른 남작은 정찰조 기사들의 얼굴에 떠오른 표정을 보면서 안색을 굳혔다.

"발견한 게 있었나 보군."

"예, 그리 떨어지지 않은 곳에 다수의 시체가 발견되었습니다."

사이베른 남작의 얼굴이 어두워졌다.

"으음……. 아비드 경이 이끌던 아군이던가?"

"예, 아군과 이교도로 추정되는 이들의 시체였습니다."

"으음, 정확히 확인했나?"

사이베른 남작의 말에 기사는 쉽게 말을 잇지 못했다.

"산짐승들이…… 시체를 훼손하여, 제대로 확인할 수가 없었습니다."

"살아남은 이는 없던 것으로 보이던가?"

"예, 놈들은 용의주도하게도 확인사살까지 해두었습니다. 게다가 더 북쪽에는 추격의 흔적도 남아 있는 것으로 보아, 후퇴하던 아군을 이교도들이 추격한 것 같습니다."

"으음……. 적의 실력이 대단하다는 것을 인정하지 않을 수 없게 되었군."

힐리센 남작이 이끄는 기사들이 추격 도중에 무너진 것을 보았기에 실력이 제법 출중한 아비드를 필두로 30여 명의 조를 짠 것이었는데 그마저도 무너진 것이다.

"적은 몇이나 쓰러졌던가?"

"거의 수적으로는…… 비슷한 것 같았습니다."

"비슷하다고?"

사이베른 남작은 저들의 집념이 실력만큼이나 대단하다는 생각을 지울 수가 없었다.

비슷하다면 거의 30여 명의 수가 죽었다는 것이다. 그런데 그 와중에도 끝내 한 명도 도망치게 놔두지 않았다는 것만 봐도 저들이 어떠한 집념을 가지고 싸웠는지 알 만했다.

"시간은 얼마나 지났는지 확인했나?"

"훼손이 심하여 제대로 파악하기는 불가능했습니다. 하지만 그리 오래 지나지 않은 것은 확실합니다."

"역시 그런가."

사이베른 남작은 간발의 차이로 놈들을 놓쳤다는 생각에 아쉬움을 지우지 못했다.

바로 그때, 이교도의 행적을 쫓던 추적조가 돌아왔다. 모두가 무사히 돌아온 것을 확인한 사이베른 남작의 눈에 기묘한 빛이 떠올랐다.

"왜 모두 돌아왔지? 놈들을 발견하지 못한 것인가?"

"이교도들의 행적은 어렵지 않게 발견할 수 있었습니다. 수는 약 열 명에서 스무 명 정도이며, 계속해서 남쪽으로 향했습니다. 다수의 발자국이나 꺾인 나뭇가지로 알아냈습니다."

"그래서, 모두가 이곳에 있다는 것은 놈들을 발견하지 못했다는 얘기인가?"

둘러대지 말고 얘기하라는 듯한 대꾸에 조장을 맡은 기사의 얼굴에 당황스러움이 떠올랐다.

"저, 그것이, 놈들의 모습을 발견할 수는 없었습니다. 도중 흔적이 끊겼기에……."

"끊기다니? 그게 무슨 말이지?"

"어느 순간부터 놈들의 행적이 갑자기 사라졌습니다. 아무래도 의도적으로 지운 것 같습니다만……."

"그 전까지는 놈들의 흔적이 보였다고 하지 않았던가. 뭔가 착오가 있었던 것은 아닌가? 혹 놈들이 도중에 가던 길을 바꿨을지도 모르지."

"아닙니다. 저도 그럴지도 모른다는 생각에 지나온 길을 다시 살피면서 약간이라도 위화감이 있는 곳은 없는지 샅샅이 뒤졌지만 발견하지는 못했습니다."

"위화감?"

"예. 사실 흔적이 끊긴 곳부터는 그러한 위화감이 있었습니다."

"흔적을 지웠다는 것인가?"

"예, 그때부터는 여유가 생겼거나, 아니면 다소 시간을 지체하더라도 흔적을 완전히 지워야 했던 것이겠지요."

기사의 말에 사이베른 남작의 눈이 번뜩였다.

"놈들의 흔적이 끊긴 곳은?"

"말씀드리기 송구스럽습니다만, 아제릴의 서쪽 성벽 바로 옆쪽 산지입니다."

"성벽 바로 옆쪽의 산지?"

"예, 그 인근에서 흔적이 싹 사라졌습니다. 그 주변을 훑어봤으나, 이후부터는 모호하여 더 이상 발견하지 못했습니다."

"아제릴인가……."

사이베른 남작의 눈이 차갑게 굳어가고 있었다.

남쪽, 봉인의 땅.

광명의 수호자들인 성기사들이 지키는 땅에 이교도라고 불리는 그들이 아무런 의미도 없이 이곳으로 올 리가 없다.

이곳이 아제릴이니까, 성기사가 지키는 곳이니까, 이교도와는 아무 관련이 없을 것이다. 그렇게 단정하는 것은 옳은 것일까?

"혹…… 아제릴 내부로 놈들이 사라진 것일지도 모르겠습니다."

추적조를 맡았던 조장이 조심스럽게 말문을 열었다.

"그렇게 생각하나?"

"정황상 아제릴과 이교도 놈들이 아무런 연관도 없다고 여기는 것은 무리가 있습니다."

부관이 조심스럽게 다시금 아제릴에 대한 의심에 힘을 보태자, 사이베른 남작은 고개를 주억거렸다.

이미 그의 마음속에는 의심의 싹이 천천히 자라나고 있었다.

*   *   *

조명석 여러 개가 비추고 있는 방. 창문 하나 없는 이곳에는 여러 명이 상석의 인물을 보면서 앉아 있었다. 고풍스러운 찻잔에 담긴 커피는 이미 식어 있었다.

그때, 상석에서 가까운 곳, 호리호리하고 차가운 인상의 인물이 말문을 열었다.

"이번 계획에 구멍이 컸던 것은 사실입니다."

"그렇게 생각하나?"

"예, 일이 조금만 틀어졌어도 후작, 아니, 나아가 교단의 눈은 아제릴이 아니라 바로 제피린으로 향했을 것입니다."

스버레일 백작의 보좌관을 맡고 있는 그의 냉철한 대꾸에 좌중은 말을 아꼈다. 가슈인이 추진한 작전에 이렇게 토를 달수 있는 사람은 그 외에는 거의 없었다.

"어째서 그렇게 생각하는가?"

"일단, 일이 생각 이상으로 급박하게 돌아간 것이 가장 큰 문제라고 할 수 있겠습니다. 기존에 생각하시고 계시던 큰 그림은 시간과 공을 들여 만들어나가야 하는 것이었지만, 그것이 시간과 외부의 압력으로 쫓겨 그려지다 보니 구멍이 생길 수밖에 없었습니다."

"그렇군. 그렇다면 구멍이란 것에 대해 구체적으로 알려주지 않겠나?"

"굳이 말씀드릴 필요까지 있겠습니까? 이번 작전이 지나치게 우연성과 운에 의해 좌지우지되었다는 점이 바로 구멍입니다."

"우연성과 운이라. 과격한 표현이군. 그렇게 단정한 이유도 말해줄 수 있겠지?"

"물론입니다. 이미 린메이스 백작이 출발한 그 순간부터 고르올리아 후작은 스버레일 백작을 버리는 패로 단정한 것이나 다름없는 상황이었습니다. 이 상황에서 은십자 기사단을 표면에 등장시키면서 스버레일 백작의 전인을 습격한다는 구도 자체도 실상 따지고 보면 빈틈과 구멍투성이입니다."

실바레티가 한 치의 주저도 없이 내뱉은 냉정한 말에 가슈인의 입가에는 미소가 떠올랐다.

"빈틈과 구멍투성이라. 신랄하군."

"이번 작전의 핵심인 흑십자대의 움직임부터 말씀드리겠습니다."

그의 무미건조한 시선이 앞에 놓여 있는 거대한 지도로 옮겨갔다. 지도에는 세필든 언덕을 비롯하여 제피린, 그리고 라트가 작전을 시행했던 숲과 언덕까지 그려져 있었다.

"흑십자대는 십자대장님의 명령대로 움직였습니다. 세필든 언덕에 300여 명이나 되는 후작의 군대가 있는 상황에서 그들과 얼마 되지 않는 거리에서 습격을 감행했습니다."

가슈인은 아무 말 없이 입가를 말아 올렸다.

"흑십자대는 50여 명입니다. 상식적으로 300여 명의 군대를 앞에 두고 습격을 하라는 작전은 너무 무모하지요."

"정상적인 방법은 아니었지."

"위험한 방법이었습니다. 흑십자대에 대한 걱정이 아닙니다. 제3십자대의 기반인 제피린을 두고 너무 큰 도박이었습니다."

"도박이라, 재미있는 표현이군. 그래서, 그 도박은 어떤 결과로 마무리될 것 같은가?"

여전히 여유로운 가슈인을 보면서 좌중은 입을 다물었다. 대장인 가슈인에게 흔들림이 없다는 것은 이번 작전이 성공적이라는 의미일 것이다.

그러자 오히려 말이 없어진 쪽은 실바레티였다. 조금 전까지 가슈인을 몰아붙이는 듯하던 실바레티가 갑자기 아무 말없이 입을 다물자 좌중은 그의 침묵을 이상하게 여겼다. 그렇게 잠시 시간이 지나고, 그는 굳게 닫고 있던 입을 다시 열었다.

"……십자대장님께서는 후작이 보낸 인물이 린메이스 백작이라는 것을 사전에 알고 계셨던 것입니까?"

그 순간, 가슈인의 입가에 떠올라있던 미소가 호쾌한 웃음이 되었다.

"훌륭하군. 거기까지 보고 있었나?"

"그렇군요. 린메이스 백작이 올 것을 염두에 두고 계셨다는 말씀이시군요."

"짧게 말하자면 그렇지."

가슈인의 시원한 대답에 실바레티를 제외한 단원들이 고개를 끄덕였다.

"린메이스 백작은 스버레일 백작에게 호감을 가지고 있는 인물이니, 스버레일 백작이 대담하게 결백을 호소하면 통하리란 것까지 예상하셨다면 이는 단순한 도박이라 할 수 없지요."

"그런가? 하지만 그것도 일종의 도박이 아닌가?"

가슈인이 중얼거리자, 오히려 실바레티가 굳은 얼굴로 고개를 저었다.

"아닙니다. 그것까지 예상하고 계셨다면 이보다 좋은 작전도 없었을 것입니다. 당장은 린메이스 백작이 혼란을 겪고 있지만, 그것도 곧 '남쪽'으로 시선이 돌아가겠지요."

가슈인의 말에 좌중이 다시 술렁였다.

"봉인의 땅에서 무슨 일이라도 있는 것입니까?"

"예, 십자대장님께서 천천히 추진하고 계시던 일의 결과가 공교롭게도 이번 제피린의 위기 덕분에 성과를 보이게 되었습니다."

가슈인이 빙긋 웃었다.

실바레티는 마저 말을 이었다.

"간단히 말씀드리지요. 린메이스 백작은 혹 스버레일 백작이 모든 일을 주도하여 꾸몄다는 일말의 의심을 아직까지도 완전히 떨쳐내지 못한 상황일 겁니다. 그리고 린메이스 백작 휘하의 기사들이 흑십자대에 크게 당해 추격을 포기하고 회군 중입니다. 그 결과, 함께 간 스버레일 백작 휘하의 사이베른 남작이 흑십자대를 뒤쫓게 되었지요. 여기서 흑십자대는 아제릴의 가장 깊숙한 곳에서 정보활동을 하고 있는 아군과 접촉했습니다. 이제 사이베른 남작은 자연스럽게 아제릴을 의심하게 되겠지요. 그가 제피린의 혐의를 벗겨줄 겁니다."

"오오, 과연……."

좌중이 탄성을 터뜨리는 가운데, 처음으로 질문을 했던 인물은 다시 물었다.

"헌데, 그 사이베른 남작이라는 자는 분명 은십자 기사단 내에서는 들어보지 못한 이름입니다만……."

"맞는 말씀입니다. 그는 그저 평범한 남작이지요."

"그, 그렇다면 십자대장님께서 생각하신 대로 흘러가지 않을 가능성이 충분히 있지 않습니까?"

그것은 분명히 타당한 의견이었다.

린메이스 백작과 고르올리아 후작, 그리고 아제릴을 뒤흔들기 위해서는 아제릴이 의심된다는 보고가 스버레일 백작과 린메이스 백작에게 올라가야 한다. 사이베른 남작이 아제릴에 대한 의심을 품지 않으면 린메이스 백작과 고르올리아 후작의 눈을 돌릴 수가 없는 것이다.

실바레티도 고개를 끄덕였다.

"예, 그렇지요. 그 모든 것을 단순히 운에 맡기고 지켜보는 것은 바보 같은 짓입니다."

"그렇다면……."

"사이베른 남작의 곁에 있는 부관들이 기사단을 도울 것입니다."

"아!"

모두가 다시금 감탄을 하는 가운데, 실바레티도 그제야 근심을 조금 덜 수 있었다.

스버레일 백작에 대한 의심을 깊게 품고 있는 상황이니 백작 휘하의 사이베른 남작이 아제릴에 대한 의심을 제기해도 그리 큰 파장을 일으키지는 못할 터였다. 스버레일 백작이 시선을 돌리려고 하는 수작으로 비칠 공산이 오히려 더 컸다.

그러나 스버레일 백작을 오랫동안 곁에서 봐온 린메이스 백작이 이 일을 맡으면서 위험할 것이라 생각하던 구멍마저 막혔다. 이제 제피린에 몰려 있는 시선은 반드시 아제릴로 향하게 될 것이다.

하지만 실바레티는 완전히 마음을 놓을 수 없었다.

"거기까지 모든 정황이 맞아떨어진다고 해도, 이번에 전면에 나타난 '은십자 기사단'의 움직임이 이상하게 보이는 것은 어쩔 수가 없습니다. 어째서 전인을 습격해야만 했는지, 그 당위성이 제대로 드러나질 않습니다."

"제피린에 펼쳐놓은 지부를 잃고 싶지 않았기에 이목을 돌리려고 했다, 라는 것은 어떻겠나?"

그 점까지는 가슈인도 달리 고안한 것이 없는 것 같았다.

실바레티는 단호하게 고개를 저었다.

"그러면 여전히 제피린에 경계를 늦추지 않을 테니 남쪽으로 이목을 돌린 보람이 없어집니다."

"그럼 경은 어떻게 하는 게 좋다고 보는가?"

"이렇게 된 이상, 은십자 기사단 내에서 명령에 혼선이 생겨 일이 다소 꼬였다는 식으로 꾸며야 할 것입니다. '이번 사건은 은십자 기사단 전체의 의사가 아니라 일개 부대의 단독

행동으로 여겨진다' 정도로 넌지시 이야기하면 되겠지요."

"호오, 그들 내부에서 작전이 꼬였다?"

"예, 그들은 이번 화전민 수용을 진행한 로벨토 남작이 위험하다고 판단, 그의 자리를 어떻게든 지킬 부대를 보낸 것입니다. 헌데, 이 와중에 갈락실에서 후작이 병력을 보낸 것이지요. 상황이 이렇게 흘러가니, 제피린에 도착한 은십자 기사단의 부대는 단편적인 정보를 바탕으로 자칫 로벨토 남작을 잃을지도 모른다는 염려를 하게 된 것입니다. 그때 그들을 이끌던 대장은 과감하게 움직임으로써 제피린에 집중된 시선을 자신들에게 돌리고 빠져나가려 했다, 그런 내용이 되겠지요. 그쯤에 로벨토 남작은 이미 잡힌 상황이었지만, 단독으로 움직이고 있었기에 그 정보를 얻지 못한 것입니다."

실바레티가 꾸며낸 말은 다소 어설픈 점이 보였지만 앞뒤는 맞았다. 좌중의 모두가 고개를 끄덕이는 가운데, 가슈인이 피식 웃었다.

"제법 흥미로운 말이지만 경이 아까 말한 의견을 번복하는 게 되지 않는가? 300여 명이나 되는 병력을 앞에 두고 50여 명의 병력으로 그런 짓을 하는 것은 상식적으로 말이 안 되지."

그러자 실바레티가 은은한 미소를 지었다.

"예, 맞습니다. 분명히 일반적인 상식으로는 그렇습니다. 그러나 그들의 실력이 대단히 뛰어난 것으로 알려지는 사건이 일어난다면 이야기는 달라지지요. 크게 말하자면 은십자 기사단의 계산이며, 좁게 보자면 흑십자대를 이끌던 대장의 독단이 됩니다."

"은십자 기사단의 계산? 그것은 또 무슨 말인가?"

가상의 은십자 기사단의 계산까지 오가는 고도의 이야기를 들으면서, 좌중의 몇몇은 멀뚱멀뚱 눈만 깜빡이고 있었다.

"라트 경입니다. 접전에서 엄청난 실력을 선보이며 신속하게 물러나는 모습, 그리고 힐리센 남작을 마상에서 격퇴한 사실 등이 그러한 계산의 근거가 될 것입니다. 만일 라트 경이 사이베른 남작 휘하의 기사에게도 엄청난 피해를 입혔다면 신빙성이 더욱 커질 것입니다. 그렇지 않다 하더라도 최소한 그를 상대한 힐리센 남작만은 지금쯤 그의 실력에 혀를 내두르고 있겠지요."

가만히 이야기를 듣고 있던 가슈인의 입가에 천천히 미소가 떠올랐다.

"그러면 간단히 추측할 수 있게 됩니다. 은십자 기사단은 라트 경의 실력을 믿고 이번 일을 맡긴 것입니다. 그리고 그 뛰어난 대장은 저 많은 수의 병사를 보면서도 이미 꼬여버린 작전을 대담하게 진행시킨 게 되겠지요. 라트 경이 실력을 드러낸 것으로 허술함이 메워집니다."

그의 막힘없는 대꾸에 가슈인은 낮게 웃었다.

"미처 생각지도 못한 부분이었군. 라트 경의 실력을 은십자 기사단의 계산이라는 것으로 묶을 줄이야. 훌륭하군."

"황송합니다."

가슈인의 극찬에 실바레티가 고개를 깊이 수그리자, 좌중은 저도 모르게 고개를 주억거렸다.

둘의 대화를 알아들은 사람이 과연 이 중에 몇 명이나 될까? 중요한 것은 이 급조된 작전에 드러난 구멍이 각각의 인물들에 의해 조금씩 메워져, 이제는 거의 완벽한 계책으로 변모했다는 사실이다. 그리고 이번 일에 대해 의문을 가지는 이는 필시 없을 것이다.

실바레티의 눈이 냉정하게 가라앉았다.

'하지만 라트라고 하는 자의 실력은 놀랍군. 십자대장님의 본래 계책은 그가 추격대로부터 온전히 벗어난다는 것을 전제로 한 것이 아니었던가. 이번 작전을 이렇게까지 훌륭하게 소화해낼 수 있는 자가 또 누가 있을까?'

제피린과 갈락실, 그리고 아제릴의 입장이 톱니바퀴처럼 얽혔다. 그리고 은십자 기사단이 일으킨 일련의 사건은 남쪽에 위치한 봉인지역 아제릴까지 영향을 미치고 있었다.

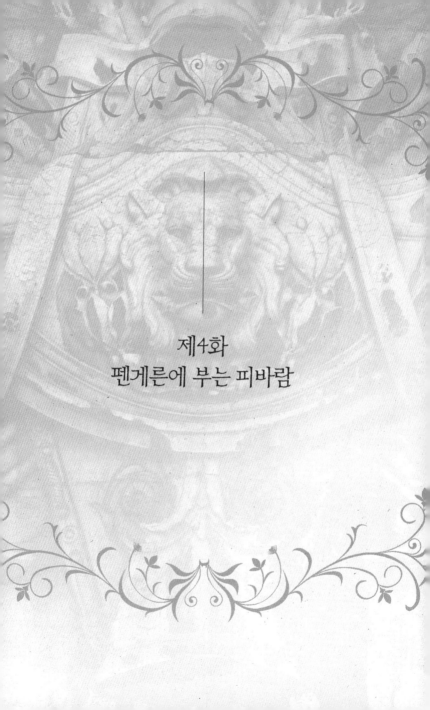

제4화
펜게른에 부는 피바람

Holy War

파르칼 령의 제피린과 아제릴을 무대로 심상치 않은 사건들
이 일어나고 있는 사이, 그곳에서 북쪽으로 조금 떨어진 펜게
른 령에는 거친 피바람이 불고 있었다.

그 시작은 마르비엔 령이었다.

마르비엔 령은 굴바엔 지방에서도 아직 은십자 기사단의 영
향력이 약한 곳이다. 그 이유는 카자스 대교구와 인접하고 있
어 추기경의 영향력이 쉽게 미치는 곳이기 때문이었다. 그렇
기 때문에 음지로 깊게 숨어들기에 어려움이 많아 발각되기
십상인 상황이었다.

마르비엔에서 행해진 이교도 토벌은 순식간에 펜게른 령에

도 알려졌다.

펜게른 령을 관할하고 있는 제4십자대의 대장 갈루스는 마르비엔의 토벌령에 대한 소식을 듣고도 그리 긴장하지 않았다.

"대대적인 이교도 토벌이라…… 실없는 소리다. 갑자기 토벌령이라니, 너무 뜬금없지 않은가. 필시 기사단을 자극하려는 같잖은 계책에 불과할 것이다."

갈루스는 교단에서 내린 이번 토벌령에 대해 처음 보고를 받았을 때 그렇게 코웃음 쳤다.

아트라도엥은 광명을 따르는 프로트 교단의 거점. 그런 곳에서 대규모 이교도 토벌 따위를 일으키는 것은 국민을 제대로 통제하지 못했다는 실책을 인정하는 것이나 다름없는 일이다. 게다가 국가적으로 상당한 이미지 손실을 감수하면서까지 토벌령을 내려 봤자 이교도의 근간을 뽑아내기는 현실적으로 여간 어려운 일이 아니다.

교단의 부패와 함께 음지에서 커온 은십자 자유 기사단이다. 그 뿌리는 이미 이 나라의 근간과 함께하고 있다고 해도 과언이 아니다.

그러나 그런 생각은 오래 이어지지 않았다.

펜게른 령의 동쪽, 마르비엔 령과 인접한 타르크 관령에 불어닥친 피바람을 보고받은 것이다.

갈루스의 얼굴이 굳었다.

"……타르크 관령 지부가 당했습니다."

"당하다니? 타르크 관령을 비롯해 다른 관령에 위치한 지부는 그 어떤 책도 잡히지 않도록 하라고 일렀을 텐데? 기사단 전원은 당분간 지부 근처에도 가지 말라고 말이야."

"예, 그것은 각 지부장님들 모두 숙지하고 있었을 것입니다."

"아무도 움직이지 않았는데 놈들이 이렇게 쑤셔왔단 말인가? 아무런 행동도 하지 않았는데?"

갈루스가 날카로운 얼굴로 그렇게 쏘아붙이자, 전인은 곤혹스러운 표정을 지었다. 그 모습에 더욱 화가 난 갈루스는 버럭 고함을 질렀다.

"어떻게 된 상황인지 제대로 보고해!"

"송구스럽습니다. 더 이상 어떻게 알아볼 방도가 없습니다."

"무슨 소리지?"

"현재 타르크 관령으로 통하는 모든 길이 교단의 병사들에 의해 막힌 상황입니다. 신관과 기사, 그리고 전투 신관들의 수도 엄청납니다. 무리하게 알아보려 했다가는 자칫 피해만 늘어날 듯하여 손을 놓고 있습니다."

보좌관의 통렬한 보고에 갈루스의 얼굴이 창백해졌다.

'이럴 수가…….'

도시를 아예 봉쇄하다니…….

"이 일…… 내가 너무 쉽게 생각하고 있었는지도 모르겠군. 이번 이교도 토벌령이 어디서부터 어떻게 시작됐는지, 다시 한 번 알아보게. 어느 추기경에 의해서 누구에게 그 지휘권이 넘어갔는지, 그것부터 철저하게 말이야."

"예!"

등골이 서늘해졌다.

보좌관이 다급하게 나가자, 갈루스는 아랫입술을 깨물면서 책상에 놓인 서류를 집어 들었다. 거기에는 마르비엔에 불어 닥친 교단의 이교도 토벌령에 대해 간략히 기재한 정보가 있었다.

'성기사……'

갈루스의 안색이 창백해졌다. 교단에서 이렇듯 일을 극단적으로 진행시킬 줄은 상상도 못 했다.

'교단의 토벌령을 직접 실행하는 토벌대……. 설마 교단은 정말로 그 터무니없는 토벌령을 진행시키는 중이란 말인가?'

평소 같은 잔가지치기가 아니라 정말로 뿌리를 뽑기 위한 방침이라면, 이 일은 그야말로 큰일이다.

단 한 명만으로도 엄청난 전력인 성기사, 그런 자가 지휘하는 토벌대와 싸운다면 제4십자대가 겨우 조금씩 쌓아온 기반은 흔적조차도 남기지 못하고 무너져버릴 터였다.

갈루스는 홀로 섣불리 판단할 만한 사안이 아님을 알 수 있었다.

그가 좀처럼 답을 내놓지 못하는 며칠 사이에도 상황은 계속해서 꼬여가고 있었다.

그들과 아주 조금이라도 인연이 있었던 이들이 어떻게 처분되는지에 대한 이야기가 공공연하게 펜게른 령 전역에 나돌기 시작하면서, 타르크와는 한참 떨어진 루반 관령에 터를 둔 제4십자대의 거점에도 긴장감이 드리운 것이다.

'일단, 어떻게든 가슈인 십자대장과 연계를 해야 한다.'

갈루스는 이미 제3십자대에 전인을 보낸 상황이었다. 제3십자대의 대장, 가슈인과 연계하여 이 일을 어떻게 풀어나갈지에 대해 논의를 할 생각이었던 것이다.

*   *   *

"처리하라."

"이교도들의 목을 베어라!"

"집행!"

써거걱! 써걱!

"끼아아아아악!"

도시의 남쪽 광장에서 기분 나쁜 소음과 비명이 하늘을 찔렀다. 덩달아 피분수가 하늘 높이 치솟고 코를 찌르는 피비린내가 사방에 진동했다.

"조용히 하라!"

그 비명이 끊이지 않자, 이윽고 처형을 주관하는 신관의 입에서 사나운 고함이 터져 나왔다.

그러자 조금 전까지 찢어지는 비명을 내지르던 여인들과 사람들이 몸을 움츠리면서 뒤로 슬금슬금 물러났다. 그러나 물러날 곳은 없었다. 그들의 뒤를 병사들이 굳건히 지키고 있었던 것이다.

"처형식을 끝까지 보지 않는 자들에겐 엄한 벌을 내릴 것이다."

"으으으……."

신관의 차가운 말에 그곳에 강제로 모여 있는 사람들은 덜덜 떨면서도 처형식을 지켜볼 수밖에 없었다.

광장의 한가운데, 나무 단상에서 다시금 복면으로 얼굴이 가려진 자들이 앞으로 끌려나왔다.

"으으으으……."

사방에서 공포에 질린 목소리가 흘러나오고 있었다. 그것을 지켜보는 자들도 두려움에 떨었고, 단상에 무릎을 꿇고 있는 자들 역시 곧 들이닥칠 죽음에 공포를 느끼며 몸을 떨었다.

"이교도의 뿌리를 모조리 뽑아라."

"집행!"

뒤쪽에 가만히 이 모든 광경을 지켜보는 자가 엄숙히 명하자 다시 지옥의 문을 여는 외침이 울려 퍼졌다.

써걱!

단번에 다섯 명의 목이 그 자리에서 달아났다.

푸화아악!

머리를 잃은 시체들은 피분수를 요란하게 내뿜으면서 천천히 무너졌다. 어느새 단상은 붉은 피로 범벅이 되어 있고, 인근은 피비린내로 진동을 한다.

"으흐흑……."

형의 집행은 처형이 결정된 이들이 모두 죽을 때까지 멈추지 않는다. 이 도시에 살아가는 그 누구도 사형의 집행 장소에서 벗어날 수 없다. 사형을 당하는 자들도, 그리고 그들을 지켜보는 자들도 말이다.

그때까지도 뒤에서 가만히 상황을 지켜보던 자가 자리에서 천천히 일어났다. 그러자 형을 집행하던 신관들이 일제히 고개를 숙였다.

"다음 광장으로 가겠다. 이곳은 아주 잘하고 있군."

"가, 감사합니다."

신관은 물론이고 이 일을 맡아 적극적으로 관리하고 있는 남작까지 허리를 직각이 되도록 숙였다. 지금 그들의 눈앞에 있는 자는 말 한마디로 그들의 목숨을 앗아갈 수 있는 존재였던 것이다.

성기사.

이 모든 참극을 주도하는 인물이며, 타르크에 피바람을 몰고 온 자다.

그러나 그 누가 그의 명을 거스를 수 있단 말인가? 교단과 추기경을 등에 업고 있는 그를 거슬렀다가는 이교도의 낙인이 찍힐 터인데.

성기사가 지독하게도 차가운 눈으로 몸을 돌려 말에 올라탔다. 그의 모습이 보이지 않을 만큼 멀어진 뒤에도 남작과 신관들은 좀처럼 허리를 펼 생각을 할 수 없었다.

이윽고 조심스럽게 고개를 든 남작은 조금 전까지 눈앞에 있었던 그 무시무시한 존재를 떠올리며 진저리쳤다.

"지, 집행!"

다시 사형을 알리는 외침이 터져 나오고, 피분수가 하늘 높이 치솟았다.

한편, 말에 올라탄 무시무시한 집행자, 파토르는 이 먼 거리까지 울려 퍼지는 비명 소리에도 표정에 아무런 변화가 없었다. 마치 표정이라고는 그 지독하게도 차가운 얼굴 하나밖에 없다는 듯이.

"타르크는 이제 정리가 거의 다 되었군."

"예, 처형식도 거의 다 끝난 상황입니다."

그때, 파토르가 돌연 말을 멈추었다.

"처형에 들이는 시간이 너무 긴 것 같군."

"그, 그러면 한 번에 더 많은 수를 처형하게 하는 것은……."

"그것도 나쁘진 않군. 하지만 사람들을 억지로 끌어모아서 처형식을 보게 하는 것은 이제 그만두는 게 좋을 것 같지 않은가? 그 방법이 효과가 좋은 것은 사실이지만 시간이 너무 오래 걸려."

"옛! 명을 따르겠습니다!"

파토르는 고개를 살짝 끄덕였다.

이 정도까지 했으면 파토르가 얼마나 무자비하게 처벌을 감행했는지 금방 알려질 것이다. 선전 효과는 그 정도면 충분하다.

'지나친 공포는 혼란을 가져온다.'

이미 그 사실은 마르비엔에서 확인한 바였다. 이쯤에서 처벌의 강노를 낮추고 낙인지를 대교구로 이송하는 것에 주력하면서 반감이 나오지 않도록 다독이는 게 중요할 터다.

다음 광장에 다다른 파토르는 피분수가 치솟고 비명 소리가 울려 퍼지는 것에도 눈 하나 깜짝하지 않았다. 그는 부하들에게 결코 약한 모습을 보여서는 안 된다. 가슴이 찢어지고 속이 타들어가도 항상 변함없이 냉철한 모습으로 그 자리를 지켜야 하는 것이다.

파토르를 발견한 신관들이 즉각 허리를 숙였다.

"오, 오셨습니까?"

"주위가 너무 시끄럽군."

파토르의 나직한 말에 집행을 하고 있던 남작과 신관들의 얼굴이 대번에 창백해졌다. 파토르의 손에 죽어나간 귀족들과 신관들이 얼마나 많은지 그들은 직접 목격한 것이다.

"다, 당장 바로잡겠습니다."

성기사의 심기를 거슬러서는 안 되는 일이었다.

"더, 더 이상 이 엄숙한 처형식을 소란스럽게 만드는 자는 이유를 불문하고 엄히 다스리겠다!"

신관이 사납게 외친 뒤, 파토르는 말에서 천천히 내려 형을 집행하는 광장을 지켜보기 시작했다.

그러나 파토르의 시선은 벌써 다음 관령을 향해 있었다. 그곳의 처리가 끝날 쯤에는 분명 은십자 기사단이 수면 위로 모습을 드러낼 것이다.

그때가 바로 굴바엔 지방 북쪽에 스며든 은십자 기사단의 뿌리를 뽑는 때다.

갈루스가 파르칼로 전인을 보낸 지 약 나흘가량이 지났을 무렵에 드디어 전인이 돌아왔다. 그러나 전인이 가져온 답은 그가 원하던 것이 아니었다.

보고를 들은 순간, 갈루스가 생각하고 있던 계획은 바로 무참하게 꼬이고 말았다. 전인의 보고는 그만큼 충격적이었다.

"지, 지르바 관령에 있는 제3십자대의 지부가 습격을 당했고, 현재는 본거지인 제피린이 영주에게 위협을 받고 있는 상태라고 합니다."

"뭐, 뭣이? 제, 제피린이 위협을 받고 있다고?"

갈루스는 정신이 아찔해지는 것을 느꼈다. 그렇다면 이번 토벌대는 비단 마르비엔과 펜게른에 국한된 것이 아니라 파르칼까지도 진출했다는 얘기였다.

그리고 그 사실은 제3십자대에 제4십자대를 도와줄 여력 따위는 없다는 잔혹한 현실을 뜻한다.

'이럴 수가……'

적잖은 충격을 받은 듯, 제자리에 다시 천천히 앉은 그는 이를 뿌드득 갈았다.

갈루스는 서둘러 결단을 내려야 한다는 생각이 들었다. 지금 처한 상황을 수뇌에 보고하고 명령을 하달받기에는 시간이 부족하다. 여기서 크게 싸움을 벌여 은십자 자유 기사단의 힘을 보여줄 것인지, 아니면 일단 물러나서 후일을 도모할 것인지, 대장인 그가 판단해야만 했다.

'여기서 물러난다면 대체 어디로 간단 말인가?'

펜게른 령에 터를 둔 제4십자대는 단원의 수가 대단히 많았다. 그 많은 인원이 갑작스럽게 파르칼 령으로 넘어간다면 단번에 교단의 눈에 포착될 것이 분명했다.

그게 아니면 국경을 넘어 에즈리다디아로 밀입국을 하는 수밖에 없다. 그러나 그러기 위해서는 실로 어마어마한 자금이 필요하다. 무엇보다, 그 많은 인원을 과연 에즈리다디아에서 수용해줄까?

파국을 면하기 어려운 상황이었다.

"파울 경."

"예, 부르셨습니까."

밖에 있던 기사 한 명이 들어와 고개를 깊이 수그렸다.

"보좌관과 간부들 전원을 회의실로 불러주게."

"예, 알겠습니다!"

기사가 물러가고, 갈루스는 천천히 회의실로 향했다.

한 걸음 한 걸음이 무거웠다. 집무실에서 그리 멀지 않은 회의실에 도착하니 이미 한두 명의 간부들이 의자에 앉아서 그를 기다리고 있었다.

"오셨습니까?"

갈루스는 아무 말 없이 고개를 끄덕이는 것으로 답을 대신하고 천천히 상석에 앉았다. 그가 도착하고 얼마 지나지 않아, 곧 나머지 간부들이 속속들이 들어와 앉았다.

모두가 작금의 사태에 대해서 알고 있었기에, 그들의 표정에는 하나같이 무거운 기류가 흐르고 있었다.

모두 모이자 갈루스가 입을 뗐다.

"지금 제4십자대가 창설된 이후 단 한 번도 없었던 큰 위기에 봉착했다는 사실은 이곳에 모인 모두가 알 것이라고 생각하네."

거기서 말을 잠깐 끊은 갈루스는 아무 말도 하지 않는 그들을 둘러보았다. 그러자 속에서 무언가가 울컥 치밀어 조금 전까지 생각하고 있던 말을 좀처럼 밖으로 내뱉을 수가 없었다.

지금의 제4십자대가 있기까지 수많은 희생이 있었고, 그때마다 울분을 참고 뒤로해야 했다.

그러나 그는 대장이다. 그런 감상에 젖어 있을 때가 아니었다.

"파르칼 령에 다녀온 전인으로부터 제3십자대의 상황이 우리가 처한 현실과 별반 다르지 않다는 소식을 조금 전에 보고받았네."

그러자 좌중이 일제히 웅성거리면서 회의실은 단번에 소란스러워졌다. 그 얘기인즉슨 제4십자대가 맞이한 이번 위기는 자력으로 해결할 수밖에 없다는 뜻이다.

소란이 가라앉지 않자, 가만히 그것을 지켜보고 있던 갈루스가 이내 큰 목소리를 냈다.

"이번 교단에서 내린 토벌령은 은십자 기사단의 뿌리를 뽑기 위해서라고 볼 수 있겠지. 하지만 모두 예상한 바가 아니던가. 언젠가는 교단이 극단적인 수를 동원하는 날이 올 것이라고 말이야."

"하, 하지만 이렇게 빨리는 아니잖습니까. 최근 2년간은 전혀 활동하지도 않았는데, 어째서 교단이 갑자기 칼을 들이대는 것인지도 당최 그 이유를 알 수가 없습니다."

"그렇습니다. 그 시기는 조금 더 이후에 은십자 기사단의 힘이 강해진 이후여야 했을 것입니다."

"이제 싹이 터서 천천히 자라나는 제4십자대의 경우에

는……."

모두가 난감한 기색으로 그러한 말들을 중얼거리고 있을 때, 갈루스의 얼굴은 더더욱 굳어가고 있었다.

"자네들은 정말로 그렇게 생각하나?"

좌중이 다시 입을 다물자, 갈루스는 무시무시한 눈으로 그들의 눈을 한 번씩 훑었다.

"자네들은 지금 뭘 하고 있는 자들인가?"

"……."

"지금 교단과 무슨 선의의 경쟁이라도 하고 있나? 자네들은 교단이 공격해오면 이쪽은 아직 준비가 부족하니 나중에 싸우면 안 되겠느냐고 말할 사람들이로군."

갈루스의 날카로운 지적에 철없는 소리를 한 이들이 얼굴을 붉혔다.

"정신들 차리란 말일세. 이 싸움은 이렇게 싸우나 저렇게 싸우나, 어차피 둘 중 하나는 사라지는 것으로 끝날 수밖에 없는 진흙탕 싸움이란 걸 모르는 것인가? 다시금 잘 알아두게. 은십자 기사단의 승리로 끝나면 혁명이 될 것이고, 교단의 승리로 끝나면 우리는 반역도 혹은 이교도 따위의 말도 안 되는 이름으로 역사에 기록된다는 사실을 말이야."

정신을 번쩍 차리게 만드는 그의 차가운 말에 좌중의 얼굴에도 천천히 비장감이 어리기 시작했다.

"이번 일이 터무니없는 일이라고 생각하지 말게. 지금까지 교단에서 이렇게 강경한 수단을 쓴 적이 없는 것을 오히려 이상한 일로 여기란 말일세."

"송구스럽습니다."

한 명이 그렇게 말하고 고개를 숙이자 다른 이들도 모두 한목소리로 말했다.

그들의 솔직한 태도에 갈루스도 얼굴을 폈다. 원래 이 이야기를 하기 위해 그들을 불러 모은 것이었건만, 다른 이야기로 새어버렸다.

"그대들을 이곳에 모두 불러 모은 것은 바로…… 이후 제4십자대가 나아가야 할 길에 관한 것 때문이라네."

나아가야 할 길. 좌중의 얼굴이 천천히 굳었다.

"싸우느냐, 아니면 후일을 도모하느냐. 두 가지의 길이 있네."

"십자대장님께서는 어느 길이 옳다고 보십니까?"

"옳은 길 따위는 모르네. 우리에게 중요한 것은 어느 쪽이 승리에 더 가까운가 하는 것이지."

"그렇다면 어느 길이 더 가깝다고 여겨지십니까?"

"……"

갈루스는 입을 다물었다. 그는 이들의 수장이다. 그가 자신의 의견을 내비치면 이 회의에 모인 모두는 그것을 결론으로 받아들일 가능성이 높다. 모두가 비장한 얼굴로 각오를 다진 얼굴이었기 때문에 갈루스는 알 수 있었다.

한참을 침묵으로 일관하던 갈루스는 천천히 말했다.

"지금 제4십자대의 전력으로 토벌대와 싸우면 패배할 가능성이 높네. 혹 이긴다 한들 막대한 피해를 입겠지. 어느 쪽이든 싸움 뒤에는 제4십자대의 궤멸이 기다리고 있을 걸세."

그의 말은 지극히 회의적이었다. 좌중의 얼굴이 더욱 처참하게 일그러지는 가운데, 갈루스는 마저 말을 이었다.

"그렇다고 여기서 물러난다는 선택도 나을 것이 없을 걸세. 에즈리다디아로의 망명은 자금사정이 나쁘니 현실적으로 불가능하며, 그렇다고 파르칼 령으로 도망치자니 교단의 눈에 포착될 것이 분명하네. 후자의 선택은 제3십자대까지 끌어들이는 최악의 결단이 될 가능성이 높지."

모두가 침묵으로 일관하고, 무거운 분위기가 회의실을 가득 메웠다.

그렇게 침묵이 얼마나 흘렀을까.

"그렇다면……."

갈루스가 무겁게 말을 다시 이었다.

"싸워서 결판을 내는 것이 제4십자대다운, 아니, 은십자 기사단다운 일이 아닐까 싶군."

비장한 갈루스의 말에 아무 말도 하지 않던 좌중의 얼굴에 뜨거운 빛이 떠올랐다.

"십자대장님의 말씀이 옳다고 생각됩니다. 치욕스럽게 동료의 발목을 붙잡으면서 무너지고 싶지는 않습니다."

"혁명은 희생 없이 만들어지는 것이 아니지요. 설령 제4십자대가 궤멸된다 해도 혁명의 의지는 이어질 것입니다."

"싸워야 합니다! 기사단의 의지를 이곳에 깊게 새기는 것입니다!"

모두가 벌떡 일어나 흥분하며 소리를 높이자 갈루스는 조용히 눈을 감았다.

이 길밖에는 없다는 생각이 들면서도 그는 고민하지 않을 수가 없었다. 수많은 사람들이 그의 결정에 따라 사지로 가자고 소리를 높이고 있다.

모두가 목숨을 내던져서라도 은십자 기사단의 의지를 관철시키겠다는 태도를 보이는 와중에도 갈루스는 도저히 그들처럼 행동할 수 없었다. 많은 단원들이 제4십자대를 위하여, 그리고 갈루스를 위하여 희생되어왔다. 그렇게 이룬 제4십자대가 결국 파국을 맞이한다면 갈루스는 무슨 면목으로 죽어서 그들 앞에 설 수 있겠는가.

하지만 지금 이 순간에도 고민을 하고 있는 갈루스와 십자대장이라는 위치에 서 있는 갈루스의 행동은 달라야 했다.

"전하라. 그란 관령에 있는 대원들은 전부 오프할 직할령으로 집결하여 놈들에게 끝까지 저항하라고."

"예, 알겠습니다!"

오프할 직할령은 2년 전의 신전 습격 사건으로 후작이 인사를 갈아치우면서 틈이 생긴 곳이다. 그 틈새로 갈루스는 대원들을 채워 넣었고, 지금에 이르러서는 제4십자대의 눈이 닿지 않는 곳이 없다고 해도 과언이 아니었다.

오프할에서 그란 관령의 대원들이 토벌대와 맞붙으면 루반 관령에서 대기하고 있는 제4십자대의 본대가 오프할로 이동하여 토벌대의 후군을 칠 것이다.

갈루스 개인의 고민은 아직 끝나지 않았다. 그러나 십자대장이라는 위치에 있는 갈루스는 더 이상 고민하고 있을 수 없었다.

타르크에서 벌어진 참극은 실로 무시무시한 것이었다. 은십자 기사단으로 밝혀진 자들은 모조리 목이 베였으며, 그들이 거주하던 곳 근처에서 살던 사람들과 가까이 지내던 자들까지 모조리 낙인자가 되었으니 말이다.

과격하면서도 흔들림 없는 처벌.

이번 일을 주도한 헬파스텐 추기경과 빌라이엔 상위관은 그 보고를 들으면서 만면에 미소를 그렸다.

"그래, 그가 생각 이상으로 잘해주고 있군."

"그가 이 정도로 신앙심이 투철하였는지는 미처 몰랐사옵니다. 실로 놀라울 정도이옵니다. 게다가 파토르 경을 따르는 전투 신관 사이에서도 호평이 쏟아지고 있사옵니다."

"호평이라?"

"예, 이 시대의 성기사, 갈리시드의 재림이라는 말까지 나도는 상황이옵니다."

"갈리시드의 재림이란 말인가! 하하하!"

헬파스텐 추기경의 입에서 호쾌한 웃음이 흘러나왔다. 그
정도까지 부하들의 신뢰를 받아내고 있을 줄이야.

'천검의 주인이 제자를 제대로 골랐군그래.'

그의 이름이 널리 알려질수록 그를 부리는 헬파스텐 추기경
의 이름값도 덩달아 올라가기 마련이었다. 빌라이엔 상위관
역시 마찬가지였다.

'그가 이렇게까지 확실한 인물일 줄은 몰랐군.'

도시를 통째로 봉쇄하는 과단성까지 보이면서 은십자 기사
단을 색출하는 데 전력을 쏟고 있는 그는 교단의 귀감이 될 터
였다. 이미 그의 손에 처단된 은십자 기사단의 수만 100명을
웃돌았고, 낙인자가 된 사람들의 수도 200명을 넘었다.

파토르의 손에 낙인자가 된 이들은 전부 교단의 노동력, 더
정확히는 헬파스텐 추기경의 권력이나 다름이 없었다.

일이 이렇게 돌아가다 보니, 굴바엔 지방의 북쪽을 진동시
키는 파토르 베르즈의 이름에 다른 추기경들은 귀를 기울이지
않을 수가 없게 되었다.

"성기사? 헬파스텐 추기경 휘하에 성기사가 있던가?"

추기경들이 모두 그렇게 생각하는 가운데, 몇몇 추기경들이
헬파스텐 추기경을 찾기 시작했다.

가장 먼저 팔을 내뻗어 온 쪽은 이오람 대교구의 추기경들

이었다.

이유야 뻔했다. 예전 같으면 시늉만 하다 흐지부지되었을 이교도 토벌령이 이렇게까지 확대되니 가만히 있기에는 교황청의 눈치가 보인 것이다. 하지만 뒤늦게야 적극적으로 나서려니 체면이 서지 않았고, 그렇다고 손 놓고 있으려니 토벌을 주도하고 있는 헬파스텐 추기경에 대한 예의가 아니었다.

"교단을 위한 일일진대 강 건너 불 보듯 구경만 하고 있는 것은 추기경으로서 도리가 아닌 것 같아 찾아왔소이다."

"교단을 위해 한 팔 돕겠다고 하는데, 어찌 말릴 수가 있겠소. 다만 명령체계에 혼선이 생기지 않도록 조심해야 할 것이외다."

헬파스텐 추기경의 어투는 부드러웠지만, 이 일은 자신이 직접 관할하고 있는 것이니 최고 명령권을 탐내지 말라는 뜻을 확실히 하는 것으로 쐐기를 박았다.

"그 점은 조심하도록 하겠소."

다소 위압적인 태도임에도 불구하고 추기경은 담담하게 대답했다. 어쨌거나 헬파스텐 추기경은 교황청으로부터 이번 토벌령을 훌륭히 수행하고 있다는 평가를 받는 인물. 반석처럼 견고한 그의 입지는 이제 추기경 위의 추기경이라 봐야 할 정도인 것이다.

휘하에 둔 성기사에게 공을 몰아주고 있는 헬파스텐 추기경의 독단은 이렇게 묻혀갔다. 결과가 시원찮아 안 하느니만 못했다면 모를까, 지금은 마르비엔 령에 이어 펜게른 령까지 순식간에 이교도의 뿌리를 뽑는 우수한 결과를 보이고 있으니, 그 누구도 뭐라고 따지지 못했다.

헬파스텐 추기경은 턱을 괴었다.

이번 일은 여기서 끝나지 않을 것이다. 그가 지른 불길은 머지않아 아트라도엥 전체로 옮겨붙을 것이다. 그리고 이교도 토벌령을 완수했을 때, 그의 이름은 만천하에 울려 퍼지리라.

"흐흐흣……."

저도 모르게 웃음이 흘러나왔다.

*   *   *

파토르는 타르크 관령에서 은십자 기사단의 뿌리를 완전히 뽑아내고, 지금은 그란 관령으로 나아가고 있었다.

다그닥다그닥—

뒤쪽에서 급하게 달려오는 말발굽 소리에 파토르는 천천히 말을 세웠다. 그가 말을 세우자 뒤를 따르던 수많은 기사들과 신관들이 전부 말을 멈추었다.

달려온 전인은 바로 말에서 내려 파토르의 앞에 한쪽 무릎을 굽혔다.

"카자스 대교구에서 왔습니다."

그러자 파토르의 눈가가 움찔했다. 그는 전인이 양손으로 내미는 서신을 받아들었다.

초원을 바람을 맞으면서, 파토르는 천천히 서신을 꺼내 읽기 시작했다. 읽어 내려가는 동안 파토르의 얼굴에는 일말의 변화도 없었지만, 가슴은 더없이 크게 쿵쾅거리고 있었다.

정말 훌륭하게 해내고 있군, 파토르 베르즈. 계속해서 악을 온전히 처단하고, 진정한 성기사로서 위엄을 세우도록 하게.

서신의 내용은 짧았다. 그러나 거기에는 칭찬과 격려의 말만이 존재했다. 그것을 몇 번이고 다시 읽는 파토르의 눈에는 뜨거운 열망이 이글거렸다.

파토르라는 낙인자를 저 어둠 너머에 두고서 '파토르 베르즈'는 여기까지 올라왔다.

그는 날아오를 것이다. 헬파스텐 추기경과 함께 날아올라, 언젠가 그마저도 짓밟고 올라설 것이다. 그리고 교단의 내부부터 바꿔나갈 것이다.

무거운 죄업의 대가를 치르는 것은 그 이후다. 지금은 온전히 성기사로서 맹목적으로 일해야 한다.

그렇게 생각하자 파토르의 두 눈에 떠올랐던 열망은 순식간에 사그라졌다.

그는 서신을 다시 접어 품속에 넣었다.

"서신은 잘 받았다. 가서 쉬도록."

"예!"

기사가 황송하다는 듯 외치고 고개를 깊이 수그리자 파토르는 다시 말을 움직였다. 이제 비극이 시작되고 그의 모든 것을 바꿔놓은 땅이 멀지 않았다. 그는 그란, 그 너머로 펼쳐진 펜게른 영지의 전체를 한눈에 굽어보고 있었다.

신전에는 역한 냄새가 진동했다. 비명과 절규가 끊이질 않았다.

거대한 창문에서 쏟아지는 빛이 신전 안을 거룩하게 비추고, 이곳에서 일어나는 참극을 신성한 형벌이라는 이름으로 바꾼다.

형벌대의 앞에선 사내의 절절한 외침이 또다시 울려 퍼졌다.

"사, 살려주세요……! 저, 저는 죄, 죄가 없습니다."

"거짓을 고하지 말라. 죄를 짓지 않은 자가 어찌하여 그리 떨고 있나! 네놈은 이교도와 결탁한 것이 틀림없다!"

기사 한 명이 살의를 내비치면서 그렇게 말하자 그의 앞에 꿇어앉아 있는 사내가 덜덜 떨면서 싹싹 빌었다. 이곳으로 끌려온 이들 중 공포에 떨지 않는 자가 어디 있을까.

"아닙니다, 저는 아닙니다……. 저는 모릅니다!"

"그건 이후에 다 알 수 있겠지. 이놈을 묶어라!"

"제발! 아닙니다!"

기사의 말에 따라 병사들이 달려들어 사내의 팔을 뒤로 묶었다. 끝까지 아니라고 외치는 소리에도 병사들과 기사들은 조금도 꿈쩍하지 않았다.

여태껏 그들의 손에 잡힌 수많은 이교도들이 저러한 말을 해왔다. 은십자 기사단을 직접 도왔거나 그들과 관련이 있는 수많은 이교도들 전부 말이다.

신전의 높은 곳에 선 파토르는 쉬지 않고 움직이는 병사들과 기사들을 꿈쩍도 하지 않고 내려다보았다.

"이교도들을 잡아들이는 것은 병사와 신관들에게 맡기고, 조금 쉬시는 것이 어떻겠습니까?"

그란 관령의 신전장이 대단히 조심스럽게 다가와 그렇게 말했다. 그러나 파토르는 아무런 대꾸도 하지 않은 채, 여전히 눈만 이리저리 움직여 잡혀 들어오는 이들을 살피고 있었다.

"저, 서, 성기사님……."

"신전장."

"예! 예, 말씀하십시오."

그란 관령의 신전장은 이제 육십 대 초반의 노인이다. 그러나 그는 이십 대 초반의 파토르에게 존대를 하고 허리를 굽히는 것에 조금도 주저함이 없었다. 교단에 몸담은 세월에 어마어마한 차이가 있음에도 불구하고 말이다.

"이곳에는 교단에 대항하는 자들이 유난히 많군. 그 사실이 뭘 뜻하지?"

파토르의 서슬 퍼런 어조에 신전장의 얼굴이 창백해졌다.

"그, 그것은……."

"말하기 힘든가?"

"아, 아닙니다. 그, 그럴 리가 있겠습니까……?"

"그럼 말해보게. 어째서 이 관령에는 교단의 뜻에 반하는 자들이 이토록 많은지 말이야."

"그, 그것은……."

파토르가 천천히 시선을 돌렸다.

"허윽!"

신전장은 고개를 조아리다가 이내 무릎을 꿇었다. 만인을 압도하는 성기사의 기세는 일개 범인에 가까운 늙은 신전장이 견딜 만한 것이 아니었다.

등골에 흐르는 식은땀을 느끼며 신전장은 급하게 머리를 굴렸다. 그란 관령에서 광명의 뜻을 강하게 전도하지 못한 것은 자신 때문이 아니다.

"배, 백작께서…… 교단의 과, 과한 탄압을 조, 좋아하지 않으시기에……."

"탄압이라? 지금 탄압이라 하였나?"

"아, 아닙니다! 다, 당황하여 말실수를 하고 말았습니다. 그, 그것은 백작께서 하시던 말씀으로……."

"그렇단 말인가? 그 백작이 이교도가 아닌지 의심스럽군."

신전장이 움찔했다. 백작이 만약 이교도라면 그도 무사하지 못할 가능성이 높았다.

'백작에게 어마어마한 돈을 받았다는 게 알려졌다간……'

마른침이 넘어갔다. 다행히 흔적은 모두 지웠지만 백작이 그를 끌어들이려고만 한다면 얼마든지 그도 같이 나락으로 빠질 가능성이 높았다.

"그, 그럴 리가 없습니다. 백작은 대단히 큰 신앙심을 가지신 분으로, 이교도들에게도 진심을 다하여 올바른 길을 걸어가게 하시는 분입니다. 다만 말실수가 잦으실 뿐입니다."

"그렇게 말한다면 믿을 수밖에. 헌데, 어째서 이러한 분위기가 만들어진 것인가?"

"그, 그것은 겨, 결코 백작께서 의도하신 바가 아닙니다……. 그, 그 점을 알아주셨으면……."

"……."

파토르는 아무런 말도 하지 않았다. 늙은 신전장을 바라보는 그의 눈은 차갑기만 했다.

'재미있는 말이군. 올바른 길이라.'

그의 입가에 비웃음이 어렸다.

국가에 대항하는 반역도의 세력인 은십자 기사단을 만들어 혼란을 가중시키는 일이 올바른 길이란 말인가?

천천히 앞으로 걸어간 파토르는 가늘게 떨고 있는 신전장을 가만히 내려다보면서 허리춤의 검을 뽑아 들었다.

"왜, 왜, 왜 그러십니까……?"

"그건 자네가 더 잘 알고 있으리라고 믿네."

덜덜 떨면서 주춤주춤 물러나는 신전장의 모습에 주위에 있는 신관들의 얼굴은 창백하게 질려갔다.

파토르는 싸늘한 시선으로 그를 노려보았다.

그란 관령의 곳곳에 은십자 기사단의 눈과 귀가 숨어들어 있다는 것은 이미 알고 있었다. 그간 은십자 기사단이 보인 행적만으로도 간단히 알 수 있는 일이다. 그리고 그것을 신전장 씩이나 되는 자가 모를 리가 없었다.

신전장이 주위에 구원의 손길을 청했으나 파토르의 검이 백색의 빛을 뿜으며 번개처럼 신전장의 몸 정중앙을 꿰뚫었다.

푸확!

"꺼흐……."

숨이 새어나오는 소리를 내며 신전장이 뒤로 고꾸라졌다. 파토르가 천천히 문을 열고 밖으로 나오니 문 앞에 기사들이 잔뜩 굳은 얼굴로 서 있었다.

"신전장은 이교도와 결탁한 자다. 이자의 시체를 신전의 앞, 사람들의 눈에 잘 띄는 위치에 걸어둬라."

"예, 예!"

파토르는 빠르게 홀로 내려와서 처형을 진두지휘하는 전투 신관 한 명에게 다가갔다.

"제른 경."

"예, 부르셨습니까!"

제른 경이라고 불린 전투 신관이 즉각 흔들림 없는 모습으로 고개를 수그렸다.

"경에게 중요한 명령을 내리도록 하지."

"무슨 명이든 받들 준비가 되어 있습니다. 하명하십시오."

제른의 믿음직한 대답에 파토르는 엄숙한 목소리로 하명했다.

"백작을 잡아와라."

제른의 얼굴이 일순 움찔했지만, 그는 곧 고개를 깊이 숙였다.

"알겠습니다."

그 무렵, 그라디옴 성에서는 그란 관령을 다스리는 가라넬 백작이 부랴부랴 빠져나오는 중이었다. 조금 전에 받은 보고 때문이었다.

'신전장이 성기사의 손에 죽었다고 합니다.'

가라넬 백작은 그 보고를 받은 순간 이를 뿌드득 갈고는 곧바로 귀중품들을 챙기기 시작했다. 이미 제4십자대의 전력이 오프할 직할령으로 이동했음에도 불구하고 이곳에 남아 있던 것이 실수였다.

'빌어먹을! 빌어먹을!'

백작이라는 직위를 포기하지 못하고 미적댄 것이 실수였다.

은십자 기사단은 항상 교단의 추격을 받으면서 간신히 목숨을 연명해가는 집단이다. 여느 사람이 그렇듯, 그도 이러한 중직에 앉고 보니 이쯤에서 은십자 기사단과는 손을 터는 것이 훨씬 나을 것이라는 생각에 도달했다.

아무리 은십자 기사단 덕분에 백작에 올랐다지만 이제는 작위와 제물을 위해 은십자 기사단을 버릴 때가 되었다. 그는 평범한 사람이었고, 눈앞의 재물에 흔들릴 수밖에 없었다.

"서두르십시오! 당장 빠져나가셔야 합니다."

가라넬 백작은 아직까지 그를 따르는 몇몇 기사들과 한두 명의 남작을 호위로 두고 급히 성의 뒷문으로 빠져나갔다. 그의 얼굴에는 긴장감이 묻어났다.

"그 성기사 놈 때문에!"

백작이라는 드높은 지위를 포기하고 도망쳐야 하는 자신의 입장이 너무나도 억울해서, 가라넬 백작의 입에서는 계속해서 욕지거리가 나왔다.

어두운 지하 복도를 모두 빠져나왔을 쯤이 되자, 그는 더 이상 이 성과 자신의 땅에 큰 미련을 가지지 않기로 했다. 더 생각해봐야 화만 날 뿐이다.

'그래도 미리 지하 통로를 만들어두길 잘했다는 생각이 드는군. 크흐흐흣! 광명께서 나를 도우시는 것인가? 아니면 명석한 내 두뇌가 이런 일을 예견한 것인가?'

지금처럼 위기에 처했을 때 이렇듯 빠져나갈 수 있으니 과연 오랜 시간에 걸쳐 만들어둔 것이 헛되지는 않은 듯싶었다.

"다, 다 왔습니다."

앞서가던 기사 여러 명이 곧 문을 천천히 열었다.

끼기긱!

기사들이 먼저 아무렇지도 않다는 듯 밖으로 나가자 가라넬 백작의 얼굴에 미소가 어렸다.

'그럼 그렇지! 아무리 성기사라고 해도 어찌 이곳까지 알겠느냐?'

그렇게 회심의 미소를 그리면서 밖으로 나온 순간이었다.

"허억!"

숨이 턱 막히는 소리를 낸 가라넬 백작은 그 자리에서 얼음처럼 굳어버렸다.

"왜 그러지? 어서 도망가지 않으면 큰일 날 텐데. 그렇게 가만히 있어도 괜찮겠나?"

들려오는 목소리에 가라넬 백작의 눈가가 파르르 떨렸다.

"이, 이게…… 이, 이게 도대체 어떻게 된……."

가라넬 백작은 떨리는 눈동자로 자신을 호위한 기사들과 남작을 바라보았다. 하지만 그들은 어느새 적들의 곁에서 자신을 가만히 바라보고 있었다.

"겨, 경들은 왜, 왜 그, 그곳에 있는 게야!"

"수고했다."

"전투 신관님께서 이교도를 근절하기 위해 수고를 감수하고 계신데, 저희가 이런 일이라도 해야 하지 않겠습니까?"

그들이 주고받는 이야기를 들은 가라넬 백작의 얼굴이 더없이 창백하게 질려갔다.

"이, 이 배신자 놈들이!"

"배신자라고!"

그 순간, 이십 대 후반쯤으로 보이는 전투 신관에게서 폭풍 같은 기세가 몰아닥쳤다. 숨이 턱 막힐 만큼 어마어마한 기운에 가라넬 백작의 얼굴이 새하얗게 질렸다.

"광명의 은혜를 저버린 이교도가 배신자를 운운하다니, 실로 가증스럽기 그지없군! 당장 저놈을 잡아라. 성기사님께서 친히 놈의 처우를 결정하실 것이다."

"예!"

병사들이 다가오자, 가라넬 백작은 급히 검을 뽑아들었다.

"다, 다, 다가오지 마! 나는 백작이다! 이 관령의 주인이야! 네놈들이 감히 만질 수도 없는 존재다! 내가 누군 줄 알고! 내가 바로 린틀먼 가라넬……!"

번쩍!

촤악!

탱그랑-

"크아아악!"

가라넬 백작이 비명을 지르면서 검을 떨어뜨리고 쓰러졌다. 번개처럼 날아든 전투 신관, 제른이 검으로 가라넬 백작의 어깨를 얇게 베어낸 것이다.

"흐으어윽……."

고통스러운지 진득한 신음을 내뱉는 그를 보면서도 제른은 표정 하나 바뀌지 않았다.

"네놈이 한때 백작이었던 것을 감안해 지금 당장 죽이지 않은 것이다. 지금 죽고 싶다면 더 반항해도 좋아."

지금 당장 죽여도 별문제가 없다는 그의 말에 가라넬 백작은 교단에 대한 두려움과 어깨의 고통에 몸을 덜덜 떨었다. 이윽고 병사가 얌전해진 가라넬 백작을 끌고 갔다.

그리고 모두가 신전으로 돌아가려 할 때, 제른이 깜박했다는 표정을 지었다.

"아, 그렇군. 잊고 있었어. 가라넬 백작을 데려온 기사들은 모두 남도록."

"예!"

전투 신관은 가히 백작 이상이라고 할 수 있는 권력자다. 신관이나 기사, 그리고 그 이상인 신관 기사들처럼 다소 애매한 위치가 아니라, 교단에서 공인하는 실력자들인 것이다. 그가 공을 치하한다면 충분히 한자리를 차지할 수 있을 것이다.

그들의 얼굴에 떠오른 기대를 보면서 제른은 고개를 끄덕였다.

"그래, 경들 덕분에 일이 쉽게 끝났어."

"과찬이십니다! 응당 해야 할 일을 했을 뿐입니다!"

"그렇군. 그럼 나도 응당 해야 할 일을 해야겠지."

제른이 무미건조하게 중얼거린 말에 남작과 나머지 기사들의 얼굴에 기대감이 떠올랐다.

그 순간, 제른의 눈이 날카롭게 번뜩였다.

스거걱ㅡ!

빗살처럼 쏟아져 나간 제른의 검은 순식간에 그들 모두의 목을 그었다. 단말마조차 내지 못하고 피를 흩뿌리는 그들은 이내 목과 몸이 분리되어 천천히 그 자리에 무너졌다.

제른은 품속에서 헝겊을 꺼내 검신과 얼굴에 묻은 피를 대충 닦아냈다.

"네놈들도 백작과 똑같은 쓰레기다."

짧게 말한 제른은 몸을 돌렸다.

남작이나 기사 정도의 직위에 스며든 이교도는 생각하는 것 이상으로 많다. 앞으로는 더더욱 많이 보게 될 것이다. 말단의 쓰레기들까지 일일이 성기사님의 앞으로 끌고 갈 필요는 없으리라.

그란 관령이 초토화되었다는 소식이 오프할에 알려진 것은 사흘이 지났을 무렵이었다. 신전장에 이어 백작까지 무자비하게 처형했다는 소식에 오프할 직할령에 있는 안테그리안 후작의 얼굴은 시퍼렇게 질렸다.

"혀, 형제…… 이, 이를 어쩐단 말이오?"

작년에 신전장의 추천을 받아 대신관에서 주교로 올라선 안테그리안 후작은 신전장을 굳이 형제라고 불렀다. 평소 신전장을 하대하던 그가 신앙심과 친분이 깊은 교인들 사이에서만 쓰이는 호칭으로 부른 것이 어째서인지는 명확하다. 자신에게 기대려는 후작의 속내를 신전장이 모를 리 없었지만, 그런 사소한 것까지 신경 쓸 만큼 마음 편한 상황이 아니었다.

"괘, 괜찮을 겁니다. 주교님께서는 교단을 위해 밤낮을 가리지 않고 일하신 분⋯⋯. 그, 그런데 설마, 이교도와 여, 엮일 리가 있겠습니까?"

"그, 그렇겠지?"

신전장의 대답에 안테그리안 후작의 얼굴에 밝은 기색이 감돌았다.

"그래, 괜찮을 것이야. 나는 그 누구보다 이교도를 잡아들이는 데 솔선수범해왔다. 이에 마땅한 포상을 받으면 몰라도 그 반대는 절대 있을 수 없지!"

"그렇습니다!"

불안하던 마음이 다시 수면 아래로 가라앉자 안테그리안 후작은 당황하던 모습을 감추었다. 이교도와 결탁하지도 않았는데 성기사를 두려워해야 할 이유가 없다.

그란 관령의 이교도는 모두 토벌되었다. 낙인자들은 카자스 대교구로 이송시켰고, 이교도의 시체는 신전 앞에 즐비하게 효수했다. 그 모든 것을 확인한 파토르는 오프할 직할령으로 향했다.

앞서 지나온 마르비엔 령이나 펜게른의 타르크 관령은 카자스 대교구와 비교적 가까워 이교도들이 숨어들기 어려운 곳이었다. 이제부터는 이교도들이 점점 늘어날 테니 일이 어려워질 가능성이 높았다.

오프할 직할령에 들어선 파토르의 눈이 차갑게 가라앉았다. 이곳에서 그는 성기사로서 처음 받은 임무를 실패했고, 2년 동안 근신하라는 처분을 받았다.

안테그리안 후작이 통치하는 굴바엔 지방의 북쪽 영지, 펜게른 후작령. 파토르에게 있어 모든 것이 끝난 곳이며, 동시에 모든 것이 시작된 땅. 그리고 한 번 고꾸라졌던 땅이며, 다시 한 번 날아오를 발판이 될 땅이다.

수많은 감정들이 그의 가슴속에서 어지럽게 교차했다.

말을 이끌고 오프할 중심으로 천천히 나아가는 와중이었다. 백색의 신관 복장을 한 인물들이 달려 나와 고개를 수그렸다.

"어, 어서 오십시오! 주교님께서 기다리고 계십니다."

"주교가 기다리는 것은 아무래도 좋다. 내가 이곳에 후작을 만나기 위해 온 것이라고 생각하나?"

"그, 그럴 리가 있겠습니까? 성기사님께서 지엄하신 광명의 뜻을 받들어 이곳에 오신 것은 이미 이 교구에 모르는 이가 없을 것입니다."

"알고 있다니 다행이군. 그렇다면 내가 이곳에서 무엇을 할지도 알고 있겠지?"

"무, 물론입니다."

"알고 있는 자가 지금 가만히 기다리고만 있단 말인가!"

파토르의 차가운 말에 신관은 등골에 식은땀이 흐르는 것을 느꼈다. 신관은 이전에 한 번 곁눈질로 파토르를 본 적이 있었다.

'고작 2년밖에 지나지 않았건만……'

전투 신관을 모두 잃고 충격에 빠져 처량한 모습으로 신전을 찾아왔던 그 젊은 성기사의 얼굴이 분명했다. 후작의 도움을 받지 않고 같이 온 전투 신관만을 대동하여 일을 무리하게 진행시켰다가 고배를 마시고 카자스 대교구로 돌아가야만 했던 그 성기사.

갓 약관을 지난 것 같았던 앳된 모습은 이제 온데간데없었다. 북풍으로 벼린 차가운 검처럼, 날카로운 그 기세는 말 한 마디 한 마디가 찔러오는 검처럼 매서웠다.

격의 차이, 고개를 조아린 신관은 그것을 느꼈다.

"당장 성기사님의 뜻을 받들겠습니다!"

파토르는 아무런 대꾸도 하지 않았다.

신관들은 경외감에 그가 지나간 후에도 감히 고개를 들 수 없었다. 교단 최고 최강의 전투력이며 국가를 수호하는 방패이자 검. 인간의 범주를 초월했다고 하는 성기사의 위엄 아래 그들은 저도 모르게 성전의 몇 구절을 중얼거렸다.

"형제! 주교님과 신전장님께 조금 전의 일을 서둘러 알리도록 하게."

"예, 알겠습니다."

"고작해야 2년이다……. 도대체 그사이 무엇이 사람을 이렇게까지 바꿀 수가 있단 말인가?"

푸른 눈에서 쏟아지던 위압감을 떠올리며 신관은 서둘러 움직이기 시작했다.

조금 전에 있었던 일은 순식간에 후작에게까지 보고되었다.

"지금 무, 무슨 말을 하고 있는 것이야?"

"이전에 추기경님의 밀명을 받고 이곳에 왔던 그 성기사님이 틀림없습니다. 다만 그때와는 전혀 다른 인물입니다. 사람을 압도하는 그 분위기는 도저히 그때의 모습을 연상할 수 없을 정도로 차원이 다릅니다."

"차원이 다르다니……?"

후작의 곁에 있던 신전장도 떨떠름한 표정을 지었다.

곧 이번 일을 진두지휘하는 성기사가 당도할 것이라며 두려워하던 것도 잠시, 그가 이전에 임무를 실패하고 홀로 돌아갔던 약관의 애송이 성기사라는 것을 알게 된 안테그리안 후작과 신전장은 마음을 놓고 있었던 것이다.

"도, 도저히 고개를 들 수 없었습니다. 이전과는 비교할 수가 없습니다. 당장 예를 갖추고 그분의 행사에 전적으로 따라야 할 것입니다."

일개 신관이 신전장과 주교 앞에서 할 말이 아니었다. 하지만 그는 성기사를 쉽게 여기다가는 큰일이 날 것을 직감하고 있었다.

"으음……."

후작이 여전히 떨떠름한 표정을 짓고 있을 때였다.

갑작스럽게 문이 벌컥 열렸다.

"이게 무슨 짓이냐!"

"오빌란 홀트에서 이교도 놈들이 반란을 일으켰습니다!"

"뭐, 뭣이!"

안테그리안 후작은 물론이고 신전장, 그리고 신관까지 얼굴이 새하얗게 질렸다. 성기사가 오프할에 도착한 지 얼마나 지났다고 사단이 일어난단 말인가?

잠깐 동안 어안이 벙벙하여 아무런 말도 못하고 있던 후작은 이내 창백해진 얼굴로 고래고래 고함을 질렀다.

"다, 당장 채비를 해라! 병력을 다 풀어서 서둘러 놈들을 쓸어버리란 말이야!"

오빌란 홀트.

오프할 직할령에서도 으뜸가는 귀족 주거지역으로 분류된 곳이다. 고풍스러운 건물들이 많고 도로가 잘 포장되어 있으며, 부유한 귀족 가문이나 작위를 가진 귀족들이 아니면 거주 자체가 허락되지 않는 곳이었다.

그런 귀족 주거지역에서 요란한 금속음과 찢어지는 비명이 터져 나오고 있었다.

"크아악!"

"시건방진 놈들······."

습격해온 기사단원 한 명을 베어낸 제른의 눈에 살의가 번 뜩였다. 빛을 뿜으며 번개처럼 쏘아져 나가는 그의 검은 앞을 가로막는 모든 적을 베어냈다.

"흐아아압!"

"죽어라! 이 더러운 교단의 쓰레기!"

적이 만반의 준비를 다했음은 분명했다. 제른은 압도적인 실력을 가지고도 사방에서 밀어닥치는 적의 공세에 얼굴을 일 그러뜨릴 수밖에 없었다. 다수를 상대로 싸우다 보니 자연스 럽게 일검일살(一劍一殺)이 무너졌다.

"더러운 이교도 놈들이!"

제른의 얼굴이 치욕으로 일그러졌다. 팔을 베어내도 달려들 고, 옆구리를 베어 창자를 끄집어내도 끝까지 엉겨붙어온다. 결사의 의지가 제른의 집어삼키려고 들었다.

힐끔 주위를 살폈지만 아군의 모습은 보이지 않았다.

'이런! 너무 깊게 들어왔다.'

"흐아압!"

빛이 폭사하고, 한 명의 검이 그대로 두 동강이 나면서 한쪽 어깨부터 반대쪽 팔까지 베였다.

"으아아아아악!"

"이 괴물 같은 놈!"

"크읔!"

제른은 옆구리에 화끈한 고통이 느껴지자 얼굴을 일그러뜨렸다.

여기서 두 세 명만 떨어져 나가도 그는 충분히 적을 모조리 쓰러뜨릴 수 있었다. 하지만 한 명이 쓰러지면 다른 한 명이 그 자리를 메우는 식이라 제른은 그곳을 벗어날 수가 없었다. 적의 수는 그만큼 압도적이었다.

이곳에서 모두 죽기라도 하려는 것인지, 골목 사이사이에서 계속 쏟아져 나오는 그들은 자신의 목숨을 아끼지 않고 결사적으로 공세를 퍼붓고 있었던 것이다.

언제나 놈들을 잡아 죽이는 위치에만 있었던 제른은 적들의 눈에 비친 광기와 분노, 살의를 피부로 느끼면서 긴장을 유지했다. 정신을 놓는 순간, 그는 사냥하는 쪽에서 당하는 쪽이 되어버린다.

"우아아아아아아!"

곳곳에서 기합과 비명이 한데 어울려 지옥도가 펼쳐졌다.

접전이 이어지면서 몸에 생채기가 늘어나자 제른은 이를 악물었다. 이렇게 시간이 지나면 결국 그는 쓰러지고 말 것이다.

'하지만 결코 혼자 죽지는 않는다!'

제른 역시 결사의 의지를 다지고 있을 때였다.

<u>스스스스스</u>!

귀를 간질이는 듯 기이한 소음이 들렸다.

'무슨 소리지?'

상대하던 적들조차 경악한 얼굴로 그의 뒤쪽에서 시선을 떼지 못하자, 제른은 더 이상 의문을 참지 못하고 시선을 돌렸다. 찬란하게 이글거리는 섬광. 수십 개의 백색 섬광이 그의 뒤에 펼쳐져 있었다.

제른이 눈을 부릅떴을 때, 그것은 마치 비처럼 쏟아졌다.

콰콰콰콰!

"크아아악!"

"흐아아아아악!"

사방에서 비명이 터져 나오는 가운데, 제른은 쏟아지는 비와도 같은 검세의 폭풍을 버티기 위해 마력을 있는 대로 끌어올렸다.

'광명의 프로테칸 님이시여, 미천한 종을 보호해주소서!'

깊은 신앙심이 마력을 빛으로 바꾸어 그의 몸을 감싸 안았다. 하지만 그는 곧 자신에게는 아무런 충격도 없음을 알았다.

그제야 상황이 어떻게 된 것인지 확인하는 제른의 눈이 더없이 커졌다. 사그라지는 섬광 속에서 익숙한 얼굴이 보였던 것이다.

"서, 성기사님!"

그곳에는 그가 이상으로 삼은 사내가 수수한 검을 늘어뜨린 채 가만히 서 있었다.

"전투 신관이라는 자가 이교도 따위에게 고전을 면치 못하고 있는 것인가?"

제른은 얼굴이 화끈거리는 것을 참지 못하여 그대로 무릎을 꿇고 고개를 수그렸다.

"죄송합니다. 드릴 말씀이 없습니다."

"일어나라. 지금은 전시다. 놈들을 처단하는 일에 사력을 다하라."

"예!"

벌떡 일어선 제른은 벅차올라서 흥분한 얼굴이 되었다.

선명하게 이글거리는 백색 빛줄기의 폭풍. 참된 신앙심의 증거인 신성의 빛! 제른에게 있어 성기사는 신에 가까운 자리를 뜻하는 바가 되어가고 있었다.

그러나 그의 생각과는 달리, 조금 전에 쏟아졌던 백색의 섬광들은 일반적인 전투 신관들이 쓰는 신성력의 빛과는 격을 달리하고 있었다.

백형을 이룸과 동시에 깨우친 진정한 마력의 유형화.

불완전하게 응축시킨 마력은 푸른빛으로 나타난다. 그러나 조금 전 파토르가 보인 것은 온전한 유형화가 이루어진 진정한 검기다.

그것이 백색을 띄고 있는 이유는 그의 마력의 근본적인 성격 때문이었다. 거기에 일말의 신앙심에 의한 신성의 힘까지 깃들게 된 것이다. 불완전한 마력에 신성력이 깃든 푸르스름한 백색과는 그 격 자체가 달랐다.

만약에 마력의 성격과 그의 정신이 조금이라도 일그러져 있었다면 그가 내뿜는 빛은 분명히 다른 색을 띠고 있었을 것이다. 하지만 파토르의 검은 그의 스승 봉그리드가 그랬던 것처럼 백색으로 찬란하게 불타올랐다.

'나의 빛이 온전한 신성력은 아닐지언정, 악을 가르는 빛임은 틀림없다.'

파토르는 여기저기에서 광기에 가득 차 교단에 검을 들이대고 있는 자들을 노려보았다.

저것이 바로 은십자 기사단의 모습이다.

희생과 붉은 피, 고통, 광기, 혼란. 그들이 존재함으로써 생겨나는 것들이다. 대외적으로 내세우는 명분조차 지키지 않으면서, 항상 어둠 깊숙한 곳에서 정의를 부르짖는 그들이야말로 부패한 교단에 필적할 정도로 추한 악이다.

'바로잡아야 한다.'

그의 백색 검 주위로 다시 수십 개의 새하얀 검들이 마치 검에서 배어나오듯 나타났다. 흔들거리며 나타난 그것들은 이내 달려드는 이교도들에게 쏟아졌다.

콰콰콰쾅!

'나는 베르즈.'

섬광이 사방에서 타오르고, 검기에 꿰인 이교도들은 그대로 절명한다.

'행하는 자.'

성전의 한 구절에서 따온 성. 지금은 쓰이지 않는 그 단어는 파토르의 성이 되어 그가 가야 할 길을 말하고 있다.

올바른 것을 행하는 자. 심판의 잣대는 바로 그다. 누구도 행하지 않은 일을 그는 행하고, 누구도 바꾸지 못한 것을 그는 바꾼다.

수십 개의 검은 적을 유린하고, 그를 따르는 아군을 구해냈다. 아군 모두가 경외의 시선으로 그를 우러렀으며, 적은 공포가 드리운 얼굴로 현실을 마주한다.

"괴, 괴물……."

주저앉은 이교도의 몸에 검을 쑤셔 박은 파토르의 눈에는 일말의 감정도 비치지 않았다.

그의 발목에는 이미 수십 수백 개의 족쇄가 채워져 있었다. 거기에 한 개가 더 걸렸을 뿐이다. 그러나 그는 자신의 죄업을 되돌아보지 않았다. 그것을 되돌아보는 것은 계획을 이룬 이후라도 늦지 않다.

약해지려는 마음을 채찍질하며 파토르는 다시 검을 휘둘렀다. 바리엘 분검식의 정수가 그의 손에서 펼쳐졌다.

오프할에서 일어난 참극은 발 빠르게 루반 관령까지 알려졌다. 파토르와 그가 이끄는 전투 신관 부대가 오프할에 집결한 제4십자대의 단원 500여 명을 박살 내버렸다는 소식이다.

게다가 소식에 의하면 그날에만 200여 명가량이 죽었다고 하니, 현재 상황이 얼마나 치열한지는 굳이 보지 않아도 알 만한 일이었다.

당장이라도 오프할 직할령으로 나아가려던 갈루스는 참담한 표정을 감추지 못했다.

'교단과 본 대의 힘에 이렇게나 큰 격차가 존재할 줄이야.'

제4십자대의 간부들 역시 갈루스와 같은 절망을 느끼고 있었다. 교단에서도 피해자가 속출했다는 소식은 있으나 전혀 위로가 되지 못했다. 적의 병사들은 많이 죽었을지언정 주축이 되는 전투 신관들의 피해가 극히 적었으며, 그들조차 초월하는 전투력을 가지고 있는 성기사는 아무런 상처조차 입지 않은 상황이니까 말이다.

"성기사와 전투 신관들이 이다지도 강력한 존재였단 말인가⋯⋯."

신음성 같은 갈루스의 독백에 간부들도 고개를 깊이 숙일 뿐, 아무 말도 하지 못했다. 이렇게 처참하게 패배할 것이라고는 아무도 생각지 못했던 것이다.

'겨우 이렇게 끝을 맞이하고 마는가.'

실력자를 보유하지 못한 제4십자대의 한계가 여실히 드러나고 말았다.

"이제 어떻게 해야 하는 것입니까……?"

간부 한 명의 물음에 갈루스는 입을 굳게 닫았다.

더 이상 싸우는 것은 무의미한 일이다. 모두가 그것을 알고
있었다. 전투력의 차이가 압도적이었다. 이곳에 있는 모두가
당장 오프할의 단원들과 합류한다 해도 승산은 없으리라.

"오프할에 퇴각 명령을 내리겠다."

"어디로…… 퇴각을 명하시겠습니까?"

"바로즈 관령. 그곳에서 마지막까지 항전하도록 하지."

갈루스는 씁쓸한 얼굴로 결의를 다졌다. 바로즈 관령이 마
지막이다. 더 이상 갈루스가 이끄는 제4십자대는 물러날 곳이
없었다.

루반 관령에서 전인이 달려 나갔다. 지금 이 순간에도 시가
지에서 분전하고 있을 동료들에게 퇴각 명령을 전달하기 위해
서 말이다.

*　　　*　　　*

"몇 번을 말해야 알겠어! 어서 피해야 한다고!"

"봉그리드 님, 몇 번을 말씀드리지만 괜찮을 거란 말입니
다. 이런 외곽에 무슨 일이 일어나겠습니까? 아직까지도 별
이야기가 없는데, 봉그리드 님께서 뭔가 착각하신 것은 아닙

니까?"

"이런 멍청하긴! 지금 이 순간에도 이곳으로 달려오고 있을지 모른단 말이다."

봉그리드가 답답하다는 얼굴로 미간을 찌푸렸다. 그러나 버튼은 이해하기 어렵다는 표정을 지었다.

"봉그리드 님이 갑자기 나타나서 그 말씀을 하신 지 벌써 일주일입니다. 그런데 보십시오. 이 거리는 항상 같아요. 지금까지와 똑같단 말입니다."

"어떻게 될지 알 수 없는 일이라고 몇 번을 말하게 하는 거냐. 최근 교단에서 토벌령이 내려졌다는 소식, 너도 들었다고 말했을 텐데?"

"그, 그거야…… 그렇습니다만, 최근에는 이렇다 할 사건도 없었는데, 그냥 말만 그런 것 아니겠습니까?"

"이렇게 말을 못 믿어서야……."

봉그리드는 답답한 얼굴로 눈살을 찌푸렸다.

봉그리드가 라트와 헤어지고 이곳에 도착한 지는 사실 일주일가량이 아니었다. 바로즈 관령의 상황과 분위기를 살피면서 잠복하고 있던 것이 일주일을 훨씬 넘는다.

제리카의 말만 믿고 섣불리 움직였다가 이들 전부를 낙인자로 만들지도 모른다는 불안감 때문이었다.

하지만 봉그리드는 긴 고민을 마치고 그들의 앞에 나타났다. 그것이 바로 일주일 전쯤이었다. 적어도 그들에게 선택의 기회는 주어져야 할 것이다. 그러한 생각이 든 것이다.

하지만 그 생각조차도 버튼을 비롯한 마을 주민들의 태평한 반응을 보면서 조금씩 무뎌져가고 있었다.

'혹 지난 2년은 꿈이 아니었을까.'

라트와 만난 날, 그리고 2년의 시간. 그답지 않게 무엇인가가 바뀌어야 한다는 생각을 한 나날들이 말이다.

버튼이 내준 맥주를 말없이 입에 털어 넣은 봉그리드는 지금 이 순간에도 교단이라는 강대한 적과 싸우고 있을 어리석은 제자의 모습을 떠올렸다.

"또 무슨 생각을 그렇게 해요?"

"글쎄. 무슨 생각을 하고 있을까?"

봉그리드답지 않게 진중한 대꾸에 말을 건 린네가 이상하다는 표정을 지었다.

"이상하네요. 어디 아파요?"

돌연 봉그리드가 진지한 얼굴로 그녀를 바라보았다.

"린네, 너는 교단에 대해서 어떻게 생각하지?"

린네는 피식 웃었다. 2년 만에 갑자기 다시 나타나서 했던 말과 지금의 모습이 전혀 딴판이라 웃음이 튀어나오고 말았다.

"오! 린네! 정말 아름답게 변했군. 이럴 수가! 그 몸은 아직도 성장하고 있단 말인가!"

2년 전과 하나도 달라진 것 없는 모습으로 아무렇지 않게 농담을 건네는 봉그리드의 정강이를 힘껏 발로 차버린 것이 고작 일주일 전이다. 2년이라는 세월이 무색할 만큼 다시 그녀의 일상에 끼어든 그를 보면서 린네의 얼굴이 부드러워졌다.

   "교단이라니……. 그런 건 왜 물어요? 난 그런 거 별로 관심 없다는 거 알잖아요."

   "그래? 역시 그렇겠지."

   봉그리드는 고개를 주억거렸다.

   이곳에 사는 대다수의 사람들은 교인이 아니다. 일단 국법의 울타리에서 살아가고 있지만 신실하게 교단을 따르지는 않는다. 만일 토벌대가 그 사실을 빌미로 이들을 이교도라 규정한다면 빠져나올 수 없을 것이 분명했다.

   봉그리드는 진지한 눈으로 다시 맥주를 천천히 마셨다.

   버튼에게는 그렇게 말했지만, 이곳에서 평생을 살아온, 또 살아갈 이들더러 지금 당장 도망가라고 할 수는 없었다. 위협의 손길은 아직 보이지 않았고, 그러니 이곳의 평화를 깰 권리가 주어지지 않은 것이다.

   봉그리드는 뒤쪽으로 손을 뻗어 린네의 옆구리에 손을 걸어 확 끌어 당겼다. 린네의 몸이 봉그리드에게 찰싹 달라붙는 모습이 되었다.

   "어맛!"

"음…… 좋지 않군. 살이 좀 찐 거 같은데……."

"뭐, 뭐라고요!"

린네의 얼굴이 시뻘겋게 달아올랐다.

"내가 없다고 슬퍼서 막 먹어댄 거 아니야? 옆구리에 살이 이만큼이나 잡히는데?"

"이익!"

손가락을 벌려가며 구체적으로 설명하고 있는 봉그리드를 보면서 린네가 몸을 부들부들 떨었다.

"이 멍청이!"

퍽!

"아이고……."

가슴을 세게 맞은 봉그리드는 엄살을 부렸다. 버튼을 비롯한 다른 사내들이 껄껄거리며 크게 웃는 소리가 주점을 가득 메웠다.

봉그리드가 예견한 대로, 바로즈 관령의 평화는 길지 않았다.

오프할에서 교단의 토벌대와 은십자 기사단이 격돌한 사건은 은십자 기사단이 급히 후퇴하면서 소강상태가 되었다.

그러나 그것은 곧 다음 참극에 대한 예고이기도 했다.

바로즈의 관령 백작은 외지인의 유입이 급격히 늘었다는 사실을 금방 알아챘다. 최근 토벌대가 펜게른 령에 들어와 있다는 사실은 이미 백작도 알고 있었고, 그란 관령의 가라넬 백작이 이교도와 연루되어 이 세상을 떴다는 것도 잘 알고 있었다.

"다 잡아들여라! 이교도 놈들의 씨를 말리란 말이다!"

두려움과 분노로 얼굴을 일그러뜨린 백작이 고함을 질러대며 내린 명령에 바로즈 관령에도 먹구름이 드리웠다.

바로즈 관령의 중심가에는 주로 귀족들이 거주했지만, 평민들의 주거지역도 그 사이에 분명히 존재했다.

소리엘 플틴이 바로 그중 하나였다. 평민들 중에서도 상인처럼 부유층이 살아가는 지역으로, 이름뿐인 귀족들보다 잘사는 집안이 모여 있다.

하지만 변화는 갑작스럽게 찾아왔다.

"이곳을 빌리겠소."

"다, 당신들 뭐야!"

"이 나라를 교단으로부터 해방시키고, 진정한 자유로 이끌 집단이오. 양해 부탁드리겠소."

"서, 설마……."

집에 들이닥친 사내들은 무미건조한 얼굴로 그리 말하고는 동의 없이 눌러앉았다. 이런 일을 겪는 집이 한둘이 아니었으니, 세간에서 이교도라 불리는 자들과 부유한 평민이 한 집에서 생활하는 기묘한 풍경이 곳곳에서 벌어졌다.

두려움에 떨면서도 부디 아무 해코지 없이 이곳에서 나가는 것만이 사람들의 공통된 바람이었다.

하지만 백작이 이교도와의 전쟁을 본격적으로 개시하면서 그들의 두려움은 더욱 커졌다. 이교도들은 그들의 집을 거점 삼아 백작의 군대, 신전의 신관들과 맞서 싸우고 있었던 것이다.

"놈들을 모조리 잡아 죽여라!"

"티아칸 부대, 세팔린 부대는 후방으로 빠진다!"

"크아악!"

밤마다 피 튀는 싸움이 시가지에서 벌어졌다. 비명과 고함이 터지고 불길이 치솟는 가운데, 누구의 것인지도 알 수 없는 피가 바로즈 관령의 땅을 적셨다.

그렇게 하루 이틀이 지나고, 처음에는 우세를 점하는 것 같던 백작의 공세는 이제 한풀 꺾였다. 승세를 잡았다 싶으면 놈들이 주거지역으로 후퇴하니, 평민들과 거의 구분도 가지 않는 놈들을 색출하기가 여간 힘든 것이 아니었다. 그러니 놈들이 후퇴하면 더는 손을 댈 수도 없었고, 이교도 토벌은 지지부진하기만 했다.

상황이 계속해서 이런 식이 되다보니, 은십자 기사단은 어딘가를 통해 계속 충원되어 오히려 수가 늘었고, 백작의 군대는 점점 줄어만 갔다.

"이런 빌어먹을 놈들이!"

백작은 전력을 다해서 병사를 풀어놓고 압박을 하는데도 좀처럼 그 뿌리를 뽑아내지 못하고 있다는 사실에 이를 갈았다. 지금은 굉장히 민감한 시기가 아닌가. 이대로라면 그는 무능력한 자로 자리매김하게 될지도 모를 일인 것이다.

그렇게 별다른 해결책을 찾지 못하고 며칠이 더 지나면서 상황은 더욱 악화되었다.

백작은 지금 그가 독단적으로 부릴 수 있는 군대의 수가 확연히 줄어든 것을 보고받으며 절망하고 있었다. 상황이 계속 이렇게 흘러가다 보면 성까지 쳐들어올지도 모를 일이기 때문이다.

'놈들이 평민들과 귀족들 사이에 숨어 있으니, 이제 와서 징집령을 내릴 수도 없는 상황이 아닌가……'

징집령을 내리기만 하면 병력을 천 이상 끌어모으는 것은 우스운 일이다. 하지만 지금은 전시가 아니다. 애초에 징집령을 바로 내릴 수 있는 상황이 아니고, 혹 징집령을 내린다고 해도 이미 늦었다. 숫자만 마구 끌어모으면 뭐한단 말인가? 그 안에는 필시 이교도가 포함되어있을 텐데. 그야말로 흉흉한 적을 끌어안는 격이다.

광장에서 치열한 접전을 펼치던 백작의 군대는 이윽고 외성 안쪽까지 밀리고 말았다. 이제 도시의 통제력을 완전히 잃고 그저 백작이 기거하는 내성만을 지키는 게 고작인 상황까지 몰린 것이다.

그때부터 은십자 기사단은 바로즈 관령으로 대놓고 몰려들었다.

이렇게 되기까지 고작 일주일 정도의 시간밖에 지나지 않았으니, 은십자 기사단이 바로즈 관령을 얼마나 빠르게 점거했는지 알 만한 일이었다.

하지만 밀려드는 파도와 같은 기세의 은십자 기사단도 바로즈 관령에서 유일하게 삼키지 못한 곳이 있었다.

"당장 거기서 길을 비키지 않으면 교단의 인물로 간주하고 죽일 수밖에 없다."

눈앞의 사내가 하는 말을 들으면서 봉그리드의 눈이 날카롭게 번뜩였다.

"뭐라? 길을 비키지 않으면 교단의 인물이다?"

"지금 우리가 하고 있는 모르겠나? 지금 이 바로즈 관령에서 일어나고 있는 것은 교단에 직접적으로 대항하는 성스러운 싸움이다. 역사에 길이 남을 이 싸움에 동참하지 않는 것까지는 이해할 수 있다. 하지만 우리가 싸워 손에 넣은 자유를 함께 누릴 자들도 약간의 도움 정도는 되어야 하는 것이 옳은 일일 것이다."

사내의 말에 그 뒤에 도열한 자들이 눈을 빛냈다. 모두 결사의 의지를 다진 자들로, 피에 강하게 취해 있는 것 같았다.

"이곳에는 한 발도 들일 수 없다. 네놈들이 바라는 진정한 자유 따위를 이곳 사람들은 바라지 않는다. 물러가라."

"간교한 자 같으니……."

사내가 눈을 가늘게 뜨고 봉그리드를 매섭게 노려보았다.

"이후 찾아올 자유가 필요 없다고? 하지만 막상 찾아온 자유는 누릴 자들이 아닌가? 아무것도 희생하지 않고, 가만히 앉아 모든 것을 얻어낼 셈이더냐?"

분위기가 흉흉해지기 시작했다.

"내 동료가 죽었다. 이 교단의 압정과 폭력, 강제에 대항하여 부모와 동료, 형제, 사랑하는 이들을 위해 싸우다가 말이다. 싸워서 이룩하지 않으면 결코 손에 쥘 수 없는 꿈과 자유를 위해서 그 고귀한 목숨을 바친 것이란 말이다!"

사내의 외침에 뒤에 있는 몇몇 자들의 눈시울이 붉어졌다. 오프할에서 죽어나간 수많은 동료들을 떠올린 것이다.

"이곳에서 은십자 기사단은 싸울 것이다. 그리고 그 싸움이 끝나면 숨죽여 살던 수많은 약자들은 비로소 고개를 들고 이 세상을 살아갈 수 있을 것이다."

"와아아아아!"

그 긴 연설과도 같은 말이 끝나자 뒤에 서 있는 자들이 함성을 질렀다.

그들의 눈에 번들거리는 광기를 보면서 봉그리드는 이들이 지금 반쯤 정신이 나가 있다는 것을 알 수 있었다.

"네 녀석들의 사정이 어떻든 난 물러날 생각이 없다. 당장 돌아가라."

"이 어리석은 놈이!"

"어리석은 쪽은 네놈들이다—!"

폭풍처럼 밀어닥치는 봉그리드의 기세에 은십자 기사단 전원이 눈을 번쩍 뜨면서 뒤로 물러났다. 모두가 그의 기세를 감당하느라 말을 잇지 못했다.

"뭐가 자유고 꿈이란 말이냐? 뭐가 약자들을 위한 일이냐? 네놈들의 말은 모순투성이다. 그들을 지키고 보듬어야 할 네놈들이 어째서 그들을 방패 삼기 위해 삶의 터전을 모조리 무너뜨리려고 하는 것이냐? 말해봐라. 네놈들이 말하는 희생이란 것은 네놈들이 지켜야 할 약자들의 피로 얼룩져야만 가능한 것이란 말이냐?"

봉그리드의 무시무시한 기세는 무형의 기운이 되어 그들을 짓누르고 있었다.

"그, 그것은 이, 이상론에 부, 부, 불과할……."

"이런 식으로 사람들의 옹호를 받을 수 있다고 생각하나? 그들을 방패 삼지 않으면 싸우지도 못할 네놈들이 그 혁명이란 것을 일으킬 수 있다고 생각하는 것이냐? 말해보란 말이다!"

태산과 같은 그의 기세에 사내는 당장이라도 숨이 막혀 죽을 것 같았다. 압도적인 위압감이었다.

그 순간, 주위로 몰아치던 무형의 기운이 봉그리드의 품으로 회수되었다. 그러자 그들 모두가 그대로 무너지며 숨을 몰아쉬었다.

"허억허억······."

"헉헉!"

"물러가라. 이곳에서 당장 꺼지란 말이다."

봉그리드의 차가운 경고에 사내는 식은땀을 흘리면서 두말 없이 물러갔다. 그들이 물러가는 모습을 끝까지 지켜본 봉그리드는 씁쓸한 표정을 지우지 못했다.

'결국 토벌령의 여파가 이곳까지 오고 말았나.'

눈을 질끈 감은 봉그리드는 어떻게 해야 할지 갈피가 잡히지 않았다.

저들의 방식은 잘못되었다. 그가 가만히 있었다면 이곳에서 살아가는 린네와 버튼을 비롯한 수많은 사람들이 죽었을 것이다. 적어도 지금의 선택은 옳았다.

하지만 그들만 지켜내는 게 과연 옳은 것일까? 그들만 데리고 도망을 치는 게 옳은 일일까?

계속해서 자문해보지만 답은 나오지 않았다.

"봉그리드······."

떨리는 목소리에 봉그리드의 시선이 돌아갔다. 한쪽 구석에 린네가 있었다.

"린네······."

"봉그리드······ 맞죠?"

"그래. 왜 여기 나와 있는 거야?"

봉그리드가 평소와 같은 얼굴로 부드럽게 말하자, 린네가 덜덜 떨면서 그의 품에 안겼다.

"당신이 아닌 줄 알았어요……."

"몇 번이고 말했잖아. 나 대단한 사람이라고."

봉그리드가 어색하게 웃었다.

"일단 주점으로 가자. 조금 전에 린네도 봤듯이 일이 심상치 않게 돌아가고 있어."

주점에는 버튼이 평소와는 다르게 인상을 잔뜩 찌푸린 채 턱을 괴고 있었다.

"그런 얼굴을 하고 있어서야 찾아온 손님도 다시 돌아가겠군."

"……놀리고 싶으십니까?"

"내가 말했을 텐데? 교단이 이번에는 토벌령을 제대로 실행하고 있다고."

봉그리드의 말에 린네는 불안한 얼굴로 아랫입술을 질끈 깨물었다.

"도망가야 되는 거 아니에요? 그 은십자 기사단이라는 사람들도 무서워요……."

"걱정하지 마. 지켜줄 테니까 일단 좀 쉬고 있어."

"아뇨, 저도 여기서 들을래요."

린네는 여전히 떨고 있었지만, 물러설 생각은 없는 듯했다.

그녀는 보고 말았다. 봉그리드의 또 다른 일면을 말이다. 주위를 압도하는 그 분위기는 그녀가 알고 있던 봉그리드와 완전히 달랐다.

"봉그리드 님, 어떻게 해야겠습니까?"

"그런 것까지 내게 묻는 거냐?"

"은십자 기사단……. 그들이 지금 이 관령의 곳곳에 숨어들었다는 것은 이미 들었습니다. 아무래도 큰일이 터질 모양이지요."

"그래. 그렇잖아도 오프할의 시가지에서 큰 접전이 있었다고 들었다."

"큰일이군요……."

"하지만 이 싸움은…… 교단이 이길 수밖에 없어."

봉그리드는 단언했다.

버튼은 참담한 표정을 지었다.

"어째서입니까?"

"이곳의 은십자 기사단은 기반이 너무 부실해. 이곳까지 내려와서 도시를 점거하는 식으로 귀족과 평민들을 방패 삼아 싸우려는 것만 봐도 알 만하지."

"그게 무슨……."

"총력전이란 얘기다. 그들은 이곳에서 뼈를 묻을 각오를 하고 있어."

버튼과 린네의 얼굴이 창백하게 질렸다.

"이미 오프할에서 크게 패퇴하고도 결사의 의지를 다지고 있는 것을 보면, 그들도 이 싸움의 결말이 어떻게 될지 알고 있다는 얘기다."

"그, 그럼……."

"거기다가 교단에서 성기사를 필두로 내세워 이번 일을 진행시키고 있다는 걸 들었다."

"서, 성기사……."

말로만 들어본 그 칭호에 버튼이 마른침을 삼켰다.

봉그리드는 말을 마저 이었다.

"이번 싸움이 교단의 승리로 끝난 이후에 문제가 더 불거질 거야."

"무슨 문제가 더 불거진단 말입니까?"

"이번 토벌대는 전에 없을 만큼 냉혹하다고 들었다. 그란 관령과 오프할에서 일어나는 낙인자 이송과 이교도 처형에 대한 이야기를 들어 보건대, 은십자 기사단의 무력시위에 굴복하여 그들을 도운 일들을 그냥 넘어가지 않을 것이 분명해."

"그, 그럼 저희는 상관없는 거 아닌가요?"

린네의 희망적인 말에 봉그리드는 고개를 저었다.

"이곳에서 살아가는 대다수의 사람들은 프로트 교를 맹신하는 자들이 아니야. 아니, 오히려 믿지 않는 사람도 많지. 거기다가 은십자 기사단의 협박에 의한 일이었다고 해도, 결과적으로 그들의 방패가 된 것은 분명한 사실이야. 그것만으로도 교단의 처벌을 피할 수 없을 거야."

"하지만 좋아서 따른 게 아니잖아요!"

"그래도 결과적으로는 그렇게 될 거야. 이교도와 결탁한 자라고 말이야."

단호한 봉그리드의 말에 린네는 당장이라도 울 것 같은 얼굴이 되었다. 버튼 역시 더 이상 아무 말도 하지 않았다.

"둘 다 이곳을 떠나고 싶지 않겠지."

봉그리드의 나직한 말에 린네는 조심스럽게 고개를 끄덕였다. 버튼은 그의 의중을 살피느라 아무런 말도 하지 않았다.

그러는 사이, 봉그리드는 어떠한 생각을 떠올렸다.

'이번 토벌대의 지휘관이 전장에서 죽는다면……'

성기사가 죽는다면 조금은 바뀔 수도 있지 않을까.

그의 표정에서 중대한 결의를 읽었는지, 버튼이 정색했다.

"그만두십시오."

"내가 뭘 할 줄 알고 그만두란 말인가?"

"그런 일을 했다가는 봉그리드 님은 정말로 이교도로 낙인이 찍히는 겁니다."

이교도.

봉그리드는 피식 웃었다.

"그런 건 단 한 번도 무서워한 적이 없어."

어차피 그들의 손에서 린네나 버튼을 구해내면 봉그리드는 이교도 취급을 받으리라. 그렇게 생각하니 어지럽게 얽혀 있던 머릿속이 탁 풀리면서 명쾌해진 것 같았다.

　"스승님은······ 이 바닥에 계실 사람이 아닙니다."

　네 번째 제자의 건방진 소리가 떠올랐다. 그때에도 느꼈던 불편한 감정이 다시 스멀스멀 올라왔다. 그러나 이번에는 물러나지 않는다.
　"봉그리드 헬라스트롬, 말년의 전환점인데 이렇게 멈출 수는 없지."
　아직 새파랗게 어린 제자에게 그런 소리를 들으면서까지 몸을 사릴 생각은 더 이상 없었다.

　　　　　　*　　　*　　　*

　동료가 죽는 와중에도 결사의 각오로 달려드는 은십자 기사단은 얼핏 무모하기 그지없어 보였지만 효과는 상상 이상이었다.
　파토르가 선두에서 단번에 여러 명을 베어내는 식으로 사기를 진작시키고 있었지만, 그것은 그가 나아가는 방향뿐이었다. 죽음을 불사하는 은십자 기사단의 공격에 일반 병사들은 점점 질려가고 있었고, 급기야 대열에서 이탈하는 사태까지 벌어지고 있었다.

그뿐만이 아니라 기사들과 전투 신관들마저 고립되어 한둘씩 죽고 있었으니, 죽음을 두려워하지 않는 집단이 얼마나 강력한지 알 만했다.

적의 시체가 쌓일수록 아군의 피해도 점차 늘어나는 상황. 기사단은 정면을 돌파하려는 듯 밀고 오는 파토르를 피해 교단의 측면을 쳤고, 상대적으로 전투력이 약한 우측의 병사들과 기사들이 쓰러지면서 피해가 커졌다.

싸움이 지속되고 시체와 피 냄새가 진동을 하는 가운데, 어느 순간을 기점으로 갑자기 은십자 기사단이 발 빠르게 후퇴하기 시작했다.

파토르는 눈살을 찌푸리고는 빠져나가는 놈들에게 따라붙어 수십 개의 검형을 쏟아부었다. 그러나 적의 수는 여전히 너무나도 많았다. 갑작스러운 기습 공격으로 이미 토벌대는 상당한 피해를 봤고, 그들을 추격하기에는 병력이 부족했다.

비릿한 피 냄새와 시체가 널려 있다. 이곳이 지옥이 아니라면 그 어느 곳을 지옥이라 이를 것인가.

후퇴하는 적들을 끝까지 추격하지 못한 파토르는 이를 갈았다.

뿌드득!

이번 일에 대한 책임을 후작에게 물어야 할 것이다.

"이교도 놈들은 모조리 잡아들여라. 아직 빠져나가지 못한 잔당들이 있을 게 분명하다. 닥치는 대로 잡아들이는 것을 목표로 하고, 만약 반항한다면 모조리 죽여도 상관없다."

"예, 알겠습니다."

지친 기색이 역력한 제른에게 명령을 남기고, 파토르는 성으로 향했다.

"서, 성기사님께서 돌아오고 계신다고 합니다!"

병사의 급한 보고에 안테그리안 후작은 창백한 얼굴을 하고 허겁지겁 성문으로 달려 나갔다.

신전장을 비롯하여 후작을 따르는 신관들은 모두 고개를 깊이 수그리고 있었다. 곧 큰 성문으로 파토르가 홀로 걸어오는 것이 보였다.

"안테그리안 후작. 아니, 주교인가?"

"예, 예! 하, 하명하십시오!"

보통 영주를 맡고 있는 후작과 성기사의 관계가 이렇게 수직적이지는 않다. 하지만 안테크리안 후작은 주교를 겸하고 있으며, 주교는 성기사에 비할 수 없이 아래에 있는 직위다.

물론 직위의 고저가 아무리 크다 해도 이렇게 깍듯한 모습이 나올 리는 없다. 하지만 안테그리안 후작은 지금 죄인이나 다름이 없지 않은가. 이교도들이 직할령 내부에서 활개를 치도록 가만히 보고 있었다는 소리를 들어도 변명조차 할 수 없는 입장인 것이다.

피칠갑을 한 파토르가 우뚝 멈춰 서 있는 모습은 실로 두렵기 짝이 없었다.

파토르는 고개를 수그리고 있는 안테그리안 후작에게 싸늘한 시선을 던졌다.

"귀관이 저지른 중죄, 무엇인지는 잘 알고 있겠지?"

털썩!

"하, 한 번만 관대한 선처를 부탁드립니다!"

"선처? 지금 귀관은 이교도와 결탁한 관리라는 혐의를 받고 있는데, 어떻게 선처를 하란 말인가? 추기경님을 능멸하고, 나아가 교단과 광명 앞에서 거짓을 고하라는 것인가?"

"그, 그, 그럴 리가 있겠습니까? 다, 다만! 저는 결코 놈들과는 아무런 연관도 없습니다. 노, 놈들이 이렇게 간악한 일을 벌이리란 것을 미처 파악하지 못한 것뿐입니다……."

후작의 애절한 부탁에 신전장도 무릎을 꿇고 변호했다.

"주교님께서는 저 간악한 이교도와 아무런 관련이 없습니다. 이러한 사단이 일어날 줄 알았다면 진작 놈들과 격전을 벌이셨을 것입니다."

그러나 파토르의 눈에 맺힌 싸늘한 빛은 조금도 사라지지 않았다. 명색이 직할령이라는 곳에서 이렇게까지 대규모로 움직인 것이다. 미처 파악하지 못했다면 그야말로 무능력한 것이라 봐야 하니 그 역시 죄가 크다.

하지만 파토르는 이내 감정을 감추었다.

"오늘 일어난 이교도의 폭동은 놈들이 후퇴하는 것으로 끝났다는 것을 알고 있겠지?"

"예, 예! 성기사님께서 어마어마한 신성의 빛으로 간악한 적들을 베어내셨다고 들었습니다."

"놈들이 후퇴하던 방향은 남서쪽, 바로즈 관령일 가능성이 크다. 이에 대한 정보를 빨리 알아봐라."

"물론입니다!"

안테그리안 후작은 파토르가 그것으로 자신을 용서해줄 것이라고 생각했는지 큰 목소리로 대답했다.

"그리고 지금 당장 병력을 끌어모아라. 성의 최소 경비 인원까지 부를 필요는 없다. 기사를 전부 모아라. 귀관 탓에 끌고 온 병력의 상당수를 잃고 말았으니까 말이야."

"예! 제가 쓸 수 있는 힘은 조금도 아낌없이 지원하겠습니다."

"서두르는 게 좋을 것이다. 이 일이 적당한 선에서 무마되기를 원한다면 말이지."

마지막 경고.

파토르의 말에 안테그리안 후작은 고개를 땅에 처박았다. 살았다는 안도의 기색이 그의 얼굴에 스쳤다.

모두가 그의 앞에서 숙인 고개를 들지 못하는 가운데, 파토르의 표정은 별안간 싸늘하게 변했다.

'네놈들은 모두 사라져야 할 쓰레기다.'

저들을 눈감아줄 생각은 애초에 없었다. 펜게른 령의 은십자 기사단을 모두 토벌하면 그들 또한 같은 최후를 맞이하게 될 것이다.

그러나 아직은 저들을 잘 다독여야 할 때다. 지금 같은 시기에 안테그리안 후작이 다른 마음이라도 품으면 상황은 걷잡을 수 없이 악화될 것이다.

파토르가 은십자 기사단의 움직임에 대해서 보고를 들은 것은 이튿날 늦은 오후 무렵이었다.

"적이 바로즈 관령에 모여들고 있는 것을 확인했습니다."

"규모가 상당하군."

후작 휘하의 정찰조가 알아낸 정보를 읽어 내린 파토르가 얼굴을 찌푸렸다.

"바로즈 관령에서 수차례 접전을 벌인 정황이 확인되었다고?"

"예, 바로즈의 관령 백작이 은십자 기사단과 전면전을 벌인 모양입니다."

"훌륭하군. 당장 준비를 하라고 일러라. 이교도의 씨를 말리겠다."

"직할령에서 잡힌 이교도의 처우에 대해서는 어떻게 하시겠습니까?"

"직접적으로 반항했던 놈들은 공개리에 처형시켜라. 그리고 놈들과 연관된 자들은 모조리 감옥에 집어넣어라."

파토르의 가차 없는 말에 병사는 창백한 얼굴로 고개를 수그렸다.

"지금 중요한 것은 잡힌 이교도 따위가 아니라, 잡히지 않고 도망쳐서 끝까지 교단과 국법에 대항하는 놈들이다."

"예, 명을 따르겠습니다."

파토르는 홀로 남아 턱을 괴었다.

오프할에서 일어난 은십자 기사단의 대대적인 습격은 도저히 용납할 수 없는 일이다. 반란 세력이 국가와 교단의 권위에 전면적으로 도발을 해온 것이라고 봐도 무방할 정도다.

오늘, 그들이 지키겠다고 공언한 약자들과 평민들은 죄 없이 잡혀 고통받을 것이다.

파토르의 눈이 차갑게 가라앉았다.

은십자 기사단에 대한 파토르의 반감은 매순간 극으로 치달아가고 있었다.

이튿날, 해가 중천에 떴을 무렵에 파토르는 갈색 준마에 올라타 토벌대를 이끌고 바로즈 관령으로 나아갔다. 전투 신관 50여 명, 기사 100여 명, 병사 400여 명이 그의 뒤를 따랐다.

안테그리안 후작이 당장 부릴 수 있는 병력을 죄다 끌어모은 뒤 지휘권을 파토르에게 위임한 것이다.

파토르는 한나절이 채 지나기 전에 바로즈 관령에 도착했으나 바로 들어가지 않고 밖에서 대기하며 결의를 다졌다.

그러나 만 하루의 시간이 지나도록 아무런 반응도 없었다.

'결국 나오지 않겠다는 것이냐.'

은십자 기사단은 아무런 관계도 없는 사람들이 살아가는 시가지 한복판에서 다시 한 번 싸우자는 의사를 침묵을 통해 전달했다.

냉철하게 판단하면 이만큼 좋은 전술도 없을 터였다. 지금 놈들은 곳곳에 숨어 있고, 파토르는 그들을 잡기 위해 불리한 줄 알면서도 들어가야 한다.

그러나 파토르는 일말의 거리낌도 없이 말했다.

"바로즈 관령으로 입성한다."

파토르가 먼저 말을 이끌고 나아갔다.

곧 먹구름이 낀 바로즈 관령에 부슬부슬 비가 내리기 시작했다.

파토르가 관령에 들어섰을 때, 도시에는 무거운 침묵이 감돌고 있었다.

그때, 한쪽에서 일단의 사람들이 빠르게 뛰어왔다. 전투 신관들의 허리춤에서 검이 뽑히려는 찰나, 뛰어온 사람들은 한쪽 무릎을 꿇고 고개를 수그렸다.

"어서 오십시오!"

"백작이 보냈나?"

"예, 그렇습니다. 성기사님을 성대하게 마중하지 못한 점에 대해서는 부디 깊은 양해를 부탁드린다는 전언이 있었습니다.”

“그런 건 아무래도 좋다. 이교도는 어디에 있나?”

“이교도는 지금 도시 곳곳에 숨어 있습니다. 저도 겨우겨우 성을 빠져 나온 터라 놈들의 정확한 위치까지는 파악할 수가 없습니다.”

“그런가?”

“접전이 일어났던 곳은 광장 쪽입니다. 북쪽의 소리엘 플틴으로 이어지는 길목 부근의 싸움이 가장 치열했습니다.”

“지금은 소강상태인가?”

“지금은 백작님께서 적의 수가 너무나도 많다는 것을 파악하시고, 성에서 굳건히 버티고 계십니다.”

“알았다. 격전이 일어났던 쪽으로 가겠다. 안내하라.”

“옛!”

백작의 기사들이 고개를 깊이 수그린 뒤 앞장섰다.

대규모의 병력이 도시 안으로 들어오자 분위기는 더더욱 무겁게 가라앉았다. 간간이 보이는 신민들은 손을 싹싹 빌었다.

“아닙니다. 저, 저는 아니에요…….”

그들의 모습을 보면서 파토르는 속으로 이를 갈 수밖에 없었다. 그는 지금부터 눈에 띄는 모든 이들을 이교도와 결탁한 자들로 의심하는 업무를 수행해야 하는 것이다.

“잡아라. 이후 보이는 모든 이들은 잡아라.”

“예, 알겠습니다!”

"아, 아닙니다! 사, 살려주세요!"

그들이 울부짖는 목소리를 들으면서도 파토르는 고개를 돌리지 않았다.

그러는 사이, 대규모의 병력이 지나기에는 다소 협소한 길을 지나 커다란 광장 쪽으로 나올 수 있었다.

"이곳입니다."

기사의 안내를 따라 광장을 살피는 파토르의 눈이 날카롭게 번뜩였다.

과연, 이곳에 진동하는 악취는 피 냄새와 시체 냄새가 틀림없었다.

사방이 탁 트인 광장 중앙.

"역시 그렇군."

파토르의 입가가 쓱 말려 올라갔다.

그 순간, 그의 허리춤에서 검이 번개처럼 뽑혀 안내하던 기사의 목을 베었다.

쓰걱!

푸화악!

피가 분수처럼 튀고, 목을 베인 기사의 몸이 고꾸라졌다.

"이, 이게 무슨!"

모두가 놀라는 사이, 파토르의 검이 다시 꺾이면서 단번에 나머지 기사들을 베었다.

그의 곁에 있던 제른도 약간 놀란 표정을 짓는 가운데, 이번은 금세 일어났다.

우와와와아아아아—!

귀가 떨어질 것 같은 고함이 세 방향에서 울려 퍼졌다. 가까이 있던 전투 신관들의 얼굴이 긴장으로 굳어갔다.

"더 이상의 설명은 필요 없겠지. 응전하라."

파토르는 짧게 말했다.

전투 신관들이 모두 말에서 뛰어 내렸다.

넓은 길이든 골목이든 가리지 않고 밀어 닥치는 엄청난 수의 은십자 기사단을 노려보고 있을 때였다. 비명과 금속음이 뒤쪽에서 터져 나왔다.

"후방?"

제른이 얼굴을 일그러뜨리는 가운데, 파토르도 천천히 말에서 내렸다.

제른과는 달리 파토르는 일말의 흔들림도 없었다. 그는 처음부터 이곳에서 싸우면 분명히 희생이 커지리란 것을 알고 있었다.

파토르의 은빛 검에서 곧 새하얀 빛이 타올랐다.

"네놈들이 이렇게 나올 줄은 처음부터 알고 있었다!"

검에서 타오르는 빛은 빠르게 쪼개진 뒤 사방을 폭풍처럼 휩쓸었다.

"흐아아아악!"

"크아악!"

피가 비산하고 비명이 하늘을 찔렀다. 실로 한 폭의 지옥도, 일방적인 학살이었다.

전투 신관들이 밀집해 있는 전방은 수적 열세에도 불구하고 압도적인 실력 차이로 승세를 잡아가고 있었다. 반면에 기사들과 병사들로 이루어져 있는 후방은 갑작스럽게 사방에서 몰려온 은십자 기사단의 공격에 피해가 속출했다.

"크아아아악!"

"흐아아아악!"

비명과 통성이 끊이지 않고 하늘 높이 치솟았다.

교단과 은십자 기사단이 한데 뒤엉켜 싸움을 벌이고 있는 가운데, 광장의 뒤쪽 외곽에 있는 높은 건물 위로 누군가가 날렵하게 올라갔다.

전쟁터가 되어버린 광장을 천천히 살피던 그는 압도적인 기세로 은십자 기사단을 밀어붙이는 선두를 바라보다가 탄성을 터뜨렸다.

"이, 이럴 수가……."

하얀 검기의 폭풍.

봉그리드의 붉은 눈이 더없이 일그러졌다.

제5화
어긋난 길에서의 만남

Holy War

"막고 있다고? 그게 무슨 말이지?"

"파렐스 엔틴 지역에서 정체를 알 수 없는 엄청난 실력자가 기사단의 진입을 완고하게 막고 있습니다."

"파렐스 엔틴이라면……."

파토르가 이끄는 토벌대와 치열한 싸움을 벌이기 한나절 전에, 갈루스는 뒤늦게 그 보고를 받았다. 이 무렵, 갈루스는 바로즈 관령 전체 지도를 살피면서 각 주요 지점에서 전투를 어떻게 벌여나갈지 간부끼리 회의를 하고 있는 중이었다.

바로즈 관령 전체가 빼곡하게 그려진 지도를 내려다보던 갈루스의 눈이 남서쪽의 한 지역으로 향했다.

"이곳이군."

"예, 보고드렸다시피 그쪽 지역은 아예 진입이 불가능한 상황입니다."

"엄청난 실력자라······."

"어느 정도의 실력을 가진 자인지 가늠을 할 수 없습니다. 그저 기세만으로도 수십 명의 단원들을 짓누를 정도로 격이 다릅니다."

"기세만으로도 말인가?"

갈루스가 눈살을 찌푸렸다.

아군인지 적군인지 알 수 없는 인물이 뒤쪽에 존재하고 있는 것은 좋지 않은 상황이었다. 그런 자를 방치하고 토벌대에 집중하는 것은 병법상으로도 옳지 않다.

"그 인물에 대해 자세한 정보가 있나?"

"현재 알 수 있는 건 그자가 이곳에서 제법 오랜 시간 동안 지냈고, 2년 전에 갑자기 모습을 감추었다가 최근 다시 나타났다고 합니다."

서류를 건네받은 갈루스는 천천히 상세 정보를 읽어 내려갔다.

푸른색 머리칼을 짧게 깎아서 뾰족뾰족하게 세운 삼십 대 초반의 사내. 그리고 허리춤에 수수한 검집의 검을 차고 다닌다.

거기까지 읽은 갈루스의 눈이 가늘게 떨렸다.

"장신에 건장한 체구. 거기다가 붉은 눈동자를 가지고 있단 말인가?"

붉은 눈동자가 그렇게 드문 편은 아니다. 푸른 머리칼 역시 마찬가지다. 하지만 푸른 머리칼에 붉은 눈동자, 거기에 엄청난 실력까지 갖춘 자는 그리 많지 않다.

'설마…….'

갈루스는 등에 식은땀이 흐르는 것을 느꼈다. 만약 그의 짐작이 맞아떨어지기라도 한다면 이것은 지금까지의 모든 상황이 단번에 뒤집힐 엄청난 일이 분명했다.

"내가 직접 가보겠다."

"예? 하, 하지만 위험합니다. 놈의 정체가 교단의 끄나풀일 가능성이…….."

"그건 아닐 것이다. 지금 내 짐작대로라면 여기서 그를 놓칠 수는 없다."

천검의 주인, 봉그리드 헬라스트롬이 분명하다면 말이다.

봉그리드는 천천히 주점을 나왔다.

바로즈 관령에 무겁게 드리운 전운을 읽은 것이다. 머지않아 이곳에서 싸움이 벌어진다. 그리고 양 진영이 격돌할 때, 봉그리드는 그 자신이 할 일을 이미 정해두었다.

은십자 기사단의 이번 작전은 실로 괘씸하고 어긋난 것임이 틀림없었지만, 그들과 대적하는 것이 올바른 답은 아닐 터였다.

은십자 기사단이 승리하기를 바란다는 뜻은 아니었다. 은십자 기사단의 승리는 굴바엔 지방을 전쟁의 소용돌이 속으로 빨려들게 만들 것이다. 그것은 봉그리드가 바라는 바가 아니다.

하지만 그렇다고 교단이 승리하기를 바라는 것도 아니었다. 교단의 승리로 끝나면, 원했든 원하지 않았든 은십자 기사단에 협조하고 만 무고한 사람들은 모두 죽임을 당하거나 낙인자로 전락할 게 뻔하니까 말이다.

'어느 쪽이 더 옳은가.'

비가 내릴 듯 흐린 하늘을 보면서, 봉그리드는 하늘이 자신의 마음과 닮아 있다는 생각을 지울 수가 없었다.

그때, 봉그리드는 이질적인 감각을 느끼면서 눈살을 찌푸렸다.

'또 왔군.'

그 순간, 봉그리드의 몸이 흔들리면서 동쪽 방향으로 튀어나갔다.

순식간에 그 먼 거리를 좁힌 봉그리드는 바람을 일으키면서 모습을 드러냈다. 침입자는 갑작스럽게 나타난 봉그리드의 모습에 경악한 얼굴로 입을 벌렸다.

"네 녀석들의 뜻을 억지로 관철시키지 말라는 뜻을 이미 전했을 텐데?"

"다, 당신은……."

침입자는 갈루스와 그를 따르는 호위 대원 두 명뿐이었다.

호위 대원은 조금 전 봉그리드가 보인 믿을 수 없는 신위에 질려 창백해진 얼굴을 하고도 급히 앞으로 나섰다.

"무, 물러나라. 자네들이 상대할 수 있는 분이 아니시다!"

갈루스의 호통에 두 대원이 움찔했다. 그러나 그들은 움직일 생각을 하지 않았다. 그들이 목숨을 바쳐서라도 지켜야 하는 사람이 바로 제4십자대의 수장인 갈루스였던 것이다.

봉그리드는 호위 대원을 무시하고 갈루스를 바라보며 말했다.

"이곳에는 무슨 일이지? 이곳에는 발을 들일 수 없다고 했을 텐데?"

"……천검께서 설마 이곳에 계실 줄은 몰랐습니다."

침착한 갈루스의 말에 봉그리드의 눈가에 이채가 떠올랐다.

"천검이라……."

"보고를 들었을 때만 해도 설마설마했습니다. 설마 제 눈으로 직접 천검의 권좌를 쥐고 계신 분을 뵐 줄은……."

"내가 천검이라는 것을 확신하나?"

"예, 확신합니다."

"눈썰미가 좋군."

봉그리드가 피식 웃으며 말했다.

그러자 두 호위 대원의 얼굴이 새까맣게 죽었다. 지금 그들은 위대한 권좌의 주인의 앞에서 검을 뽑아 들려고 했던 것이다.

"내가 천검이라는 사실을 알았다면 또 하나의 사실도 알았 겠지? 나는 은십자 기사단이 이곳에 발을 들이는 것을 용납할 수 없다."

"……."

천검의 주인이 이렇게까지 완고하게 나온다면 갈루스로서 는 강제할 방법이 없다. 아니, 오히려 이 정도의 문제는 그냥 넘어가는 게 낫다. 그건 더 이상 중요치 않다.

'그를 아군으로 삼아야 한다!'

갈루스는 봉그리드가 제4십자대를 위해 싸워주기만 한다면 교단의 토벌대 따위는 순식간에 무너뜨릴 수 있을 것이라는 강한 확신을 갖고 있었다. 아니, 확신 따위가 아니다. 그것은 사실이다.

"봉그리드 님이 원하신다면 저희는 그에 따를 수밖에 없습 니다. 감히 위대한 권좌의 주인을 그 누가 강제할 수 있겠습니 까?"

"물러날 수밖에 없지만, 나의 행동은 이해하지 못하겠다는 것인가?"

봉그리드의 대꾸에 갈루스는 마음을 가다듬었다.

"예, 저는 봉그리드 님을 이해하지 못할 것 같습니다."

"마찬가지다. 나는 은십자 기사단을 이해할 수 없군."

갈루스의 침착한 말에 봉그리드는 차갑게 대꾸했다.

"그렇습니까?"

"어째서 은십자 기사단은 여기까지 와서 지켜야 할 자들을 방패로 삼으려는 것인가?"

봉그리드의 예리한 질문에 갈루스의 미간이 움찔했다. 그것은 그도 완전히 납득하지 못하여 불편해하고 있던 사실인 것이다.

"……."

"대답을 하지 못하는군. 적어도 자네만큼은 그것이 잘못하고 있는 일이라는 것을 알고 있는 것인가?"

"예, 지금 제4십자대가 하고 있는 작전은 잘못된 것이 틀림없습니다."

"자네의 직책이 결코 낮지 않다는 것을 알 만한데, 어째서 이 일이 잘못되었다는 것을 알면서도 묵과하고 있는 것이지?"

갈루스는 입을 다물었다.

해서는 안 될 일이란 건 안다. 지켜야 할 사람들의 틈으로 숨어들어서 비겁하게 그들을 방패로 삼는 일인 것이다. 일이 잘못될 경우, 그들이 지켜야 할 자들은 교단의 발에 짓밟히고 만다.

침묵을 지키던 갈루스는 결연한 눈으로 대답했다.

"제4십자대는…… 아니, 은십자 기사단은 무너져서는 안 됩니다. 지금까지 치른 수많은 희생을 생각해서라도 은십자 기사단을 존속시킬 최선의 수단을 선택한 것입니다."

"은십자 기사단을 지키기 위함이란 말인가?"

봉그리드가 눈살을 찌푸렸다.

"입장이 뒤바뀐 것이 아닌가? 그들을 지키기 위해 존재할 터인 자네들이 어째서 자네들을 위해 그들을 희생양으로 삼으려는 것인가?"

"말씀드리기 송구스러우나 이상만으로는 이 세상이 바뀌지 않습니다. 이 길은 수많은 동료의 희생을 발판으로 나아가야 하는 더없이 괴로운 길입니다. 헌데, 여기서 허무하게 무너진다면 그 희생은 무의미해질 것입니다."

"그래서 오프할이나 이곳의 사람들까지 은십자 기사단의 발판으로 삼으려는 것인가?"

봉그리드의 날카로운 말에 갈루스는 이를 악물었다.

"이해해주십시오. 은십자 기사단은 사라질 수 없습니다. 교단의 힘은 터무니없이 강력하고, 저희는 이기기 위한 싸움을 해야 합니다. 봉그리드 님께서 은십자 기사단을 이끌고 계신 상황이라면 어떻게 하시겠습니까?"

갈루스는 여태껏 마주하지 않고 한쪽 구석으로 밀어둔 진실과 마주하는 고통에 가슴이 욱신거리는 것을 느끼며 그렇게 물었다.

하지만 그 대답에는 봉그리드도 답을 할 수 없었다.

'나라면……'

답이 나오지 않는다. 그는 그렇게 많은 사람들의 입장을 대변하는 위치에 오른 적이 단 한 번도 없었으니까 말이다.

"모르겠군."

그는 솔직하게 대답했다.

"지고한 경지를 깨달으신 분께서도 모르는 게 있으시군요……."

갈루스는 씁쓸하게 중얼거렸다.

"나는 무엇이 옳고 그른지 단언할 수 없네. 하지만 적어도 눈앞의 소중한 사람들만은 지켜야 한다고 생각하네."

"그렇습니까? 그렇다면 이곳에 살지 않는 사람들은 어떻게 되든 좋다는 말씀이시군요."

갈루스의 날카로운 말에 봉그리드의 얼굴이 일그러졌다.

"그런 말이 아니란 것은 알고 있을 걸세."

"하지만 결과적으로는 그렇게 되는 겁니다, 봉그리드 님."

갈루스는 한 치의 흐트러짐도 없이 그렇게 말하고는 다시 말을 이었다.

"봉그리드 님께서 갖고 계신 강대한 힘을 어떻게 쓰시든 온전히 봉그리드 님의 자유입니다. 그러나 눈앞에 보이는 것만 지키시고 보이지 않는 것은 외면하실 때, 보호를 받지 못한 이들은 봉그리드 님의 말씀처럼 저희가 이기기 위한 승리의 열쇠로 쓰이겠지요."

갈루스의 말에 봉그리드의 얼굴이 날카롭게 변했다.

"자네들이 일으킨 일까지 내 책임으로 돌리고 싶은 것인가?"

"그런 것이 아닙니다. 저는 감히 주제넘게 말씀드리고 싶은 것입니다. 강한 힘을 올바른 일에 써주셨으면 하는 바람을 말입니다."

"……."

"지금까지 봉그리드 님은 이 나라의 모든 것을 지켜보셨을 것입니다. 악의와 죄악, 슬픔과 비명…… 그리고 그 속에서도 자라나는 생명과 희망……."

"……."

봉그리드의 얼굴이 복잡하게 일그러져 있는 것을 확인한 갈루스는 고개를 깊이 숙였다.

"부디 저희에게 힘을 빌려주십시오."

"그렇게 할 수는 없네."

고개를 숙인 갈루스의 얼굴에 침통한 빛이 흘렀다.

"나는 자네의 말을 들었으면서도 지금 자네들의 행동이 정당하다고는 생각되지 않으니까 말이네. 그리고 자네의 입장을 이해할 수도 없어."

"……."

갈루스는 그의 확고한 대답에 결국 아무것도 바뀌지 않는다는 것을 뼈저리게 느꼈다.

이미 알고 있었는지도 모른다. 그저 눈앞에 보이는 지푸라기라도 잡는 심정이었을 것이다. 봉그리드가 절대적인 중립을 지키는 인물이라는 것은 이미 오래전부터 유명한 이야기였으니까……

그때, 봉그리드가 말을 덧붙였다.

"하지만 자네의 말이 모두 틀린 것도 아니야."

"그, 그 말씀은……."

"은십자 기사단과 함께할 수는 없지만, 나는 이제 이 나라에 변화가 찾아올 시기가 되었다는 것을 직감하고 있네. 그리고 그것이 낙인자들을 비롯한 하층민으로부터 시작되어야 한다는 것도 알고 있지."

갈루스의 얼굴이 점차 희망적으로 바뀌었다.

"나는 나의 싸움을 하겠다. 그러니 자네들은 자네들의 싸움을 하도록."

"적어도…… 적어도 봉그리드 님이 적이 아니라는 것은 확실하군요."

"그렇게 단정할 수 없지. 나는 언제든지 은십자 기사단에게 검을 들이밀 수 있어."

봉그리드의 말에 갈루스는 마음 한구석이 서늘해지는 것을 느꼈지만, 그 이상으로 이 싸움에 승산이 있음을 느끼고 있었다.

'되었다. 그의 적이 우리와 같다면 우리는 그와 동료나 마찬가지가 아닌가.'

갈루스는 고개를 다시금 깊이 숙였다. 서로 간에는 더 이상 많은 이야기가 필요 없었다. 둘은 공통된 적을 두고 있었으니까.

"물러가겠습니다."

"한 가지, 꼭 명심하게. 그대들은 항상 약자를 지켜야만 하네. 그러지 않으면 은십자 기사단은 교단뿐만이 아니라 지켜야 할 이들에게마저 외면을 받게 될 거야."

"명심하겠습니다."

툭!

찬 물방울이 봉그리드의 머리에 떨어졌다.

'비가 오려는 모양이군.'

전투는 반나절이 채 지나기도 전에 광장에서 벌어졌다.

전투가 시작되자마자 죽음의 도시처럼 침묵이 감돌던 바로즈 관령은 광기와 긴장으로 들썩이기 시작했다.

"시, 시작된 걸까요……."

주점의 방에서 덜덜 떨고 있는 린네를 보는 버튼 역시 긴장한 기색이 역력했다.

"으음……. 걱정하지 마라. 봉그리드 님께서 지켜주겠다고 말씀하셨으니 아무 걱정도 할 필요가 없다."

하지만 린네의 얼굴은 더욱 어두워졌다.

"봉그리드 씨……. 괜찮을까요?"

린네는 아직까지도 봉그리드의 힘이 어느 정도인지 짐작조차 하지 못하고 있다. 그렇기 때문에 교단과 은십자 기사단의 싸움에 휘말리면 큰일을 당하는 게 아닐까, 계속 걱정했다.

버튼은 린네의 머리를 쓰다듬었다.

"걱정 마라. 그 누구도 봉그리드 님께 감히 해를 입히지는 못한다. 그분이 평소에 말씀하시던 걸 떠올려 봐라."

"내가 지나가면 모두가 무릎을 꿇고 나의 이름을 불러대기 바빴지. 알겠어? 린네, 이 봉그리드 님은 결코 쉬운 남자가 아니야."

린네는 입꼬리를 슥 말아 올리면서 하얀 이를 드러내던 그의 모습을 떠올리고는 그만 피식 웃었다. 그러자 버튼의 얼굴에도 미소가 드리웠다.

'그래, 봉그리드 님께 무슨 일 있겠어?'

제아무리 교단이라고 해도, 봉그리드가 하고자 하는 일을 막기는 어려울 것이다.

비명이 울리는 가운데, 봉그리드의 몸이 미끄러져 나갔다. 건물과 건물 사이를 넘나드는 그의 모습은 마치 노리는 먹이를 향해 거리를 좁혀가는 맹수 같았다.

"끄아아아악!"

"흐아아악!"

"죽어─!"

비명과 악의, 증오, 공포가 한데 뒤섞인 전장의 한복판에서 봉그리드는 욕지기가 치미는 것을 느꼈다.

며칠 전까지만 해도 사람들이 모여들고 쉬어가던 평화로운 광장이 지금은 이렇듯 양 진영의 살의가 얽혀 드는 전쟁터가 된 것이다.

이를 악문 봉그리드의 눈이 무겁게 가라앉았다.

적어도 이곳에서 휘몰아치는 악의의 연쇄를 끊어내야 한다.

'토벌대의 지휘관은 어디에 있지?'

높은 건물 위, 봉그리드의 붉은 눈동자가 매섭게 전장을 살폈다. 피가 비산하고, 사람들이 죽어나가고 있다.

봉그리드는 이 참상이 가장 격렬하게 일어나는 곳을 찾았다. 헤아리기 힘들 정도로 많은 사람들이 뒤엉킨 와중에 휘몰아치는 검기의 폭풍이 봉그리드의 눈에 들어왔다.

봉그리드의 눈이 경악으로 일그러졌다.

"이, 이럴 수가……."

이해할 수 없다는 얼굴을 한 봉그리드는 기감을 돋우었다. 대단히 익숙한 마력의 유동이 그의 감각을 사로잡았다.

"바리엘 분검식……."

빛이 사방으로 터져 나가고 수십 개의 검형이 휩쓴 곳마다 사람들이 속수무책으로 쓰러진다. 그 압도적인 힘에 그 누구도 감히 대항하지 못하고 있다.

봉그리드의 시선이 지독하게 차가운 눈으로 사람들을 도륙하고 있는 인물에게 정확하게 꽂혔다.

"백형을 이루었단 말이냐……."

봉그리드는 소름이 끼치는 것을 느꼈다.

벌어지고 있는 무참한 살육 때문도 아니었고, 죽어나가는 사람들 때문도 아니었다. 차라리 그것 때문이었다면 그의 마음이 이렇듯 혼란스럽지는 않으리라.

"어째서 네가 여기에서 그런 짓을 하고 있는 것이냐?"

세 번째 제자.

"파토르……."

파토르가 그곳에 있었다.

분노도 아니고, 중오도 아니다. 더러운 것들을 보듯 일그러진 푸른 눈은 북풍보다 매섭고 명검보다 날카롭다.

'어째서 네 녀석이…….'

바리엘 분검식의 정수인 백형. 그것을 이토록 단시간 만에 깨우쳤다는 것만으로도 파토르는 단연 수재라고 할 수 있었다.

"저는 바꿀 겁니다."

"뭘 말이냐?"

"교단을 말입니다."

"프로트 교단을?"

"예. 그러기 위해서 그 힘이 필요한 겁니다."

당돌하게 그렇게 말하던 제자의 모습을 기억하고 있는 봉그리드는 설마 그 치기 어리다고만 생각했던 소년이 성기사가 되어 나타날 줄은 꿈에도 생각하지 못했다.

아니, 상상하지 못했던 것은 그런 게 아니다. 교단의 편에서 사람들을 베어내고 있는 무참한 모습을 보게 될 줄 상상하지 못한 것이다.

"그게 교단을 바꾼다던 네가 선택한 길이란 말이냐?"

봉그리드의 얼굴이 무겁게 일그러졌다.

"파토르, 그 죄를 어떻게 다 짊어지려고 그러는 것이냐?"

그 순간, 붉은 눈동자가 날카롭게 번뜩였다.

스아아아-

떨어져 내리는 빗줄기가 흩날리기 시작했다.

쿠웅-!

엄한 표정을 한 봉그리드에게서 마력이 넘실거리며 일어났다. 노도와도 같은 그 기세는 광장을 단번에 휩쓸어버리기에도 충분해 보일 만큼 위압적이었다.

"뭐, 뭐야?"

"무, 무슨 일이지?"

모두가 갑작스러운 이변에 당황을 금치 못하면서 이 기운의 주인을 찾기 위해 고개를 연신 돌리는 가운데, 사방으로 검을 흩뿌리고 있던 파토르의 얼굴이 창백하게 질렸다.

이 익숙한 감각은…….

"서, 설마……."

무겁게 짓누르는 마력의 근원지를 찾아서 파토르의 시선이 천천히 돌아갔다.

파토르의 푸른 눈동자가 경악으로 바뀐 것은 그 순간이었다.

"어, 어째서……."

건물의 가장 높은 지붕에 서 있는 봉그리드는 파토르의 눈을 보고 아주 가뿐한 발걸음으로 지상에 내려왔다.

마스터의 경지에 오른 봉그리드에게서 형용하기 어려운 기운을 느꼈음인가. 교단과 은십자 기사단의 인물들이 모두 성큼성큼 뒤로 물러섰다.

이윽고 봉그리드는 무거운 눈으로 파토르와의 마주 섰다.

"……."

"……."

둘 사이에는 어떤 말도 없었다. 서로를 바라보고 있을 뿐.

마침내 그 긴 침묵을 깬 것은 봉그리드였다.

"그 길이 옳은 길이냐?"

나직한 그 물음에 파토르는 마른침을 삼키며 무겁게 답했다.

"……그렇습니다."

"그 무거운 죄를 어찌 다 감당하려는 것이냐?"

"죄송한 말씀이지만, 스승님의 이상론은 듣지 않겠습니다."

완고한 파토르의 대답에 봉그리드의 눈이 더욱 날카롭게 번뜩였다.

그 순간, 주위를 짓누르는 기운이 더욱 강해졌다. 이제 일반 병사들은 숨 쉬는 것조차 힘겨워서 엎어져 꺽꺽거렸다.

압도적인 신위.

봉그리드의 얼굴에 떠오른 것이 분노라는 것을 알고 있는 파토르는 가슴이 미친 듯이 쿵쾅거리는 것을 느끼며 마른침을 삼켰다.

스승 앞에서 그는 처음 만났을 때의 아무것도 가지지 못했던 소년의 모습으로 돌아갔다.

"대적할 테냐?"

"……저는 물러서지 않겠습니다."

"좋다. 네놈이 얼마나 삐뚤어졌는지 내 눈으로 제대로 볼 것이다."

그 순간, 주위를 짓누르던 압박이 씻기듯 사라졌다.

"허억허억!"

"커억!"

주위를 짓누르던 압박에서 벗어난 이들이 켁켁거리며 헛구역질을 해댔다.

봉그리드는 천천히 검을 빼들었다. 이가 다 빠져 당장이라도 부러질 듯 연약하고 수수해 보이는 장검이었다.

"후우……."

봉그리드의 기세와 마주한 파토르는 숨을 가다듬었다.

심상에 그린 수십 자루의 검은 더더욱 쪼개지며 이윽고 백 자루에 이르렀다. 그 순간, 백검(百劍)은 찬연한 빛을 발하며 완전한 형태를 갖추었다.

파토르의 푸른 눈이 번뜩였다.

그의 손에 들린검이 심상의 검과 똑같이 쪼개지며 수를 늘렸다. 그의 주위로 흔들거리는 수십, 아니, 정확히 백 자루의 검은 흉흉한 기운을 내뿜었다.

그와 지난 몇 개월을 함께해온 전투 신관들조차 단 한 번도 본 적 없는 파토르의 전력.

'상대가 도대체 누구기에……'

그러한 의문이 전투 신관들 사이에서 떠오르는 가운데, 파토르의 몸이 흔들거리더니 별안간 섬광처럼 쏘아져 나갔다. 주위에서 일렁이던 검들이 그를 따라 폭풍처럼 봉그리드를 향해 날아들었다.

봉그리드는 천천히 검을 들었다.

카카카카카카카카강!

콰콰쾅!

거친 금속음과 함께 마력이 폭발하는 굉음과 충격이 울려퍼졌다. 연속적으로 일어나는 그 폭발에 휘말린 자들은 저항조차 못하고 죽기 일쑤였다. 이윽고 다섯 명가량이 죽었을 때, 전투 신관들과 기사들이 외쳤다.

"모두 피해라!"

"물러나!"

쿠구구구궁!

휘몰아치는 마력의 폭풍에 흙먼지가 일어나 시야를 덮었다. 차원이 다른 싸움에 모두가 몸을 움츠렸다.

"많이 늘었군."

파토르는 더더욱 마력을 날카롭게 벼리며 영역을 넓혀가고 있었다. 이제 사방에서 파토르의 검세가 날아들고 있었다.

그러나 봉그리드는 그저 검을 가볍게 들고 가만히 서 있는 것만으로도 그 모든 것들을 와해시키고 있었다. 보이지 않는 벽과도 같은 무언가에 막혀, 백형은 유리처럼 부서지고 있었다.

"무엇이 그리도 절박한 것이냐?"

"이익!"

그 와중에도 숨소리 하나 흐트러지지 않은 봉그리드의 목소리를 들으면서 파토르는 얼굴을 일그러뜨렸다.

'여기서 멈출 수는 없다. 이제부터야. 이제부터라고! 절대 멈출 수 없어! 여기서 멈추면…… 여기서 멈춰서는!'

파토르는 아랫입술을 깨물었다. 그의 푸른 눈동자에 절박감이 묻어났다. 그의 의지라기보다는 이제 보이지 않는 무언가에 끌려가고 있는 것과도 같은 싸움.

봉그리드는 마음이 뒤숭숭했다. 그는 이 악의의 연쇄를 잠시나마 끊기 위해 이곳에 온 것일 터였다. 하지만 지금 그가 상대하고 있는 이는 제자였다.

이토록 기구한 인연이 어디에 있을까. 떠나간 제자와 이렇게 악의와 살의가 뒤엉킨 곳에서 재회하다니.

봉그리드는 파토르를 멈추게 하는 것이 좋을지, 아니면 여기서 그가 물러서는 것이 좋을지 갈피를 잡을 수가 없었다. 궁지에 몰린 것처럼, 있는 힘껏 그 자신을 부딪쳐오는 파토르의 모습은 봉그리드에게 그저 가엾어 보일 뿐이었다. 그는 지금 스승으로서 파토르를 대해야 하는 것일까, 아니면 한 사람으로서 대해야 하는 것일까?

가만히 방어만 하고 있던 봉그리드는 그때, 파토르의 눈동자 속 깊은 곳에 드리운 공포를 보았다.

'그런가……'

봉그리드의 매섭던 눈이 부드럽게 변했다.

이미 파토르도 알고 있는 것이다. 그가 저지른 죄악이 무엇인지. 이제 어떻게 해도 돌이킬 수 없을 만큼 멀리 와버렸다는 것을 말이다. 그렇기 때문에 앞으로밖에 가지 못하는 것이다. 뒤를 돌아본 순간, 그는 죄악의 무게에 짓눌려 어둠으로 끌려가고 말 테니까.

봉그리드는 끝내 파토르를 여기서 무너뜨릴 결심을 하지 못했다.

가엾은 일이다. 이 나라의 죄악을 걷어내기 위해서 스스로 죄악에 빠질 수밖에 없다니.

파토르의 검이 세차게 찔러 들어오는 순간, 봉그리드의 검이 그것을 자연스럽게 옆으로 걷어냈다. 그 순간, 봉그리드의 주위를 감싼 보이지 않던 벽이 마침내 모습을 드러냈다.

밀려난 순간, 파토르는 다른 누구에게도 보이지 않는 그것을 보며 눈을 부릅떴다. 작은 검의 편린들이 무수히 모여 이룬 방벽. 응축된 마력이 촘촘히 얽힌 방벽은 감히 몇 년 수련한 정도로 시간으로 따라잡을 만한 것이 아니다.

'이것이 바로 천검……'

그 순간, 방벽을 이루고 있던 검의 편린들이 일거에 파토르에게 쏟아졌다.

콰콰콰콰콰쾅!

"크으윽!"

파토르의 몸이 그대로 튕겨져 나가 땅바닥에 나뒹굴었다. 정면에서 그 공격에 직격당한 것이다.

"서, 성기사님!"

전투 신관들이 경악하며 다가갔지만, 그 순간 파토르가 몸을 벌떡 일으켰다.

아무 상처도 없었다. 그 거리에서 천검의 주인의 공격을 맞고서 아무 상처도 없을 수 있다니.

그의 얼굴이 붉게 달아올랐다. 스승이 손속에 사정을 두었다는 것을 어찌 모를까.

상대도 안 된다. 파토르는 그걸 깨달을 수 있었다. 봉그리드는 정수라고 불리는 백형을 이루었다고 해서 상대할 수 있을 만한 상대가 아니다.

마력의 유동, 응축, 그리고 발산에 이르기까지, 파토르가 그에게 대적할 수 있는 수단은 아무것도 없다.

봉그리드는 검을 내리고 있었다. 파토르 역시 마찬가지. 둘 사이에는 더 이상 아무 말도 없었다.

봉그리드는 마음을 가라앉히고 조금 전과는 판이하게 평온한 얼굴을 하고 있었다. 파토르가 이런 실력 차이를 느끼고도 물러나지 않는다면 정말로 쓰러뜨려야 할 것이다.

'네 녀석을 보고 있자니 그 녀석이 떠오르는구나.'

봉그리드는 파토르를 보면서 라트를 떠올렸다. 똑같은 녀석들이다. 그러나 방법은 어찌나 이렇게도 다른 것인지.

스승은 제자들에게 항상 공평해야 할 것이다. 그러나 스승으로서 봐주는 것도 여기까지다. 한 명의 사람으로서, 봉그리드도 해야 할 일을 마땅히 해야 했다.

파토르 역시 의지를 다지고 있었다. 이미 스승에게 검을 들이밀었다. 그런데도 스승이 물러나지 않는 것은 드디어 이 나라가 잘못 돌아가고 있다는 것을 깨달았다는 뜻일 것이다.

그렇다면 어쩔 수 없다.

'스승님께서 나서신다면…….'

파토르가 여기서 무너져도 변화의 바람은 불 것이다. 그것이 가증스러운 은십자 기사단에 의한 것이라고 해도 어쩔 도리가 없다. 그렇게 생각하니 한결 마음이 편해졌다.

파토르는 조용하게 말했다.

"내가 저자에게 패배하면 물러나라."

"그, 그럴 수는 없습니다!"

어느새 곁에 다가온 제른이 외쳤다.

"명령에 불복할 셈이냐?"

"그렇습니다. 은십자 기사단에 제아무리 강한 자가 있다고 해도 물러설 수는 없습니다."

"그렇다면 네놈을 항명죄로 죽이겠다."

파토르의 말에 제른의 표정이 굳었다.

"그렇다 해도 물러서지 않겠습니다."

파토르의 눈이 가늘어지는 순간이었다.

"후, 후방 습격! 이교도의 본대가 밀려들어옵니다!"

무겁게 내려앉은 분위기 속에서 갑자기 들려온 보고에 파토르의 눈이 날카롭게 번뜩였다. 앞에서 봉그리드가 상황을 멈추고 그 사이에 본대가 움직인 것이란 말인가.

'은십자 기사단을 위해서 이렇게 더러운 방법까지 쓰신단 말입니까?'

파토르의 눈이 서늘하게 번뜩였다. 절대로 속세의 집단에 가담하지 않겠다고 하던 봉그리드의 모습과 지금 은십자 기사단을 위해 그의 앞을 막는 봉그리드의 모습이 일그러지면서

겹쳐졌다.

조금 전까지 상쾌한 바람이 불던 파토르의 마음속 깊은 곳에서 어둠이 스멀스멀 피어올랐다. 그의 눈동자에 불길이 치솟았다.

"길을 뚫는 데 전력을 다하라! 놈들이 퇴로를 막고 포위를 하려고 한다!"

그 순간, 다시 파토르와 봉그리드의 눈이 마주쳤다.

"은십자 기사단이 끝장을 보려고 한다면 별도리가 없다. 끝까지 싸워라."

적의에 번뜩이는 목소리를 들은 봉그리드의 얼굴에 깊은 어둠이 드리웠다. 봉그리드가 여기서 끝장을 보고자 한다면 분명히 파토르는 죽는다.

그의 의지가 다시 흔들렸다.

'내가 거둔 제자를 내 손으로 죽인단 말인가?'

가슴 한구석이 서늘해지는 기분이 들자, 봉그리드는 문득 제자와 더 싸울 수는 없다고 판단을 했다.

왔을 때처럼 다시 지붕 위로 순식간에 몸을 날린 봉그리드는 파토르의 의문 어린 눈길을 뒤로하고 그 자리를 빠르게 벗어났다.

'나는…… 은십자 기사단이 아니다.'

은십자 기사단이 자신의 움직임에 맞춰 일을 꾸민 것이라면 그 장단에 맞춰줄 생각이 없었다.

봉그리드는 은십자 기사단의 편도 교단의 편도 아니다.

'도대체 나는 뭘 하기 위해 왔단 말인가?'

이를 악문 봉그리드의 붉은 눈동자에 어지러운 마음이 비치고 있었다.

한편, 후방을 기습한 갈루스는 속수무책으로 무너지고 있는 교단 병사들을 보면서 승리를 예감했다. 그는 계속해서 고함을 질러가며 명령을 내렸다.

봉그리드의 난입에 잠시 소강상태에 빠졌던 싸움은 갈루스가 과감히 후방에 전력을 집중시키는 것으로 다시 치열하게 전개되고 있었다.

"끄아아악!"

"측면으로 돌아서 몰아쳐라!"

"뭘 하고 있나!"

"흐아아악!"

갈루스는 급격히 무너져가는 교단의 후방을 보면서 먼저 광장을 공격했던 선진이 되도록 오래 버티기만을 속으로 빌었다.

'천검의 주인도 그곳에 있으니, 이 싸움은 분명히 우리의 승리로 귀결될 것이다.'

그렇게 약 한 시간이 흐르니 교단의 후방군이 거의 다 무너지면서 도망자가 속출했다.

"살려두지 마라! 놈들에게 동료의 복수를 할 시간이다!"

갈루스가 마력을 담아 고함을 내질렀다.

우와아아아아!

승리가 바로 눈앞에 보이는 것 같았다.

바로 그 순간이었다.

골목 쪽에서 피칠갑을 한 대원 한 명이 숨을 헐떡거리면서 뛰어왔다.

"암벨 대장님의 전언입니다!"

암벨은 기습대를 맡고 있는 부대의 대장이었다.

"암벨 대장의 전언이라고? 무슨 일이냐?"

"과, 광장에 선진으로 나섰던 세 부대가 모두 무너졌습니다!"

"뭐, 뭐라고! 과, 광장의 부대가 어째서 무너진단 말이냐? 천검의 주인이 그곳에……."

"처, 천검의 주인이 돌연 물러나면서 성기사와 전투 신관의 손에 먼저 1부대가 무너지고, 이후 3부대도 순식간에 당했습니다. 그 와중에 급하게 빠져나가던 2부대가 측면에 공격을 당하면서 삽시간에 세 부대가 모두 무너졌습니다."

갈루스의 얼굴이 새하얗게 질렸다.

"이, 이런 빌어먹을!"

이를 뿌득뿌득 갈아댄 갈루스는 눈가를 파르르 떨었다.

곧 연이어 전령이 날아들었다.

"제1부대의 암벨 대장 전사!"

"선진의 제2부대 궤멸!"

상황은 매순간 악화일로를 걷고 있었었다. 후방군까지 빠르게 무너지고 있었고, 더 이상 시간을 지체하다가는 갈루스의 목숨도 온전하지 못할 것이 분명했다.

갈루스는 시뻘겋게 달아오른 얼굴로 소리쳤다.

"이곳에서 최후까지 싸우겠다!"

"그럴 수는 없습니다!"

갈루스의 통렬한 외침에 부하들이 모두 결연한 표정을 지으며 반대했다. 이미 최후까지 싸우기로 뜻을 모은 부하들이 반대하자 갈루스의 이성이 크게 흔들렸다.

"이 이상 후퇴한 뒤에 도대체 뭐가 있단 말이냐! 제4십자대는 은십자 기사단이 결코 교단에게 굴복하지 않는다는 것을 만천하에 알리고 최후를 맞이하겠다!"

반쯤 이성을 잃은 그의 외침에 가까이에 있던 부관이 일말의 주저도 없이 그의 뒷목을 후려쳤다.

퍽!

"커억!"

미처 생각지 못한 기습에 갈루스가 실이 끊긴 마리오네트처럼 축 늘어졌다.

아무도 부관의 그 행동에 놀라지 않았다.

"결국 상황이 이렇게 되고 마는군."

가까이에서 갈루스를 보좌하던 간부 한 명이 씁쓸하게 말했다.

"제4십자대는 교단과 싸울 준비가 부족했을 뿐이외다."

"그렇다고 해도 제4십자대는 결코 무너지지 않을 것이오. 십자대장님만 남아 계시다면 언제든지 다시 살아날 수 있다는 것을 모두 알고 있지 않소."

부관의 말에 간부들이 고개를 끄덕였다.

"십자대장님의 명에 불복하고 살아남는 치욕은 누가 맡겠소?"

부관, 그리고 보좌관을 겸하고 있는 세리오트의 비장한 목소리에 간부들의 얼굴에 결의가 떠올랐다. 그런 것은 이미 정해져 있다.

"세리오트 보좌, 당신이 맡아주십시오."

"그, 그게 무슨 소리요?"

"그 일을 할 수 있는 이는 보좌관밖에 없습니다."

세리오트의 얼굴이 일그러졌다.

"그럴 수는 없소. 그렇게 무거운 짐을 짊어지기에 내 어깨는 그리 넓지 않다는 것을 모두가 알고 있을 것이오."

"아닙니다. 십자대장님의 곁에는 보좌관이 항상 있어야 합니다."

"혼자는 할 수 없소!"

세리오트의 처절한 말에 간부들의 얼굴에 씁쓸한 웃음이 떠올랐다.

"해주십시오. 우리가 빠져나가서야 이곳에 남아 싸우는 단원들의 앞에 설 면목이 없소."

"크흑……."

신음성을 흘린 세리오트는 고개를 숙이고 말았다.

"고개를 숙일 필요는 조금도 없습니다. 갈루스 십자대장님만 건재하시다면 제4십자대는 사라지지 않는 것이니……."

그 말을 끝으로 간부 한 명이 천천히 앞으로 나아갔다.

"놈들과 함께 최후를 맞이하러 가자!"

우와아아아아!

거친 함성이 울려 퍼지고, 곧 곁에 있던 부대가 움직였다.

"부탁하겠소, 보좌관."

"혁명의 의지가 결코 꺾이지 않았다는 것을 증명해주십시오."

간부들은 유언과도 같은 말들을 남기고 저마다 부대를 이끌고 나아갔다. 죽음 앞에서도 용맹한 그들의 태도에 단원들 역시 용맹하게 따랐다.

세리오트는 눈을 질끈 감았다.

이제 휘하에 남은 단원은 고작 몇십 명밖에 되지 않는 이들뿐이었다.

"우리는 치욕스럽게도 동료를 뒤로할 것이다."

세리오트의 말에 단원들의 눈시울이 붉게 변했다.

"그리고 제4십자대의 의지가 결코 꺾이지 않는다는 것을 놈들에게 보여주고 말 것이다."

이를 악문 세리오트는 갈루스의 몸을 자신과 함께 잘 묶은 후에 주저 없이 말을 돌렸다.

바로즈 관령의 혈전은 그로부터 두 시간이 지난 뒤에야 마무리되었다. 성안에서 가만히 사태의 추이를 살피던 백작이 급히 병력을 총동원하여 싸움에 끼어들면서 교단 측으로 승세가 완전히 기운 것이다.

그러나 은십자 기사단은 최후의 최후까지도 결코 굴복하는 일 없이 항전했다. 그런 그들에게 내려진 것은 일말의 자비도 없는 철퇴였다.

"상황이 모두 정리되었습니다."

제른이 지친 기색이 역력한 얼굴로 다가와 보고하자, 파토르는 고개를 끄덕였다.

"드디어 끝났군."

실로 긴 싸움이었다.

시체에 둘러싸여 있던 파토르는 천천히 백작이 기거하고 있는 성으로 향했다.

성으로 향하는 동안, 파토르는 스승인 봉그리드와 이런 곳에서 적으로 만났다는 것에 가슴 한구석이 불편했다.

'어째서 스승님께서 여기에 계시는 것입니까?'

파토르는 입성하자마자 자신을 맞이하러 뛰쳐나온 백작의 모습을 보면서 얼굴을 일그러뜨렸다.

"그래, 이교도 놈들과의 싸움을 재밌게 구경하고 있었겠군, 백작."

"그, 그, 그럴 리가 있겠습니까?"

서걱!

"끄어어억!"

순식간에 왼쪽 손목이 잘린 백작은 고통에 일그러진 통성을 내지르면서 땅을 뒹굴었다. 기사와 신관, 그리고 귀족들이 이에 얼굴이 창백해졌다.

그러나 그 누구도 감히 나설 생각은 하지 못했다.

"네놈이 상황을 살피느라 어물대고 있는 동안에 수많은 병사들과 기사들이 목숨을 잃었다. 하지만 뒤늦게라도 나선 점, 그리고 이전에 이교도에 대항하여 싸운 점을 참작하여 이 정도로 그치겠다."

"아으으으윽……."

"대답이 없는 것을 보니 마음에 들지 않는 모양이군."

파토르가 냉정한 눈으로 다시 검을 천천히 들어 올린 순간, 백작은 덜덜 떨면서도 바로 땅바닥에 머리를 처박고 크게 외쳤다.

"가, 감사합니다. 감사합니다!"

"안내해라. 지금 당장 씻겠다."

파토르의 명령에 가까이에 있던 기사가 벌벌 떨며 안내하기 시작했다.

온몸에 찌든 피를 아무리 지워내도 피 냄새는 좀처럼 가시지 않았다. 이미 피비린내가 깊이 배어서 지워지지 않는 것일지도 몰랐다.

물에 몸을 담그고 있는 파토르는 오늘 겪은 일을 떠올리며 눈을 질끈 감았다.

'어째서……'

스승인 봉그리드가 어째서 그곳에 있었던 것인가?

함부로 힘을 쓰는 일이 없도록 어딘가에 소속되지 말라고 입버릇처럼 말하던 스승이 말이다.

"뭐? 교단이라고? 지금 네 녀석이 제정신으로 하는 소리냐? 내가 처음에 뭐라고 그랬냐? 교단이든 은십자 기사단이든, 들어갈 생각은 꿈에도 하지 말라고 분명히 말했을 텐데!"

그리고 거기에 반항을 했다가 얻어 터졌었다. 하지만 파토르는 결코 뜻을 접지 않고 기어이 그를 떠나왔다. 스승의 뜻에 반하는 일이었기 때문에, 더 이상 그에게 가르침을 받아서는 안 된다는 생각이 들었던 것이다.

언젠가 다시 만날 것이라는 생각은 했지만 이런 곳이리라고
는 상상조차 해본 적이 없다.

'어째서입니까!'

파토르는 주먹을 말아 쥐었다. 감정이 격해지자 마력이 일
어나면서 사방으로 물방울을 튀겼다.

촤아아아악!

갑자기 물러난 봉그리드. 그가 은십자 기사단에 소속되어
있다면 그렇게 물러나서는 안 되는 일이었다. 덕분에 파토르
는 은십자 기사단을 격퇴할 수 있었으니까 말이다.

그렇게 생각하면 봉그리드는 그를 도와준 것이나 다름이 없
었다. 그리고 그들을 배신한 것이나 다름없다.

은십자 기사단은 아닐 것이다. 봉그리드는 은십자 기사단에
몸담을 사람도 아니고, 설령 몸담았다 한들 배신 따위를 할 사
람은 더더욱 아니다.

그리 생각하니 그의 마음은 더더욱 불편해졌다.

'스승님…… 도대체 당신은 뭘 하고 싶어서 내 앞에 나타났
단 말입니까!'

파토르의 눈동자에서 불길이 치솟았다. 봉그리드가 굳은 신
념을 가지고 있었다면 이렇게 화가 치밀지는 않았을 것이다.
그러나 봉그리드는 어느 쪽도 선택하지 못한 채 물러나지 않
았던가.

그렇게도 쉽게 꺾을 의지를 가지고 이 진흙탕 싸움에 나설

생각을 했단 말인가.

싸늘한 냉기, 그리고 이글거리는 화기가 번갈아 치밀어 오른다.

파토르는 봉그리드가 다시 나타난다면 그때는 더 이상 주저하지 않을 것이라고 맹세했다. 그는 결코 물러서지 않는다. 그의 신념은 봉그리드의 어설픈 것과는 격이 다르다.

파토르는 봉그리드와의 조우를 가슴 깊은 곳에 밀어 넣었다. 그것 외에도 생각할 것이 많았다.

오늘의 전투를 비롯하여 오프할에서 일어난 싸움. 펜게른 령에 뿌리내린 은십자 기사단을 몰아내기 위해 일으킨 두 번의 큰 싸움에서 주 전력이라고 할 수 있는 전투 신관들을 많이 잃었다. 기사들과 병사들은 이에 비교할 수 없을 만큼 많이 잃었다. 그나마 적진에 실력자라고 할 만한 자들이 딱히 없어서 이 정도의 피해로 그친 것이 다행스러웠다.

헬파스텐 추기경도 이 사실을 알고 있을 것이 틀림없었다. 은십자 기사단의 실력이 모두 이 정도밖에 되지 않는다면 교단은 진즉 성기사들을 대거 투입하여 정리했을 것이다.

그렇게 생각하던 파토르는 눈을 번쩍 떴다.

'어째서지……?'

이상한 일이었다.

교단 내에는 파토르와 비슷하거나 그 이상의 실력을 지닌 성기사들이 있다. 그들을 쓴다면 대규모 싸움이 될 것이 틀림

없으니 출혈이 있겠지만, 은십자 기사단의 뿌리를 뽑아내는 것도 그리 어려운 일은 아닐 것이다.

물론 이 지역의 은십자 기사단이 아직 기반이 없어 힘이 약한 것일지도 모르지만, 일반 병사들과 성기사는 실로 차원이 다르다고 표현할 만큼 실력의 격차가 존재한다. 은십자 기사단의 실력이 아무리 뛰어난들 성기사들이 나서면 애먹을 이유가 없다.

그런데 지금껏 은십자 기사단이 힘을 키워오는 동안, 어째서 대대적인 토벌령이 내려지지 않았던 것일까?

'단순히 정치적인 이해가 얽혀 있기 때문이라고 생각했었는데……'

어쩌면 그보다 더 큰 무언가가 그들 사이에 있었던 것일지도 모른다는 생각이 들었다.

'아니, 너무 과한 비약일지도 모른다. 교단의 수뇌부는 예전부터 매우 신중한 태도를 고수하고 있었고, 이처럼 대대적인 토벌령은 자칫 민심을 흔들어 반란으로 확대시켜버릴 수도 있다.'

수많은 가능성들이 그의 머릿속을 휘젓고 있었다.

하지만 곧 파토르는 지금 교단의 수뇌부에서 일어나는 일들에 대해 안다고 해도 그 자신이 할 수 있는 것은 아무것도 없다는 결론에 도달했다.

위로 올라가야 한다.

그 어떤 끔찍하고 두려운 진실이 있다고 해도 올라가서 보아야 한다. 위에 뭐가 있는지 아래에서 아무리 추측해도 제대로 볼 수 있는 것은 한정되어 있고, 결국 아무것도 바꿀 수 없는 것이다.

천천히 몸을 씻고 나오는 파토르의 얼굴은 고독과 괴로움으로 일그러져 있었다. 그는 다시 성기사이자 토벌대의 지휘관으로서 일을 해나가야 한다.

그때 또다시 봉그리드와 마주해야만 하는 것인가. 그는 처음으로 이 자리에서 도망가고 싶다는 생각을 했다.

'벗어나고 싶다……'

파토르가 회의실의 문을 열고 나타났을 때, 고뇌의 흔적은 조금도 찾아볼 수 없었다. 다시 냉철하고 이성적인 성기사만이 그곳에 있을 뿐이었다.

회의실에는 토벌대의 각 부대를 통솔하는 대장들과 그 외에도 백작과 백작의 최측근들이 모여 있었다.

약 20여 명이 조금 되지 않는 그들을 슥 훑어본 파토르는 빈 상석으로 천천히 가서 앉았다.

백작은 창백한 얼굴로 고개를 숙이고 있었다.

"오늘 바로즈 관령에서 일어난 대규모 전투가 오프할에서부터 시작되었다는 것은 모두 알고 있으리라고 생각한다. 놈들은 오프할에서부터 대대적으로 교단의 토벌령에 대항하기 시작하여 이윽고 이곳 바로즈 관령에서 최후까지 항전한 것이다.”

모두가 아무 말 없이 경청하는 가운데, 파토르는 유감스럽다는 표정을 지었다.

“놈들이 이곳에서 사생결단을 내겠다는 태도로 나왔기에 피해가 막심할 수밖에 없었다. 물론, 그것이 오늘의 막대한 피해에 대한 변명거리는 되지 못한다.”

실제로 피해는 막심했다.

병사들 중 절반에 가까운 수가 전사하였고, 그나마 남은 이들 중에서도 상당수가 중상을 입었다. 그것은 기사들 역시 마찬가지로, 멀쩡한 사람이 거의 없을 정도로 심각한 피해를 입고 말았다.

싸움은 승리로 귀결되었으나, 당당히 승리를 말하기도 어려운 상황이었다.

파토르의 가장 곁에서 따르면서 보좌관의 역할을 하고 있는 제른의 표정이 급격하게 어두워졌다. 이교도들을 상대로 고전을 면치 못했다는 것은 창피스러운 일인 것이다.

“놈들은 이 도시의 주민들을 방패로 삼았다. 교단의 토벌대는 놈들의 간악함에 치를 떨면서도 신민들을 지키기 위해 놈들이 벌리고 있는 아가리로 들어가서 몸이 뜯겨나가는 와중에도 놈들의 목을 잘라낸 것이다.”

모두의 표정이 기묘하게 바뀌었다. 같은 얘기였지만, 조금 전의 이야기는 그 느낌이 전혀 달랐던 것이다.

"저 간악한 이교도 놈들은 스스로 내뱉는 말조차도 지키지 못하는 가증스러운 놈들이란 것이 만천하에 드러나고 말았다."

그러자 좌중의 표정이 조금씩 펴졌다. 그의 말대로 어딜 어떻게 보나 정의가 교단에 있는 싸움이었음은 더 말할 필요도 없었던 것이다.

"그러나 이교도들이 바로즈 관령으로 숨어들었다는 것은 명백한 사실이다. 그리고 광명의 가호를 받는 제국의 신민들이 이를 묵과하고 받아들였다는 것과 이곳을 놈들의 요새로 만드는 실책을 저지른 것 역시 명백한 사실이다."

그 말에 백작의 얼굴이 창백하게 변했다.

"오프할은 물론이고 바로즈의 수색에도 구멍이 없도록 철저히 해야 한다. 경계를 게을리하지 마라. 놈들의 수장이 아직까지 이 도시에 남아 있을 가능성이 높으니까 말이야."

"예, 알겠습니다."

"방패로 쓰인 신민들 역시 어설픈 마음가짐으로 대하지 마라. 이교도와 관련되어 있는 자들은 모조리 잡아들이고, 철저하게 심문하라."

냉철한 파토르의 말에 좌중의 모두가 고개를 숙였다.

파토르는 그 어느 때보다 일 처리를 냉혹하게 할 것을 다짐했다. 만천하에 드러낼 것이다. 어설프게 혁명을 떠들던 은십자 기사단이 이 땅에서 저지르고 남긴 죄악이 무엇인지 말아다.

그러나 파토르의 명령은 다음 날 바로 번복될 수밖에 없었다. 다음 날 해가 중천에 떴을 무렵, 카자스 대교구에서 헬파스텐 추기경이 보낸 직통 서신이 급하게 도착한 것이다.

"카자스 대교구에서 전인이 도착했다고?"

전날의 피 튀기는 싸움의 감각을 가라앉히고 있던 파토르는 갑작스럽게 도착한 전인에 눈살을 찌푸렸다.

바로즈 관령의 일이 벌써 대교구까지 전해졌을 리는 없다. 하루 만에 다녀올 수 있는 거리가 아니다.

어째서 추기경으로부터 서신이 도착한 것인지, 그 이유를 알지 못한 파토르는 서신을 뜯어서 내용을 읽었다. 그리고 천천히 내려가는 그의 푸른 눈동자가 경악으로 일그러졌다.

"당장 이곳에서 벗어날 준비를 하라고 일러라!"

"예? 그, 그게 무슨……."

"당장 철수할 준비를 하라고 이르란 말이다!"

"옛!"

파토르의 고함에 제른이 화들짝 놀라면서 쏜살같이 밖으로 튀어나갔다.

다시금 서신을 천천히 읽어 내린 파토르는 서신의 끝에 찍힌 헬파스텐 추기경의 인장을 보면서도 여전히 현실감이 없는 얼굴로 입술을 질근질근 깨물었다.

"이런 말도 안 되는 일이……."

서신의 내용은 지극히 간단한 것이었다.

　파르찰 교구의 봉인석이 깨졌다. 지금 당장 하고 있
　는 모든 일을 멈추고 아제릴의 악을 처단하라.

　　　　　*　　　　*　　　　*

"어물거리지 마. 빨리 가야 한다고!"
"아, 알았습니다."
　봉그리드는 초조한 기색으로 버튼을 재촉했다. 이곳에 계속
있으면 그는 또다시 파토르와 만나게 될 것이다. 그때는 싸움
을 피할 수 없다. 버튼을 비롯하여 수많은 사람들이 그와 연관
을 맺고 있기 때문이다.
　봉그리드 덕분에 이쪽 구역으로는 은십자 기사단이 들어오
지 못하지 않았던가. 그걸 알고 있는 사람들은 봉그리드가 어
제 갑자기 도망쳐야 한다고 말했을 때 다소 주저하긴 했어도
결국 그의 말에 따라 짐을 챙기기 시작했다.
　봉그리드는 교단의 움직임을 살피면서도 떠날 채비를 하고
있는 사람들 사이를 계속 돌아다녔다.
　바삐 돌아다니며 채근하긴 하지만 사람들의 수가 너무 많았
다. 이 상태에서 교단의 병사들이 들이닥친다면 싸우지 않고
는 벗어나기 힘들 것이 분명했다.

그때, 봉그리드의 눈에 이상한 광경이 보였다.

"왜 짐을 풀고 있나?"

"아, 봉그리드 씨. 이제 걱정할 필요 없게 되었어."

눈살을 찌푸리는 봉그리드에게 사내는 느긋하게 말했다.

"지금 그 토벌대인가 하는 것들 전부 떠나고 있다고 하더라고."

"그게 무슨 말인가?"

"말 그대로야. 우리에게 해를 끼치려던 놈들이 죄다 빠져나가니까 이제 그자들도 아무 해코지도 안 하고 떠나려는 모양이지."

봉그리드는 사내의 말이 채 끝나기도 전에 몸을 날렸다. 순식간에 건물의 지붕 위로 몸을 날린 그는 엄청난 속도로 달려나갔다.

그리고 곧 성을 급하게 빠져나가고 있는 교단의 병사들을 볼 수 있었다.

'이, 이게 어떻게 된 일이지……?'

봉그리드로서는 이해할 수 없는 일이었다.

전날의 싸움은 대단히 격하고 처절했다. 지금 토벌대는 움직일 수 있는 이들보다 부상자가 더 많은 상황인 것이다.

봉그리드는 엉망진창인 토벌대가 어느 방향으로 향하는지 유심히 살폈다.

'남쪽……'

그들이 동북쪽이 아니라 남쪽으로 향하고 있음을 확인한 봉그리드는 가슴이 답답해지는 것을 느꼈다.

　'어째서 남쪽으로……'

　그 순간, 봉그리드는 남쪽으로 향했던 라트와 아르니, 그리고 텔리시아를 떠올리면서 안색을 굳혔다.

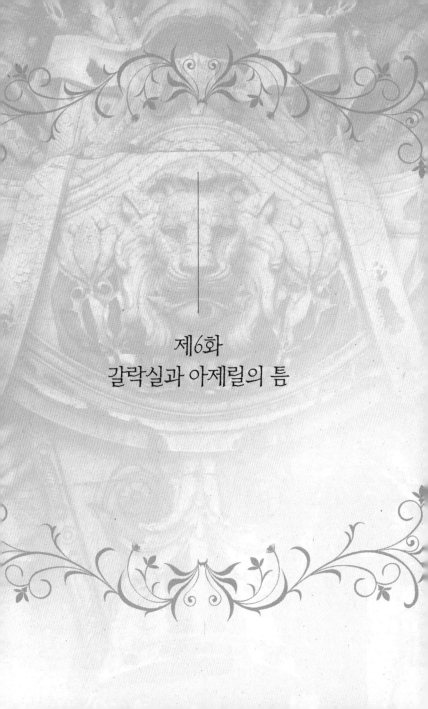

제6화
갈락실과 아제릴의 틈

Holy War

펜게른의 그란 관령에서 파토르가 이끄는 토벌대가 막 일을 벌인 그 무렵, 라트는 겨우 추격을 따돌리고 아제릴에 들어와 있었다.

봉인지역이라고 불리는 아제릴은 과연 그 명성에 걸맞게 실로 삼엄한 경비가 약간의 차이를 두고 반복되고 있었다.

모든 것을 짓누르는 위압적인 분위기. 셀로무트의 뒤를 따라 중앙 쪽으로 향하는 라트의 후드 속 얼굴이 천천히 일그러지고 있었다.

'이 느낌…….'

전신을 죄어오는 듯 기분 나쁜 감각은 오래전에 느꼈던 그 감각과 비슷하다.

"그냥 받아들여. 네가 반응하는 순간, 이곳의 수많은 성기사들이 네 기척을 느끼고 달려들 거야. 그 다음은 말하지도 알겠지."

텔리시아가 급히 다가와 조용하게 속삭였다. 이미 그녀도 아제릴에 들어선 직후부터 갑자기 밀려든 신성력 탓에 민감해진 상태였다. 마족에게는 철저하게 극성인 신성력은 그녀가 라트보다 더 민감하게 느낄 수밖에 없었다.

반면 아르니는 그저 몸이 무거워졌다는 정도의 감각만을 느끼고 있었다. 그것은 라트의 뒤를 따르는 대원들 역시 마찬가지였다.

어둠에 녹아들어 움직이는 셀로무트의 뒤로 여럿이 발 빠르게 따라 붙었다. 이윽고 높은 건물과 건물 사이의 골목으로 들어간 셀로무트는 한참을 나아가다가 갑자기 오른손을 벽에 뻗어서 무언가를 잡고 열었다. 아무 소리도 없었다.

문처럼 자연스럽게 열린 벽의 내부는 아래로 이어져 있었다. 계단의 끄트머리에 미약한 빛이 있었다.

셀로무트는 들어가라는 눈짓을 했다. 모두가 안으로 들어가고, 마지막으로 문을 닫은 셀로무트는 천천히 마력을 끌어올려 손에 집중시킨 뒤 벽을 짚었다.

스스슷―

마력을 빨아들인 문은 열기 전과 똑같이 평범해 보이는 벽으로 돌아갔다. 거기에는 아무런 위화감도 없었다.

긴 계단의 끝으로 내려가서 또다시 얼마나 걸었을까. 벽의 끝에 도달한 라트는 눈살을 찌푸렸다. 더 이상 갈 곳이 없었던 것이다.

"제피린이나 이곳이나, 길은 항상 어렵게도 만드는군."

"이곳은 아제릴입니다. 이 정도 보안은 기본이지요."

"이런 곳에 이런 길이 있다는 것 자체가 이미 수상한데, 이렇게 어설픈 보안이 무슨 소용이지?"

"그건 그렇습니다만, 2차 보안은 적과 아군을 판별하기 위한 장치라고 생각해주십시오. 이곳은 힘으로 뚫기는 여간 어려운 곳이 아니라서 말입니다."

셀로무트의 말에 텔리시아가 묘한 눈으로 눈앞의 벽과 일대를 살폈다.

'상당한 마법이군.'

반영구적 마법이 지금 그녀의 눈앞에 펼쳐져 있었다. 이 정도 고밀도 마법이 돌에 새겨진 것을 보면 내구성은 대단할 것이 틀림없었다. 어지간해서는 외부 충격에 뚫리지 않을 것이다.

게다가 웬만한 안목으로는 그것을 알아보기조차 힘들 정도로 자연스러웠다. 아르니나 라트도 눈치채지 못한 것이 분명했다.

셀로무트는 막힌 벽에 손을 얹었다. 곧 은은한 마력이 벽을 타고 흘렀다.

"폭룡의 눈은 뭘 보고 있나?"

"악마를 보고 있다."

"소속을 말하라."

"은십자 자유 기사단 제3십자대, 통칭 폭룡대의 아제릴 작전지부, 셀로무트 포리스."

그 순간, 벽이 작은 소음을 내며 뒤로 밀리더니 좌우로 갈라졌다. 틈에서 은은한 빛이 새어 들고, 모두가 눈살을 찌푸렸다.

건장한 체구의 사내가 그들을 맞이하고 있었다.

"어서 오십시오. 아제릴 작전지부입니다."

작전지부라고 일컫는 공동은 제피린의 지하 공동에 비하면 썩 대단한 곳이 못되었다. 제피린이 제3십자대의 본부인 만큼 그보다는 못할 수밖에 없었지만, 그 차이가 너무나도 확연했다.

"지부장님, 간부 분들께서 회의가 시작되기를 기다리고 계십니다."

"음, 시간이 벌써 그렇게 되었나. 생각보다 조금 늦었군. 자, 라트 경, 따라오십시오."

라트는 현재 흑십자대를 맡고 있는 인물이다. 흑십자대는 명목상 작전실행부대에 속했고, 라트를 제외한 대원들은 기사단의 다른 대원들과 계급에 전혀 차이가 없다. 그런 만큼 지부장인 셀로무트와 어깨를 나란히 하고 발언할 인물은 라트 혼자면 충분했다.

"다른 대원들은 저를 따라오십시오. 머물 곳을 안내하겠습니다."

머물 곳이라고 해도 지부 자체가 썩 커 보이지 않았지만, 안쪽으로 들어가자 대원들의 생각도 바뀌었다. 홀이 넓지 않은 대신 복도가 길게 만들어져 있어 내부가 또 좁지만은 않은 것이다.

라트와 떨어진 아르니는 꽤나 불편한 느낌을 받았지만, 그녀는 계급 사회라는 것을 잘 알고 있었다.

라트는 회의실로 들어갔다. 회의실에는 메모지가 곳곳에 붙어 있었고, 가운데 가장 큰 탁자에는 아제릴 내부를 그린 거대한 지도가 있었다.

이미 회의실에 있는 10여 명은 셀로무트와 함께 들어온 라트를 보면서 살짝 눈살을 찌푸렸다.

'이야기는 들었지만, 설마 저렇게 젊은 자일 줄은……'

이곳에 모인 자는 모두 사십 대 초반에서 후반의 인물들이었다. 지부장을 맡고 있는 셀로무트만 해도 삼십 대 중반으로 충분히 어린데, 작전실행부대를 맡고 있는 이마저도 저렇게 새파란 청년이라니.

실력을 보지 못했으니 불신감이 생길 수밖에 없었다.

"이곳에 있는 이들이 모두 이 작전지부를 이끌어가는 간부들입니다."

"반갑소."

라트의 짤막한 말에 간부들의 얼굴이 별안간 파르르 떨렸다. 아들뻘인 라트에게 이러한 대우를 받으니 여간 기분 나쁜 것이 아니었다.

"흥, 요즘 기사단에 인재가 모자라기는 한 모양이군. 중직을 맡을 실력자들이 그리도 없단 말인가?"

"아니, 가슈인 대장님께서 인재를 이곳에 보낼 생각이 없으신 것이겠지."

그들이 중얼거리는 소리에 라트의 눈이 별안간 날카롭게 변했다. 그 순간, 회의실 내부의 공기가 무거워졌다.

"헉!"

"흐음!"

간부들의 얼굴이 창백하게 질린 것은 한순간이었다. 그들을 집어삼킬 것같이 위압적인 기세를 느낀 것이다. 천천히 시선을 돌린 그들은 라트의 검은 후드 너머에 있는 칠흑색 눈동자를 보면서 마른침을 삼켰다.

"자, 그만하면 저들도 알아들었을 겁니다, 라트 경."

"지부장의 말처럼 이쯤 했을 때 알아들었으면 좋겠군. 내가 이곳에 놀러온 게 아니라는 걸 말이야."

라트의 무미건조한 경고에 간부들은 아무 말도 하지 않았다. 조금 전의 감각만으로 라트가 상당한 실력자임을 깨달은 것이다.

"그럼 슬슬 회의를 시작하기로 하지요."

셀로무트는 미소를 그리며 지도 앞에 섰다. 라트를 비롯한 간부들 모두가 셀로무트를 가만히 쳐다보고 있는 가운데, 셀로무트가 다시 입을 열었다.

"이번 작전의 시작이 성공적이라는 것은 모두 알고 있을 겁니다. 라트 경이 이끄는 흑십자대가 좋은 시작을 끊어주었지요."

아제릴 내부의 지도 옆에 놓여 있는 파르칼 후작령 전체 지도의 한곳을 가리키면서 설명한 셀로무트는 아제릴에서 갈락실 직할령으로 막대를 옮겼다.

"다소 일이 급하게 진행되어 구멍이 있기는 했지만, 이번 흑십자대의 습격과 후퇴 덕분에 제피린으로 집중되었던 이목은 이제 아제릴로 넘어왔습니다. 파르칼 전체의 이목이 바로 이 아제릴로 집중되었다는 얘깁니다."

"하지만 일이 그렇게 잘될지는 의문입니다. 아제릴은 봉인 지역으로…… 이곳의 성기사들에게는 성역이라고 불리는 곳인데, 어떻게 이교도와 연관이……."

간부 중 한 명이 조심스럽게 의견을 말하자 셀로무트도 고개를 끄덕였다.

"맞는 말입니다. 그러나 그 있을 리 없는 가능성 때문에 오히려 의심을 품으면 끝이 없는 겁니다."

"으음……."

"대외적으로 우리는 이교도라고 불립니다. 그들이 믿는 신에 반하는 불순한 세력쯤 되겠지요. 교단에게 있어 우리는 빛을 따르지 않고 어둠을 추종하는 악마 숭배자들입니다."

"흥! 실로 터무니없는 사고방식이 아닐 수 없습니다. 신을 믿지 않으면 악마 숭배자라니? 놈들이야말로 신의 이름을 팔아서 악을 행하는 놈들이 아닙니까?"

역겹다는 듯 중얼거린 간부들은 이를 갈았다. 그들 모두가 교단에 증오를 품고 있음이 틀림없었다.

라트는 이곳에 있는 모두가 그릇된 교단을 부수기 위해 모인 것이라는 동질감에 불편하던 느낌이 조금씩 희석되고 있었다.

"그리고 이곳은 악마왕이 봉인되어 있는 곳입니다."

"으음……."

"이번 작전은 실로 교묘한 곳을 노렸습니다. 후작이 다스리는 영지 내에서 후작의 영향력이 닿지 않는 봉인지역. 그런 만큼 아까도 말했듯, 한 번 의심이 피어나기만 하면 좀처럼 사그라지지 않습니다."

여전히 간부들은 일이 그렇게 잘 흘러갈까, 하는 의문을 품고 있었다. 그러나 셀로무트는 거의 확신하고 있었다.

후작의 권위가 조금도 통하지 않는 곳, 봉인지역. 그곳에서 이교도의 싹이 커나가고 있을지도 모른다는 일말의 의심은 결코 확인할 수 없는 사안이기에 시간이 흐를수록 더더욱 커져나갈 수밖에 없다. 그러면서 점차 봉인지역과 후작의 알력으로 번질 것이다.

서로 간의 자존심과 입장 차이가 얽히면서 일은 점차 극으로 치달을 것이고, 은십자 기사단은 바로 이 틈을 이용하기만 하면 된다.

'정말 대담한 작전이 아닐 수 없다.'

셀로무트는 입가를 말아 올리며 웃었다.

고르올리아 후작은 스버레일 백작을 버려서라도 주교직을 얻어내겠다는 욕심을 솔직하게 드러냈다.

하지만 후작이 생각한 것과는 달리 스버레일 백작은 무고했다는 것이 알려지면서 그 모든 것이 은십자 기사단의 안배이며, 놀랍게도 그 뿌리가 아제릴에 있을 지도 모른다는 새로운 의심이 등장하는 것이다.

이쯤 되면 제피린에 수용된 화전민 따위가 중요한 게 아니다.

"그럼, 후작과 봉인지역 간에 알력이 생기는 건가?"

잠자코 있던 라트가 나직하게 말을 꺼내자, 셀로무트가 놀랍다는 듯 눈을 동그랗게 떴다.

"바로 그렇습니다. 그렇게 되었을 때, 바로 본 지부가 움직이는 겁니다. 대단해요. 정확하게 꿰뚫어 보셨습니다."

"과연."

라트는 고개를 끄덕였다.

그럼 됐다. 상황을 어째서 이렇게 꼬아놓은 것인지 별로 생각하고 싶지 않았고, 결과적으로 제피린의 화전민들은 이제 위험에서 벗어난 것이다.

'그거면 됐다.'

친절하고 순박하던 마을 사람들의 모습을 떠올린 라트의 얼굴이 별안간 부드러워졌다.

그러나 곧 그의 얼굴이 무시무시하게 변했다. 그의 칠흑색 눈동자 속에서 타오르는 검은 불길을 본 셀로무트는 저도 모르게 움찔할 수밖에 없었다.

"그래서, 이후에 어떻게 되는 거지?"

교단의 위협에 언제까지고 당할 수만은 없었다. 이제 라트가 해야 할 일을 할 차례였다.

"일단은…… 고르올리아 후작이 어떻게 움직이는지가 가장 중요합니다. 그것을 알아낸 이후에 우리는……."

셀로무트는 천천히 막대를 아제릴 내부 지도로 옮겼다.

*   *   *

사이베른 남작은 아제릴에 대한 의문을 품은 채 제피린으로 돌아왔다.

그동안 린메이스 백작은 은십자 기사단의 흔적을 찾아내기 위해 제피린 내부를 뒤지는 데 혈안이 되어 있었다.

스버레일 백작이 아낌없이 지원을 해주고 있었지만, 그렇다 해도 은십자 기사단의 흔적이 나올 리 없었다. 이미 꼬투리가 잡힐 만한 문제들은 가슈인이 모두 처리를 했고, 스버레일 백작은 가슈인의 꼭두각시로서 미리 일러둔 대고 움직이고 있을 뿐이었다.

제피린에 남은 은십자 기사단의 흔적들은 모두 로벨토 남작을 가리키고 있었다.

"외곽에 위치한 로벨토 남작의 별관 저택에서 지하실이 발견되었습니다."

"지하실?"

린메이스 백작은 서류들을 정리하던 도중에 갑자기 나타난 기사의 보고에 눈살을 찌푸렸다.

"그래서, 지하실 내부에는 무엇이 있다고 하던가?"

"평민들의 옷가지로 여겨지는 것이 다섯 벌 있었으며, 그 외에 그곳에서 생활했음을 알 수 있는 음식물이나 식수 등이 발견되었습니다."

린메이스 남작은 더 이상 볼 것도 없다는 생각이 들었다.

"몇 명이나 수용할 만한 곳이던가?"

"정확하게는 알 수 없었습니다만, 다소 불편하게라도 붙어서 생활한다면 대단히 많은 수를 수용할 수 있을 것으로 보였습니다."

"으음, 그렇군. 조금 더 조사하고, 별관의 로벨토 남작 방을 특히 샅샅이 뒤져라."

"예!"

린메이스 백작은 더 이상의 조사는 쓸모가 없을 것 같다는 생각에 자리에서 천천히 일어났다. 로벨토 남작은 망각초를 먹어 아무 말도 할 수 없게 되었고, 화전민들은 모두 남쪽으로 빠져나간 이후다.

이제 남은 것은 힐리센 남작, 그리고 사이베른 남작의 보고였다.

린메이스 백작이 기다리고 있던 힐리센 남작과 휘하의 기사들은 그로부터 만 하루가 지나서 제피린으로 돌아왔다. 그들의 모습은 실로 처참하기 짝이 없었고, 린메이스 백작의 얼굴은 그들의 모습을 보자마자 새파랗게 질렸다.

"어떻게 된 일인가?"

"크윽! 모두 제 잘못입니다."

린메이스 백작의 앞에 무릎을 꿇은 힐리센 남작은 침통한 얼굴로 고개를 숙였다.

"어떻게 된 것이냐고 묻지 않나! 어째서 이런 꼴이 되어 돌아온 것인가!"

"마상에서 놈들에게 당했습니다."

"뭣이?"

린메이스 백작이 눈살을 찌푸렸다. 그는 기사들 중에서 극심한 화상에 고통스러워하는 기사 한 명을 가리켰다.

"이것은 마상에서 입을 상처가 아니다."

"마상에서 마법사에게 당했습니다."

"마법사……."

린메이스 백작은 낮은 신음성을 흘렸다.

"설마 마법사가 마상에서 그러한 공격을 해올 줄은……."

힐리센 당시 상황에 대해서 설명하기 시작했다. 한참이 지나 이윽고 직접적으로 추격의 끈을 놓을 수밖에 없었던 공격에 대해 들었을 때, 린메이스 백작의 얼굴은 창백하게 질려 있었다.

'뛰어난 마법사 한 명이 그 정도로 엄청난 전력이란 말인가.'

힐리센 남작의 말을 종합해볼 때, 은십자 기사단은 마법사까지 품에 두고 전력을 증강시키고 있다는 결론이 나온다. 그것이 사실이라면 이는 결코 허투루 생각할 만한 사안이 아니다.

린메이스 백작은 즉각 스버레일 백작의 집무실로 찾아가서 힐리센 남작에게 보고받은 사항을 빠짐없이 설명했다.

모든 이야기를 들은 스버레일 백작 역시 낯빛이 창백하게 질릴 수밖에 없었다.

"어쩌면 사이베른 남작도……."

스버레일 백작이 염려스러운 표정을 지었다. 생각 이상으로 적의 실력이 뛰어난데다가 마법사까지 대동하여 반격을 하고 있는 것이다.

그렇게 꼬박 이틀이 지난 후에 사이베른 남작이 돌아왔다.

스버레일 백작은 미묘한 표정을 짓고 있었다. 사이베른 남작이 도착했을 때, 린메이스 백작은 마침 스버레일 백작의 집무실에 있었고, 사이베른 남작의 보고를 처음부터 끝까지 들을 수 있었다.

"경들만 돌아왔나? 한 놈도 살려두지 못하고 다 죽여 버리고 말았나?"

사이베른 남작은 아무 말 못하고 고개를 깊이 숙였다. 그 순간, 린메이스 백작과 스버레일 백작의 얼굴이 일그러졌다.

"설마…… 패퇴한 것인가?"

"백작님, 이 사이베른 남작이 이교도 놈에게 패퇴하고 어찌 뻔뻔히 돌아올 수 있겠습니까?"

사이베른 남작이 살짝 붉어진 얼굴로 말하자, 스버레일 백작이 헛기침을 했다.

"흠흠……. 그렇다면 도대체 어떻게 된 것인가?"

"저는 놈들과 검을 섞어보지도 못했습니다. 하지만 저희는 놈들에게 당했습니다."

무슨 말인지 좀처럼 이해하지 못하고 백작이 고개를 갸웃하자, 사이베른 남작은 씁쓸하게 말을 이었다.

"아비드 경을 조장으로 30여 명을 한 개의 조로 편성하여 추격을 명했는데, 놈들에게 당했습니다."

"어째서 조를 나누었나?"

"놈들을 추격하면서 사기를 빼놓아야 한다고 생각했습니다. 그리고 본대는 평지를 통해 앞질러간 후, 산지의 끝자락에서 추격조와 함께 놈들의 앞뒤를 동시에 조여서 단숨에 처리할 생각이었습니다."

린메이스 백작은 고개를 주억거렸다. 그가 사이베른 남작이었다고 해도 그 전술을 채택했을 것이다.

적은 아군에 비해서 비교적 실력이 떨어지는 집단. 그리고 이미 힐리센 남작의 거센 추격으로 사기가 떨어질 대로 떨어져 있었다. 그 상황에서 앞뒤로 적을 맞이한다면 제대로 전투를 치르지도 못하고 지리멸렬할 것이다.

"헌데, 생각지도 못하게 놈들이 추격조를 궤멸시켜버렸습니다. 그러면서 놈들의 위치를 정확히 파악할 수 없게 되었고, 결과적으로 놈들을 놓치고 만 것입니다."

"쯧쯧……."

스버레일 백작은 혀를 찼다. 패퇴했다고 보긴 그랬지만, 그렇다고 성공했다고도 할 수 없다. 하지만 휘하의 전력 3분의 1을 잃고 말았으니 실패라 하여 마땅한 것이다.

사이베른 남작이 할 말이 없다는 듯 고개를 더욱 숙였다.

"아비드 경의 추격조가 궤멸당했으니, 당시의 싸움이 어떻게 되었는지도 전혀 알 수가 없었겠군. 쯧……. 그래서 추적을 단념하고 돌아왔나?"

"아닙니다. 추적은 계속했습니다."

그 순간, 고개를 숙인 사이베른 남작의 눈에서 빛이 번뜩였다.

"그 추적에 대한 것입니다만……."

"뭔가 알아냈는가? 기탄없이 말해보게."

뜸을 들이는 사이베른 남작의 태도에 린메이스 백작도 귀를 기울였다.

"이교도의 흔적이 봉인의 땅에서 끊겼습니다."

"봉인의 땅……?"

린메이스 백작의 눈이 날카롭게 변했다.

"예, 놈들은 실로 명쾌할 만큼 올곧게 남쪽으로 향하고 있었습니다."

"파르칼 남쪽에는 봉인의 땅 외에……."

다른 무엇이 있느냐고, 스버레일 백작은 린메이스 백작을 바라보았다. 하지만 린메이스 백작은 살짝 고개를 저었다. 그 외에는 아무것도 없다는 얘기였다.

봉인지역 아제릴. 그리고 국경관문 펠시브.

어느 쪽이든 은십자 기사단과는 조금도 연관될 만한 것이 없었다. 다시 말하면, 그곳은 은십자 기사단이 숨어들 수 있을 만큼 만만한 곳이 아니라는 얘기였다.

백작들이 얼굴을 찌푸린 채 고심하는 것을 보던 사이베른 남작은 조심스럽게 말했다.

"놈들의 흔적이 아제릴의 서쪽 산지에서 끊겼기에, 저는 이에 대해 약간이라도 도움을 받기 위해 아제릴의 성문에서 성기사님 한 분을 만나 뵈었습니다."

"아제릴의 성기사와?"

스버레일 백작은 간담이 서늘해지는 것을 느꼈다.

"성문에서 뵌 성기사님은 이교도 놈들에 대한 것은 일절 보지 못하였다고 그 자리에서 답하셨습니다."

"으음…… 그렇군. 그렇다면 그건 이교도 놈들의 교란이 아닐까 싶군. 남쪽으로 향하는 것처럼 보이게 하고, 사실은 서쪽으로 빠졌다든가……. 린메이스 백작과 나는 처음부터 그것을 생각하고 있었는데……."

"그것까지 염두에 두고 인근을 샅샅이 뒤지며 흔적을 살폈습니다만, 그런 교란을 시도한 흔적은 조금도 발견하지 못했습니다."

"하지만 놈들이 그 흔적을 모두 깔끔하게 지워냈을 가능성 역시 있지 않은가."

린메이스 백작이 역시 그저 남쪽으로 갔다는 것은 믿기 어렵다는 듯 나서자, 사이베른 남작은 그에게도 고개를 숙였다.

"맞는 말씀이십니다. 하지만 그런 것치고는 놈들의 움직임에 빈틈이 많았습니다. 전문적인 정찰이나 추적을 따돌리는 훈련을 제대로 받지 못한 것이 틀림없겠지요. 그들이 교란을 시키려고 했다면 산지로 몸을 숨겼을 때부터 철저하게 흔적을 지웠을 것입니다."

그의 막힘없는 대꾸에 린메이스 백작은 고개를 주억거렸다.

사이베른 남작은 지금 모든 상황들과 가능성을 살피고 가늠해본 후에 보고하고 있는 것이다. 그렇기 때문에 백작이 물을 질문에 대한 답변은 모두 준비되어 있었다.

거기서 잠깐 말을 끊은 사이베른 남작은 나직이 중얼거리듯 말했다.

"헌데, 여기서 묘한 점을 발견했습니다."

"묘한 점이라니?"

"아제릴입니다."

"아제릴?"

"예, 아제릴은 이미 오래전부터 다른 어느 곳보다 경계가 삼엄한 곳, 그런 곳에서 산지 쪽을 통해서 빠져나갔을 것이라고 추측되는 이교도의 움직임을 미처 보지 못했다고 말한 것은……."

말끝을 흐린 사이베른 남작은 린메이스 백작의 표정을 살폈다. 린메이스 백작이라면 그가 뭘 말하려고 하는지 이미 알아챘으리라.

과연, 린메이스 백작의 얼굴은 점차 심각하게 굳어가고 있었다.

"경은 정말로 그렇게 생각하고 있는 것인가?"

"확신은 할 수가 없습니다만, 의심을 지울 수 없는 것도 사실입니다."

"으음……."

"아제릴은 아주 오래전부터 영지에 귀속되어 있는 땅임에도 불구하고 독립적인 성격을 가지고 있었습니다. 추기경님 정도의 직위가 아니고서는 그 어떤 명령이나 간섭도 할 수 없게 되어 있지 않습니까."

"아제릴이 이번 이교도의 움직임과 연관되어 있다……. 남작은 지금 그렇게 말하고 있는 것인가?"

스버레일 백작이 그제야 창백한 낯빛으로 그렇게 말하자, 사이베른 남작은 다소 불편한 표정을 지었다. 섣불리 입 밖으로 꺼내기 힘든 사안인 만큼, 그는 신중에 신중을 기할 필요가 있었다. 자칫 이교도라는 의심이라도 받았다가는 목이 달아날 것이다.

하지만 린메이스 백작은 아랫입술을 질끈 깨물고 있었다.

발상의 전환. 전혀 뜬금없는 소리가 아니다. 있을 수 없는 일이라는 당연한 생각을 하고 있기 때문에 당연하지 않은 것이 그곳에 있을 가능성은 조금도 생각지 않게 되는 것이다.

처음부터 이교도들의 움직임은 명확했다. 남쪽, 즉 봉인의 땅. 그러나 린메이스 백작도 스버레일 백작도 봉인의 땅과 이 교도가 연관되어 있다는 것은 말도 안 된다는 생각으로 이를 교란쯤으로 치부하고 넘겼던 것이다.

그 누구의 간섭도 받지 않고 오랫동안 내부에서 몸을 움츠리고 있는 성기사들이 그 안에서 어떻게 타락했을지는 아무도 모르는 일이 아니겠는가. 거기까지 생각이 미치자 린메이스 백작은 별안간 소름이 끼치는 것을 느꼈다.

만약 아제릴의 내부에서 이교도의 싹이 자라고 있다면 이는 도대체 누가 막을 수 있을 것이며, 그 누가 경계할 것인가.

"이 일은…… 그냥 넘길 일이 아닌 듯싶습니다."

린메이스 백작은 긴 침묵 끝에 스버레일 백작을 향해 말했다.

"어, 어떻게 할 셈이오?"

"이 문제는 더 이상 제피린에서 수용한 화전민의 문제 정도가 아닙니다."

"그렇다면……."

"영주님께 이 사실을 보고해야 합니다."

"으음, 그럼 제피린의 혐의는……."

스버레일 백작이 걱정스런 얼굴로 말하자, 린메이스 백작은 고개를 저었다.

"화전민을 수용하는 정도의 문제는 어차피 로벨토 남작이 벌인 일로 마무리되어가던 중이었습니다. 그보다 더 큰 문제

는 바로 아제릴이 어쩌면 이교도와 결탁하고 있을지도 모른다
는 사실이지요."

"하지만, 설마 아제릴이 이교도와……."

"예, 실로 터무니없는 일이지만, 그냥 묻어둘 수는 없는 문
제입니다. 가능성에 지나지 않는다고는 하나 영주님께 반드시
보고드려야 할 만큼 큰 일입니다."

"으음, 영주님께서 심려가 크시겠군……."

린메이스 백작은 가슴 한구석의 불안이 사라지는 걸 느꼈
다.

'역시 저런 분이 이교도와 연관되어 있을 거라고는 생각되
지 않는다.'

그는 제피린의 화전민 수용에 대한 것들을 한쪽 구석으로
밀어 넣었다.

이튿날 해가 중천에 떴을 때, 린메이스 백작은 갈락실로 향
하는 길에 올랐다. 스버레일 백작은 직접 말을 타고 나와 그를
배웅했다.

린메이스 백작은 가슴 한구석이 따뜻해지는 것을 느끼며 제
피린을 떠났다.

"떠났나?"

"예, 떠났습니다."

그늘이 드리운 방의 한쪽에서 천천히 걸어 나오는 사내를

보면서도 스버레일 백작은 조금도 놀라지 않았다.

"훌륭하군. 자네 생각인가?"

"무엇을 말씀하시는 것인지……."

"그를 직접 배웅한 것 말이네."

"아……. 예, 어설프게 나서보았습니다."

스버레일 백작이 고개를 숙이며 얼굴을 살짝 붉혔다. 여태 껏 가슈인의 말만을 따라 움직이던 그치고는 실로 과감한 선 택이었다고 할 만했다.

"아니야. 매우 좋았어. 그렇게 세세한 부분을 잘 생각하고 움직였어."

"과, 과찬이십니다."

"이제 어떻게 될 것 같은가?"

"예?"

"이제 후작이 어떻게 움직일 것 같으냐고 물은 걸세."

"그, 그것은……."

"후작이 움직일까?"

스버레일 백작에게 다가와 속삭이는 가슈인의 눈빛은 서늘 하게 번뜩이고 있었다.

"아니면 움직이지 않을까?"

"예, 움직일 것입니다. 제가 알고 있는 후작이라면 분명히 움직입니다."

평소에는 절대 스버레일 백작의 의견을 묻지 않는 가슈인이다. 그렇기 때문에 스버레일 백작은 용기를 내서 말했다.

"그렇게 생각하나?"

"아, 예……. 제 둔한 머리로는 거기까지밖에……."

"그렇군. 잘 알았네. 앞으로도 지금처럼 내가 내리는 명령을 잘 따르게. 그러면 언제까지고 그 위치를 지키면서 지낼 수 있을 거야."

"예!"

이 자리를 지키게 해주겠다는 가슈인의 말에 스버레일 백작은 만면에 웃음을 그리며 힘차게 대꾸했다.

가슈인은 빙긋 웃으며 방을 천천히 나왔다. 문밖에서는 실바레티가 고개를 숙이고 있었다. 조금 전까지 웃고 있던 가슈인의 얼굴에서 미소가 싹 지워졌다.

그의 검은 눈동자가 실바레티에게 날카롭게 꽂혀 있었다.

"……실바레티 경."

"예, 하명하십시오."

"최근 좀 편해졌는가?"

"그렇지 않습니다."

부드러운 어조였지만, 실바레티는 그 목소리에 날카로운 비수가 있음을 알 수 있었다.

"그런가? 몸과 마음이 느슨해지지 않았는데, 어째서 내 명령을 제대로 따르지 않는 것인지 모르겠군."

"……시정하겠습니다. 말씀하십시오."

"그래, 나는 경의 태도가 마음에 드네. 잘못을 했다면 즉각적으로 수긍하고 바꾸려는 그 태도가 말이야."

다시 입가에 미소를 살짝 그린 가슈인은 천천히 계단을 내려갔다. 그러다가 지나가는 목소리로 말했다.

"너무 풀어놓지 않는 게 좋아. 알겠나? 꼭두각시는 꼭두각시답게 가만히 주인의 명령을 기다리고 있어야 하는 것이네. 어떤 경우에든 마음대로 움직이거나 하면 곤란해. 안 그런가?"

"예, 알겠습니다. 다시는 이런 일이 없도록 하겠습니다."

"그래야지. 그러지 않으면 쓸 만한 인형을 버리든지…… 아니면 인형을 잘 다루는 인형사를 새로 들이든지 할 테니까 말이야."

"인형사의 가치는 감히 그깟 인형과는 비교할 수 없을 정도일 것입니다."

그러자 가슈인이 낮게 웃었다.

"맞는 말이군. 그 인형과 인형사를 비교하기에는 조금 무리가 있긴 했어. 하지만 그렇다고 해서 인형사 그 자신이 안전하다는 뜻은 아니란 걸 항상 염두에 두는 게 좋을 거야."

"예, 다시는 실망시켜드리지 않겠습니다."

"훌륭한 대답이야."

가슈인은 웃는 낯으로 고개를 끄덕이며 지하로 내려갔다.

                    *   *   *

　어둠 깊은 곳에서 휴식을 취하고 있던 텔리시아는 돌연 누군가 의식의 끈을 잡아당기고 있는 것을 느꼈다.

　우우우웅-!

　육신이 아득히 멀어져가는 그 기분 나쁜 감각에 이를 악물었다. 한참이 지나 번쩍 눈을 뜬 텔리시아는 주위에서 쏟아지는 후끈한 열기를 느꼈다. 어느새 그녀는 마력의 폭풍이 숨 막히게 몰아치는 붉은 대지 위에 서 있었다.

　'이곳은……'

　붉은 하늘, 그리고 어두운 세상. 대단히 낯익은 장소였다.

　잠깐 동안 크게 부릅뜨고 있던 텔리시아의 붉은 눈이 점차 침착하게 가라앉기 시작했다. 자신을 이곳으로 불러낼 수 있는 자는 오로지 단 한 명뿐이었다.

　마력의 열풍을 느끼면서 고개를 돌리자, 검붉은 하늘을 찌를 듯 높이 솟은 어둠의 첨탑이 그녀를 내려다보고 있었다.

　"오랜만에 고향으로 돌아온 표정치고는 딱딱하군."

　검은 첨탑의 입구에서 걸어 나오는 그림자가 부드러운 목소리로 말했다. 그녀를 이곳으로 부른 장본인을 보면서 텔리시아는 고개를 숙였다.

　평범한 인간으로 간주한다면 이십 대 후반쯤이나 되었을까. 붉은 머리칼을 휘날리는 사내는 인간의 기준으로 볼 때, 실로 완벽이라고 할 수 있을 만한 외모를 하고 있었다. 그러나 그는 인간이 아니다. 그것은 깊이를 헤아릴 수 없는 그의 눈동자 속에서 몰아치는 혼돈이 증명했다.

"50후작의 일원이신 갈취의 지크로트님을 뵙습니다."

"인사 따위는 됐다. 그런 하잘것없는 것을 보기 위해 네 녀석을 부른 게 아니다."

갈취의 지크로트. 텔리시아와 주종관계로 묶여 있는 위대한 마족은 부드럽게 미소 지었다. 실로 유쾌하기 그지없다는 얼굴을 한 그는 고개를 숙인 텔리시아의 주변을 빙글빙글 돌았다.

"난 지금 아주 흥미롭다."

"무엇이 흥미로우십니까?"

"나의 어리석은 계약자가 처한 상황이 말이다."

고개 숙인 텔리시아의 눈가가 살짝 떨렸다.

"그곳은 사지다. 녀석의 실력을 능가하는 인간이 너무 많지."

"......"

"신성력이라는 같잖은 힘이 숨을 죄어오는 역겨운 땅."

지크로트는 검은 대지에 손을 얹었다.

"헌데, 재미있는 것은 그곳의 중앙에는 이 마계와 아주 비슷한 힘이 숨 쉬고 있다는 점이지. 어설픈 수작으로 감추려고 해도 그것을 느끼지 못하는 마족은 없다."

그 순간, 지크로트의 하얀 손끝에서 흘러나와 대지로 스며

들기 시작한 어마어마한 힘에 텔리시아는 몸을 떨었다.

　구그그궁!

　진동하는 대지. 그녀의 곁에 있는 마족이 지닌 힘은 그야말로 전율스러울 만큼 압도적이다.

　"주인님께서 무슨 말씀을 하고 싶은 것인지, 저는 잘 모르겠습니다."

　"모를 리가 없다. 너도 알고 있을 테니까 말이야. 인간들의 세상 그 어느 곳보다 이곳과 가까운 마력이 용솟음치는 곳이 바로 그곳이다. 봉인지역이라고 불리는 그곳에 바로 우리의 동족이 갈기갈기 찢긴 채 잠들어 있지."

　"악마왕…… 발루토를 말씀하시는 것입니까?"

　"크흐흐흣……. 악마왕. 그래, 발루토는 그 세상에서 그렇게 불리고 있지."

　지크로트는 발루토를 떠올리면서 낮게 웃었다. 그처럼 인간계를 지배하는 데에 자신의 모든 것을 바친 마족은 여태껏 없었다. 그리고 그 결과가 사지가 갈기갈기 찢겨 꼴사납게 봉인이나 되어 있는 모습이다.

　지크로트는 발루토를 이해할 수 없었다. 그렇게 큰 위험을 감수하면서까지 군림하기에는 너무 연약하고 밋밋한 세상이었다. 유희는 유희로 즐길 때 가장 즐거운 법이다.

　텔리시아는 도대체 지크로트가 무슨 말을 하기 위해 부른 것인지 당최 감을 잡을 수가 없었다. 분명한 것은 결코 예삿일이 아니라는 것이다.

지크로트는 입가에 미소를 그리며 텔리시아의 곁으로 다가가 속삭였다.

"당초 예정에는 없었다만…… 가지고 싶어졌다."

"무, 무슨 말씀을 하시는 것인지……."

"발루토의 힘 말이다."

텔리시아의 안색이 창백하게 질렸다. 지크로트가 하는 말이 무슨 뜻인지 알아들은 것이다.

"그건…… 당신께서 정하신 규칙을 벗어나는 일입니다."

"규칙을 벗어나는 일이라……."

조금 전까지 섬뜩한 미소를 그리고 있던 지크로트는 미간을 살짝 찌푸렸다.

"흐음, 그래선 안 되지……."

잠깐 곤란하다는 기색이 역력하던 지크로트는 곧 텔리시아의 뒤로 돌아가 중얼거렸다.

"별수 없지. 그럼 규칙을 살짝 바꿔야겠어."

지극히 장난스러운 지크로트의 말에 텔리시아가 입술을 질끈 깨물었다. 그가 스스로 정한 규칙을 어떠한 일이 있어도 지킬 것이라고 믿었다니, 이 얼마나 어리석고 순진한 생각이었단 말인가.

"크흐흐흐, 너무 그렇게 울상을 지을 필요 없다. 네가 끔찍하게 아끼는 녀석을 망가뜨리려는 것이 아니니까. 유희에서부터 시작된 일을 규칙을 어기고 망가뜨리는 것으로 마무리 지어서야 나답지 않은 일이다."

텔리시아는 고개를 숙인 채 아무런 대꾸도 하지 않았다. 지크로트는 발루토의 힘을 취하기로 이미 결심한 것 같았다. 그 결심을 흔들 방법이 그녀에게는 없었다.

"녀석이 죽지만 않으면 아무런 문제도 되지 않는다. 요는 그것이 아니더냐?"

"……예."

죽지만 않으면…….

"그래, 결코 죽지는 않을 것이다. 아니, 아니야. 죽지 않는 것만으로는 마음이 썩 편하지 않군. 내 스스로 규칙을 다소 어기게 되어버렸으니, 더욱 큰 힘을 주는 것으로 보상을 하면 되겠지. 그래, 그렇지! 놈의 신체를 인간의 한계 이상으로 끌어올려주면 놈에게 준 내 힘도 온전히 모두 쓸 수 있게 될 게 아닌가."

'그러면 라트는 어떻게 되는 겁니까?'

당장이라도 그렇게 물으며 대들고 싶었다. 하지만 그랬다가는 지크로트가 어떻게 돌변할지 알 수 없었다.

라트가 봉인의 땅으로 들어선 것은 결코 지크로트가 의도한 바가 아니었다. 지금까지 지크로트는 그저 지켜볼 뿐이었으니까.

하지만 지금부터는 아니다. 더 이상 지켜보기만 한다는 애기가 아닌 것이다. 잠들어 있는 발루토의 힘은 지크로트의 욕망을 자극했던 것이다.

"빙빙 돌릴 것 없이 바로 얘기하지. 녀석을 무대로 이끌어라."

"……제게는 다수의 성기사들을 대적할 만큼의 힘이 없습니다."

"일부 제한을 풀어주마. 나의 권능 아래, 마음껏 날뛰어도 좋다."

"하지만 저의 계약자가……."

"그런 것은 조금도 걱정할 필요 없다. 지금 네 계약 따위는 나의 권능에 비하면 실로 하찮은 것에 불과하니까 말이야."

"알겠습니다."

"다시 한 번 말하지만, 네가 해야 할 일은 무대 위로 녀석을 끌어올리는 역할이다. 이를 제대로 수행하지 못한다면 내가 직접 나설 수밖에 없다. 그 경우, 녀석의 몸이 나의 힘을 견뎌 낼 수 있을까 의문이군."

지크로트의 부드러운 말에 텔리시아의 얼굴이 하얗게 질렸다. 지크로트가 직접 라트의 몸을 움직인다면 그 어마어마한 힘이 라트의 몸을 엉망진창으로 헤집어 놓을 것이 분명하다.

텔리시아는 이를 악물었다. 어떤 큰일이 일어날지는 짐작하기 어렵지만 지크로트가 직접적으로 영향을 미치는 것보다 자신이 나서서 일을 처리하는 것이 훨씬 나은 선택지일 것이 분명했다.

"제가 하겠습니다. 라트를…… 무대 위로 올리겠습니다."

텔리시아의 피를 토하는 대답에 그녀의 뒤에 서 있는 지크로트의 입가에 짙은 미소가 드리웠다.

"그래, 텔리시아. 착한 대답이다. 조금도 걱정할 것 없다. 마음껏 싸워보도록 해. 네 목에 걸린 사슬을 조금은 느슨하게 풀어줄 테니까 말이다. 예전 네 모습이 떠오르는구나. 크흐흐흐, 1단계면 충분하겠지. 그 정도면 본래 라트가 해야 하는 일을 충분히 할 수 있을 것이야."

"네, 알겠습니다."

텔리시아의 대답이 마음에 들었는지, 지크로트는 그녀의 어깨에 손을 얹었다.

쿠웅!

"흐윽!"

그녀를 휘감고 있던 주종의 각인이 서서히 느슨해져갔다. 풀려난 마력이 일어나 넘실거렸다.

"흐흐훗! 정말 훌륭한 모습이구나. 너는 나의 보물 중에서도 보물이다. 결코 망가지는 일이 없도록 해야 한다."

그 말을 끝으로 텔리시아의 영혼이 점점 희미해졌다.

"가라."

그 순간, 텔리시아의 영혼은 밝은 빛이 되어 하늘로 치솟았다. 붉은 하늘의 한가운데에 어둠이 일렁이는 소용돌이가 있었다. 그곳으로 스며든 빛은 이내 완전히 사라졌다.

홀로 남은 지크로트는 혀로 입술을 핥았다. 오랜만에 진득한 욕망이 가슴 깊은 곳에서부터 용솟음쳤다.

"발루토……."

탐닉의 발루토. 20공작 중에서도 상위를 차지하고 있던 자. 그의 힘의 일부라고는 하나, 상당할 것이 틀림없다. 그 힘을 손에 넣으면 지크로트는 과연 얼마나 강해질까.

벌써부터 기대가 되었다.

눈을 번쩍 뜬 텔리시아는 그 자리에서 몸을 일으켰다.

어두운 밤이었다.

지하에 만들어진 공간이었기에 낮인지 밤인지 파악하기란 불가능한 일이었지만, 지금 그녀의 몸에 스며드는 기운은 지금이 밤이라는 사실을 말하고 있었다.

그녀는 눈을 감았다. 지크로트에 의해 묶여 있던 주종의 사슬이 느슨하게 풀려 있었다.

내부에서 힘을 조금씩 천천히 끌어올려도 아무런 반감이 없었다. 그녀와 연결된 아르니에게서도 아무런 반응이 없다. 제한이 걸린 상태에서 맺은 계약 따위는 지크로트에게 있어 아무것도 아니라는 얘기였다.

무력감이 엄습해왔다. 그녀는 이제 라트를 구렁텅이로 밀어넣어야 한다. 다시금 깨닫고 만 것이다. 텔리시아가 아무리 고민을 하고 아무리 미안해한다고 해도, 그녀는 라트를 구원해 줄 수 있는 입장이 아닌 것이다.

끝이 보이지 않는 절망감에 그녀는 눈을 질끈 감았다. 하고 싶지 않은 일을 해야만 한다는 것은 끔찍한 일이다.

'라트, 네가 여기서 벗어날 수만 있다면 얼마나 좋을까.'

『바람의 라트』 4권에서 계속